凡例

一　本書は『看聞日記』巻二紙背に残る「応永二十五年十一月二十五日和漢聯句」を翻刻し、注釈を試みたものである。

二　底本には宮内庁書陵部蔵『看聞日記』巻二（特・一〇七）を用いた。底本の影印を巻頭に掲げた。

三　翻刻は『室町後期和漢聯句作品集成』に準じて、以下の方針に拠った。

1　句頭に算用数字で通し番号を付す。

2　漢字の字体は現在通行のものに統一し、私に濁点を加えた。

3　欠損等を推測して詠んだ場合には、［　］で括って示した。

4　漢句はその下に平仄を示す。

四　翻刻の後に、連衆について略述した（中村健史執筆）。

五　注釈では、冒頭に句の本文を枠囲いで示し、【式目】【韻字】【注】【訳】の項を設けて解説を行った。枠囲いで示した本文は以下の方針による。

1　枠内には注釈の対象となる句を示し、その前句を（　）で補った。

2　句頭には、懐紙の各面ごとの番号を漢数字で、百韻全体における通し番号を算用数字で付す。

3　漢句には書下し文を添える。

六　【式目】の項では、主として『連歌新式（応安新式）』（『連歌初学抄』所収）によって、以下のように記述した。

1　はじめに季と素材を示した。素材の認定には、『連歌新式』のほか、必要に応じて『連歌新式追加并新式今案等』・「和漢篇」・『漢和法式』などを用いた。

2　「和漢篇」に従い、山類・水辺・居所については、体用の別を省いた。

3　次に改行した後、「一座何句物」の類を記述した。例えば〃(四) 雪2〃のようにあるのは、「雪」が一座四句物であり、その句において百韻中二度目に用いられたことを意味する。

七　【韻字】の項は押韻句にのみ設け、『韻府群玉』（五山版、元版）及び『聚分韻略』（無刊記十行本）によって韻字を指摘した。

八　【注】の項では句の付け筋、語釈などを中心に記述した。なお寄合を示す際に、例えば〝「雲→花」（連珠合璧集）〟のようにあるのは、『連珠合璧集』に見出し語「雲」の寄合として「花」が掲出されていることを意味する。

九　【注】の項における引用は、読みやすさを考慮し、以下の方針によった。

1　和歌・連歌・和文による文献の引用は、原則として通行の字体を用い、適宜濁点を施す。また、必要に応じて仮名に漢字を宛て、仮名づかいを改めた場合がある。

2　連歌の引用に際しては、表記を底本のままとした。また見消ちのある場合には、訂正後の本文のみを示した。

3　漢詩文の引用には本字を使用し、（　）内に書下しを付す。書下しには原則として通行の字体を用いる。

4　割注は一行にして〈　〉で括る。

5　引用の後、（　）内に出典に関わる情報を記す。ただし、本文の記述と重複する情報は省略する。

6　和歌・連歌・和文による文献及び漢詩文の書下し文には、適宜振り仮名を施す。

十　【訳】の項に現代語訳を示した。

1　原則として前句に付いた場合の訳を示した。

2　付合で考えたときの前句の意味を（　）で補った。

十一　注釈における執筆の分担は以下の通りである。

1～8句	和句・中村健史	漢句・伊崎孝幸
9～15句	和句・楊昆鵬	漢句・楊昆鵬
16～22句	和句・本多潤子・福井辰彦	漢句・福井辰彦
23～36句	和句・大谷雅夫	漢句・稲垣裕史

37～50句　和句・伊藤伸江　漢句・二宮美那子
51～64句　和句・竹島一希　漢句・川合康三
65～78句　和句・金光桂子　漢句・好川聡
79～92句　和句・畑中さやか・大谷俊太　漢句・愛甲弘志
93～100句　和句・深沢眞二　漢句・緑川英樹

ただし、本稿は、輪読会参加者全員による検討に基づくことを特に付記する。輪読会参加者の氏名・所属は本書末尾に掲出した。

十二　式目に関する資料として、注釈のあとに「連歌新式式目一覧」（光田和伸氏「連歌新式の世界――「連歌新式モデル」定立の試み――」（『国語国文』第六五巻五号）所収）、及び本百韻の式目表（有松遼一作成）を掲げた。

十三　絵画資料として、82句【注】に五山版『十牛図』より「見跡」図（早稲田大学蔵『四部録』所収）、94句【注】に古活字版『帝鑑図説』より「夢賚良弼」図（国立国会図書館蔵、ホームページより転載）を掲げた。底本の影印とあわせ、各所蔵元に深謝申しあげる。

十四　京都大学国文学研究室・中国文学研究室を中心とする和漢聯句注釈・資料集成の成果としては、すでに以下の五著がある。あわせて参看いただければ幸いである。（なお『良基・絶海・義満等一座和漢聯句譯注』において注釈を試みた作品について、本書ではかりに作品名を「至徳三年秋和漢聯句」（年次は推定）として引用した。）

『京都大学蔵 実隆自筆和漢聯句譯注』（臨川書店、二〇〇六年）
『文明十四年三月二十六日漢和百韻譯注』（勉誠出版、二〇〇七年）
『良基・絶海・義満等一座和漢聯句譯注』（臨川書店、二〇〇九年）
『室町前期和漢聯句作品集成』（臨川書店、二〇〇八年）
『室町後期和漢聯句作品集成』（臨川書店、二〇一〇年）

十五　本書は科学研究費「和漢聯句の研究」（代表者大谷雅夫、二〇〇七～二〇一〇年度）による研究の成果である。

翻　刻

（注の箇所は＊で示した）

応永廿五　十一　廿五
月次　椎野御頭

和　漢　聯　句

（初オ）

1　豊年のかずまでつもれ小田の雪　椎野
2　御　園　霜　自　明　健首座　●○○●◎
3　こほりふく月の夜風に鐘冴て　慶
4　いづくとまりぞ出る浦舟　重有朝臣
5　客　跡　類　萍　泛　蔭蔵主　●●●○●
6　行もかへるもいそぐたび人　綾小路三位
7　鹿の音も野さとはちかく通きて　長資朝臣
8　さびしさもげに［　　］　基蔵主

（初ウ）

9 楓 紅 林 外 雨　周郷　○○○●●

10 木ずゑむらだつ松のうすぎり　慶

11 夕船は月と友にや出ぬらん　綾小路三位

12 浪さしのぼる奥の高塩　沙弥行光

13 喚 群 沙 鳥 乱　健首座　●○○●●

14 催 恨 嶺 猿 鳴　蔭蔵主　○●●○◎

15 山ずみは人のとはぬも咎ならで　椎

16 捨し浮世のとをき隠家　行光

17 見しさかり花も老木の一むかし　慶

18 霞 蒸 金 谷 桜　寿蔵主　○○○●◎

19 在明やおぼろのそらにのこるらん　重有朝臣

20 帰ならひかいそぐ雁がね　基蔵主

21 伝 書 郷 思 切　椎　○○○●●

22 聴 笛 旅 魂 驚　健〻　●●●○◎

（二オ）

23 もしほ火のあまのたきさしゆへありて　三位

24 帰やおもき露のぬれ柴　行光

25 須磨人のさむきうしろの山おろし　慶
26 過し三とせのおそき思ひ子　三位
27 竹 下 苔 封 径　寿蔵主　●●○○●
28 村 辺 柳 遶 営　蔭〻　○○●●◎
29 啣 泥 双 燕 閙　三位　○○○●●
30 求《点》 宿 閃 鵶 諍*　椎　○●●○◎
31 あり明の月や夜半にもまたるらむ　基〻
32 又ねつれなき手枕の露　三位
33 逢は夢人の秋のみうつゝにて　慶
34 別し後にのこる面かげ　重有朝臣
35 かたみとてみるもおもひの真十鏡　基〻
36 雁[天 江 水 清]　椎　●○○●◎
(二ウ)
37 雲 籠 漁 唱 遠*　[健]〻　○○○●●
38 霞 遂 羽 衣 軽　蔭〻　○●●○◎
39 月にみる花の錦は夜ならで　椎
40 藤やま冬はおなじ一比　長資朝臣
41 吟 歩 催 春 興　重有朝臣　○●○○●

42 寺はいづくぞちかき入あひ* 椎

43 里とをく高野の山かぜ吹くれて 行光

44 とぢしその世をしたふ室の戸 椎

45 すつる身に心のおくのやみはなし 長資朝臣

46 草のまがきを照す蛍火 重有朝臣

47 読 書 多 鑑 古 蔭〻 ●○○●●

48 織 錦 尚 存 貞* 寿〻 ●●●○◎

49 おもひをばいかゞつゝまむ恋衣 三位

50 しのぶならひか［夜］こそ［ふけ］ぬれ 長資朝臣

（三オ）

51 もしこばの憑もよはる月入て 慶

52 夢にもうきや秋のひとりね 行光

53 霜 重 寒 砧 渋* 蔭〻 ○●○○●

54 香 残 煙 穂 営 寿〻 ○○○●◎

55 酔 心 絃 管 急 健〻 ●○○●●

56 闘 富 玉 金 盈 椎 ●●●○◎

57 調物かずの宝やはこぶらむ 重有朝臣

58 舟こそかよへ伊勢の入海 行光

59 蘆の名を又浜荻といひかへて　長資朝臣

60 かりねのまくらいもぞ恋しき　慶

61 問はぬ夜は月も涙の袖なるに　行光

62 秋至感幽情　椎　○●●○◎

63 美景露初白　三位　●●●○●

64 遥林霧正晴　健〻　○○●●◎

（三ウ）

65 夕日影もみぢの山に入やらで　慶

66 風のおとなふ立田川浪*　行光

67 忍中夜半にもとへと待物を　椎

68 たのみおほきは人の兼事　重有朝臣

69 相逢青眼少　三位　○○○●●

70 誰共素懐傾　健〻　○●●○◎

71 林暮鶴投宿*　周郷　○●●○●

72 漏移鶏告更　蔭〻　●○○●◎

73 夜もすでにしらむとみえてふる雪に　基〻

74 うすきこほりかあり明の月　椎

75 風はなをあしたのそらに吹さえて　長資朝臣

76 夢もうつゝもうしや世の中　行光
77 ちればさく花に別のよもあらじ　三位
78 照 渓 梅 影 横　蔭ゝ　●○○●◎
（名オ）
79 孤 山 春 可 訪*　健ゝ　○○○●●
80 潁 水 昔 留 名　椎　●●●○◎
81 里とをし牛引かへす野はくれて　慶
82 あとをたづぬる雪の通路　三位
83 臨 風 詩 思 爽　蔭ゝ　○○○●●
84 わすれはてぬるいまのおとづれ　行光
85 同世に偽なくてとはればや　基ゝ
86 身をしればげに人もうらみず　長資朝臣
87 月ならば待べき雨にひとりねて　慶
88 なみだあらそふ袖のうは露　重有朝臣
89 暮 天 秋 一 雁　三位　●○○●●
90 鳴たつこゑのちかき小山田　慶
91 草がれのころは野沢のうす氷　行光
92 灌 玉 布 地 霙*　蔭ゝ　●●●●◎

（名ウ）

93 緬思梁苑興　健　●○○●●
94 幾慕傅巖耕　蔭〻　●●●○◎
95 から人のかしこきすがた絵に書て　椎
96 簪筆誰記誠*　蔭〻　○●○●◎
97 徳侔堯与舜　椎　●○○●●
98 のどかなる代は風ぞおさまる　行光
99 さくよりも雲なをふかし花盛　重有朝臣
100 駆景入春城*　慶　○●●○◎

野　十四　寿蔵主　四
健首座　九　基蔵主　六
慶　十三　周郷　二
蔭蔵主　十二　沙弥行光　十二
綾小路三位　十二
重有朝臣　九
長資朝臣　九*

［注］

＊30句　一字目「求」は、はじめに書いた文字を摺消《すりけ》しして、その上から「求」と重ね書きしている。下の文字は判読不能。また、「求」の右肩に小さく「点」を書き添えてある。四字目「鵶」は、はじめ「烏」と書いた左傍に「ミ」を付し、右肩に小さく「鵶」と訂正している。五字目「諍」は、はじめ「争」と書いた上から「諍」を重ね書きしている。

＊37句　一字目「雲」は、はじめ「鴈」と書いた上から「雲」を重ね書きしている。作者名が判読できないが、句上と対照すると用健（健首座）と考えられる。

＊42句　下七「ちかき」は、はじめ「ひゝき」と書いた上から「ちかき」を重ね書きしている。

＊48句　四字目「存」は、下に文字を摺消ししたような跡があるが、判読不能。

＊53句　三字目「寒」は、はじめ「村」と書いた上から「寒」を重ね書きしている。

＊66句　上七「の」は、はじめ「を」と書いた上から「の」を重ね書きしている。同じく上七「おとなふ」は、はじめ「おとそへ」と書いた上から「（おと）なふ」を重ね書きしている。

＊71句　三字目「鶴」は、はじめに書いた文字を摺消しして、その上から「鶴」と重ね書きしている。下の文字は判読不能だが、『図書寮叢刊』の翻刻では「鳥」とする。

＊79句　五字目「訪」は、「尋」を書きさした上から「訪」を重ね書きしている。

＊92句　一・二字目「灌玉」は、はじめ「散珠」と書いた上から「灌玉」を重ね書きしている。

＊96句　二字目「筆」は、はじめ「毫」と書いていたのを摺消しして、上から「筆」を重ね書きしている。

＊100句　一〜三字目「駆景入」は、はじめ「春光隔」と書いていたのを摺消しして、上から「駆景入」を重ね書きしている。四字目「春」は、はじめ「帝」と書いた上から「春」を重ね書きしている。

＊句上　「長資朝臣」の句数は、はじめ「七」と書いた上から「九」を重ね書きしている。

連衆

本書で注釈を試みたのは、伏見宮貞成親王『看聞日記』の紙背に収められた和漢聯句である。この作品は応永二十五年（一四一八）十一月二十五日、伏見宮邸における月次《つきなみ》連歌として張行《ちょうぎょう》された。

注釈に先立ち、本百韻に参加した連衆《れんじゅ》を紹介する。説明の都合上、貞成親王を冒頭に掲げ、以下は句上《くあげ》の順に拠る。なお、句上には集計の誤りがあるので、各作者ごとの正しい句数を（　）内に記し、あわせて付表に一覧を示した。

○慶（12句）

後崇光院《ごすこういん》伏見宮貞成《さだふさ》親王。一字名は別に「松」とも。応安五年（一三七二）四月二十五日生、康正二年（一四五六）八月二十九日薨。享年八十五。伏見宮初代栄仁《よしひと》親王の次男。母は陽照院藤原治子《はるこ》（三条実治女、西御方）。幼時より京都の今出川家に養われる。応永十八年（一四一一）、四十歳で元服したのを機に伏見に帰住。同二十三年に父、翌年兄治仁《はるひと》王が急逝したため、伏見宮を相続（第三代）。同三十二年、後小松院の猶子《ゆうし》となって親王宣下を受けるが、称光院の不興を買い、三箇月後、伏見指月庵で出家。道欽《どうきん》と号した。

伏見宮は崇光院（北朝第三代）の第一皇子栄仁《よしひと》親王にはじまる宮家。観応《かんのう》の擾乱《じょうらん》のさなか、北朝では光厳院、光明院、崇光院の三上皇が吉野に拉致されるという事件が起き（一三五二年）、

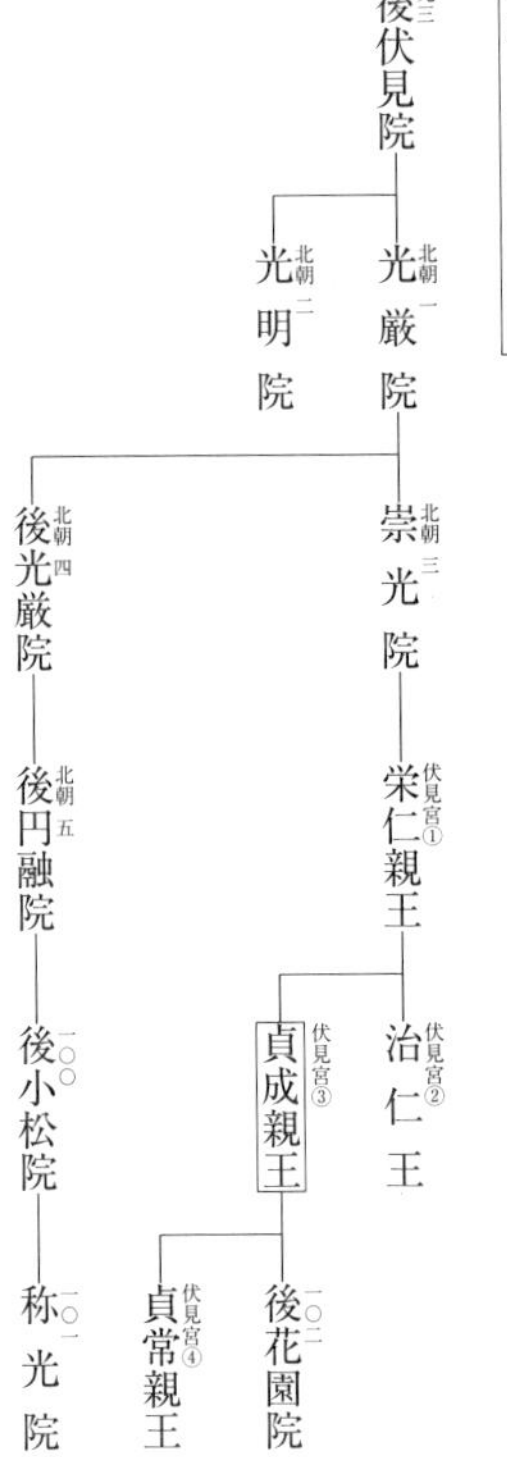

北朝・伏見宮略系図

急遽崇光院の弟にあたる弥仁《いやひと》親王が即位して後光厳天皇となった。のちに帰京した院は、皇子栄仁親王に皇位が譲られることをつよく望んだが、願いはかなうことなく、失意のうちに崩御する。即位の望みを絶たれた栄仁親王は、累代の御領を回復し、伏見に宮家を構えた。これが伏見宮の起源である。

以上のような事情から、伏見宮の当主には代々北朝（持明院統）正嫡としての意識がつよく、崇光院流がふたたび皇位を回復することを悲願としてきた。この願いは貞成親王の皇子彦仁《ひこひと》王によってかなえられる。すなわち正長元年（一四二八）、称光院が皇嗣を欠いたまま崩御すると、後小松院、将軍足利義教《よしのり》らの意向により、彦仁王が即位（後花園院）。貞成親王は天皇の実父として京都一条東洞院《ひがしとういん》に移り住み、文安四年（一四四七）には太上天皇の尊号を贈られた。

親王は和歌、連歌にすぐれ、音楽にも堪能であった。若年のころ、今出川家を中心とする私撰集『菊葉集』の編纂に関与し、『新続古今集』に六首、『新撰菟玖波集』に六句が撰入する。私家集『沙玉集』（三種、うち一つは精撰本）、家記『椿葉記』など著作は多いが、なかでもことによく知られるのは、応永二十三年正月から三十三年間にわたって書きつがれた『看聞日記』であろう。

同書は質量ともに室町時代を代表する日記史料であり、朝廷、幕府の動向から市井の出来事にいたるまで、豊富な話題が記録される。政治史のみならず、社会史、文化史の上からも大きな価値を持つことは、すでに先学の指摘するところである。また宮内庁書陵部に所蔵される親王自筆本の一部は、書状、和歌、連歌懐紙、目録などの裏を利用して書かれており、親王の周辺をうかがう上で重要な資料となっている。先述のとおり、本百韻も紙背文書の一つとして現在に伝わる作品であった。

張行時四十七歳。執筆《しゆひつ》をつとめた。

○椎野（15句）

貞成親王の異母兄弟。生年不明、応永三十年（一四二三）九月十三日寂。母日野資国女（近衛局、廓御方）。法名等不詳のため、本書ではかりに「椎野寺主」とした（『看聞日記』の記事から、連歌などでは「幸寿丸」という作名《つくりな》を用いたことが知られる）。

張行時は嵯峨椎野寺（浄金剛院）住持。頭人《とうにん》をつとめた（解説参照）。

○健首座（9句）

用健周乾《ようけんしゆうけん》（貞成親王の異母弟）。永和二年（一三七六）生、永享三年（一四三一）三月一日寂。

享年五十六。母三条実音女（廓御方、宝珠庵）。

臨済宗夢想派・春屋妙葩《しゅんおくみょうは》の法を嗣ぎ、首座《しゅそ》（修行僧の首席として僧堂を取りしきる役。第一座、上座とも）に至った。伏見大光明寺に塔頭大通院を開基し、張行時はここに住していた。四十三歳。

○蔭蔵主（12句）

松崖洪蔭《しょうがいこういん》（貞成親王の兄弟）。生没年不詳。用健周乾の示寂を録した『看聞日記』永享三年（一四三一）三月一日条に「連枝於于今椎野方丈許也」（兄弟のうち健在なのは椎野方丈（松崖を指す）のみとなった）と見える。

臨済宗夢想派・空谷明応《くうこくみょうおう》の法を嗣ぐ。天龍寺に入寺した後、応永二十九年（一四二二）、伏見大光明寺指月庵に転じ、さらに同寺退蔵庵に移住。蔵主《ぞうす》（経蔵を司る職）より首座《しゅそ》に昇り、翌三十年、大光明寺に住す。椎野寺主示寂後、同寺住持となり、寛正六年（一四六五）、相国寺の施《せ》食維那《じきいな》（維那は法要の際に誦呪の音頭を取る役。施食は施餓鬼会を指すか）となって以降の履歴は不明。張行時、天龍寺在。

○綾小路（12句）

綾小路信俊《あやのこうじのぶとし》（伏見宮近習）。『看聞日記』当日条では「三位」と記される。文和四年（一三五五）生、永亨元年（一四二九）六月十八日薨。享年七十五。本姓宇多源氏。父敦有《あつあり》。応永十四年、非

参議従三位。同十九年、参議。同二十七年、従二位。正長元年、権中納言。翌二年、出家して了《りよう》信《しん》と号した。

崇光院以来歴仕の近臣で、『看聞日記』紙背連歌にしばしば一座している。家伝の郢曲《えいきよく》（宴曲、朗詠などの謡いもの）、和琴《わごん》をよくし、貞成親王に朗詠の秘曲を伝授した。日記に『信俊卿記』、楽書に『御神楽記』。張行時は、六十四歳。

○重有朝臣（9句）

庭田重有《にわたしげあり》（伏見宮近習）。永和四年（一三七八）生、永享十二年（一四四〇）七月二十日薨。享年六十三。本姓宇多源氏。父経有《つねあり》。応永三十三年、非参議従三位。永享四年、参議、同七年、正三位。同十二年、権大納言に至って出家。没後、贈従一位。妹幸子（南御方、敷政門院）が貞成親王の室となり、後花園院や貞常《さだつね》親王（伏見宮第四代）を生むなど、伏見宮と深い姻戚関係にあった。

庭田・田向・綾小路家略系図

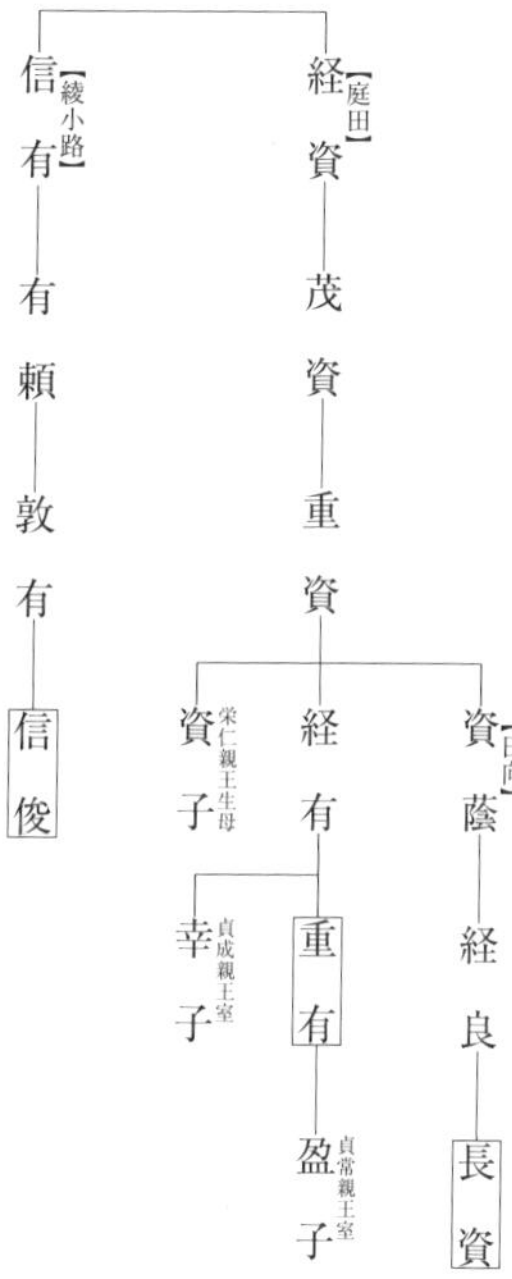

『看聞日記』紙背連歌にしばしば一座し、執筆《しゆひつ》、頭人《とうにん》などをつとめたほか、「伏見殿五十番歌合」にも出詠している。『新

続古今集』に一首撰入。張行時四十一歳。

○長資朝臣（7句）

田向長資《たむかいながすけ》（伏見宮近習）。生没年不詳。『尊卑分脈』には康正二年（一四五六）出家と見える。本姓宇多源氏。父経良《つねよし》。永享五年、従三位。嘉吉三年、参議。『公卿補任』寛正三年条に前権中納言従二位とあるが、以後記録を欠く。家伝の郢曲《えいきょく》、笙《しょう》をよくした。『看聞日記』紙背連歌では、応永三十二年（一四二五）ごろまでしばしば一座し、頭人《とうにん》などをつとめている。

○寿蔵主（4句）

仲寿《ちゆうじゆ》（伏見大光明寺行蔵庵主）。生年不詳、応永三十四年（一四二七）十月寂。『看聞日記』永享五年十月八日条に「小隠庵仲寿蔵主今日七廻也、行蔵庵仏事執行云々」（小隠庵の仲寿蔵主の七回忌であるので、行蔵庵で仏事をとりおこなったとのこと）と見える。蔵主《ぞうす》は経蔵を司る職。『看聞日記』では遊興、仏事などの記事中にしばしば登場し、伏見宮に深くかかわった僧であるらしい。

○基蔵主（5句）

善基《ぜんき》（伏見即成院住僧）。『看聞日記』当日条に「善基」と見える。生没年不詳。『看聞日記』

中最後の登場は応永三十二年（一四二五）。

即成院の住僧として日記中に名前が挙がり、たびたび連歌会にも一座している。

◯周郷（2句）

不詳。『看聞日記』紙背連歌では本百韻のみに出詠。漢句を詠んでいること、『看聞日記』当日条で仲寿、善基と名を並べられていることなどから、僧侶と推測される。

◯行光（12句）

庭田重有青侍《あおざむらい》。名長政《ながまさ》（姓不詳）。生没年不詳。『看聞日記』応永二十三年二月二十三日条に「長政〈重有朝臣青侍〉令出家〈法名行光〉」（庭田重有の青侍長政を出家せしめ、法名を行光《ぎようこう》とした）と見える。青侍は貴人に仕える六位の侍。

『看聞日記』紙背連歌懐紙には頻繁に一座しており、かなりの力量を持つ作者だったらしい。右に引いた記事では、出家時、すでに「老体」であったと記される。

付表　各作者の句数

	句上に記載された句数	実際の句数		
		和　句	漢　句	計
椎野寺主	14句	9句	6句	15句
用健周乾	9句		9句	9句
貞成親王	13句	11句	1句	12句
松崖洪蔭	12句		12句	12句
綾小路信俊	12句	9句	3句	12句
庭田重有	9句	8句	1句	9句
田向長資	9句	7句		7句
仲　寿	4句		4句	4句
善　基	6句	6句		6句
周　郷	2句		2句	2句
行　光	12句	12句		12句
計	102句	62句	38句	100句

※用健周乾の句数は推定1を含む。

注釈

初オ一　1　豊年《とよとし》のかずまでつもれ小田《をだ》の雪《ゆき》　椎野

【式目】冬（雪）降物（雪）
（四）雪1

【注】
発句《ほっく》には、その百韻が行われた季節と場所を詠むのが原則である。本百韻が張行されたのは、応永二十五年（一四一八）十一月二十五日。『看聞日記』によれば、この日、伏見には「寒嵐」が吹いた。ただし、天候は「晴」と記すゆえ、「小田の雪」は作者による虚構であろうか。あるいは、吹きすさぶ寒風のうちには、かすかに白いものがまじっていたのかもしれない。ともかくも、古くより大雪は豊年のしるしと伝える。降り積んで瑞兆をあらわせと、希望を込めて詠んだ。切字《きれじ》は命令形「つもれ」。発句にふさわしく、一年の豊饒を大らかに言祝《ことほ》ぐ。長高《たけ》く風趣ゆたかな作である。

雪を豊年の瑞兆とすることは、漢籍にその源がある。たとえば『毛詩』小雅「信南山」に「上天同雲、雨雪雰雰（上天　雲を同《どう》し、雨雪　雰雰《ふんぷん》たり）」とあるのを、毛伝は「豊年之冬、必有積雪（豊年の冬、必ず積雪有り）」と注する。また『文選』巻十三に収められた宋・謝恵連「雪賦」にも「盈尺則呈瑞于豊年（尺に盈《み》つれば則《すなは》ち瑞《ずい》を豊年に呈す）」と見え、李善注には前述「信南山」毛伝を引く。

これらを受けて、日本では早く『万葉集』に「新しき年の初めに豊《とよ》の年しるすとならし雪の降れるは」（巻十七・三九二五・葛井連）、また下っては藤原俊成にも「世を祈る神のしるしは豊年《とよとし》の深く積もれる深雪《みゆき》にぞ知る」（祇園百首・五八・雪）の作があり、中世では『花園院宸記』に「終日降雪盈尺。表豊年之佳瑞歟（終日降雪尺に盈《み》つ。豊年の佳瑞《かずい》を表はすか）」（正中二年（一三二五）一月七日条）などと見える。そのほか本百韻に近い時代の例としては、世阿弥『難波』の「浜の真砂《まさご》の数積もりて、雪は豊年《ほうねん》の御調物《みつきもの》」（クセ）を挙げることができるだろう。

以上を踏まえるならば、この句に言う「豊年のかず」とは一尺の深さを指すと考えられる。「量カズ」（類聚名義抄、倭玉篇）とあるように、「かず」は量をもあらわす語であった。「豊年《とよとし》」は「Toyotoxi.（豊年）みのり豊かで、温和で、暴風のない年」（日葡辞書）。和歌では先に引いた俊成歌の例が早いが、必ずしもひろく用いられた言葉ではなく、鎌倉期以降も「改まる今日豊年《とよとし》の始めとて民の竈《かまど》も煙立ちそふ」（新撰六帖・八・藤原知家、夫木抄・六〇）等数例を認めうるのみである。

他方、連歌における「豊年」の初出は、『看聞日記』紙背の「下折《したをれ》の竹より雪やしらるらむ／いつにもすぎてまさる豊年《とよとし》」（応永十九年一月十四日賦山何連歌・一〇〇・二条冬実）。貞成《さだふさ》親王が伏見宮を相続した後、はじめて行った連歌会の作品である。挙句《あげく》であることとあわせて、そこには「今年がよりよい年になるように」という祝意を読みとることができる。このほか伏見宮の連歌には「豊年《とよとし》をしれとてつもる深雪《みゆき》かな」（応永三十二年十二月六日賦山何連歌・一・田向長資）のような作例も見られ、祝言句にしばしば用いられる語であったらしい。

「小田」は田を指す歌語。古く『古今集』に「新小田《あらをだ》を荒鋤《あらす》きかへしかへしても人の心を見てこそやまめ」（恋五・八一七・読人不知）などと見える。「小《を》」は対象への親しみをあらわす接頭語で、「小さい田」の意ではない。『日葡辞書』に「Voda.（小田）詩歌語。田」とあるとおり、中世には「田」とほぼ同義で用いられた。

また「雁の来る伏見の小田《をだ》に夢覚《さ》めて寝ぬ夜の庵《いほ》に月を見るかな」（新古今集・秋上・四二七・慈円）の例があるように、「小田」はしばしば伏見と結びつけて詠まれる。たとえば貞成親王の私家集である『沙玉集』（一類本）にも「里人《さとびと》の賑《にぎは》ふ秋はくれ竹や伏見の小田《をだ》を刈《か》り収めつつ」（二五九）と見えた。もとより「小田」は作者の目の前にひろがる実景だが、同時に右のような和歌表現の伝統にしたがって、選びとられた言葉でもあった。

連歌では通常客が発句を詠むが、本百韻は内々の月次会《つきなみ》であるため、頭人《とうにん》の椎野寺主がつとめている（**解説**参照）。

【訳】

豊年の瑞兆だと言う一尺の深さまで積もれ、田の雪よ。

（豊年のかずまでつもれ小田の雪）
初オ二 2 御園霜自明 健首座
御園《ぎょゑん》霜《しも》自《おのづか》ら明《あき》らかなり

【式目】冬（霜）降物（霜）
【韻字】下平声八「庚」明（韻府群玉・聚分韻略）
【注】
脇句《わきく》は、発句に言い残した余情を受け継ぐようにして詠む。前句の「雪」が積もる「御園」の様子を詠じた句である。

付合《つけあい》は、「雪」から同じく冬の寒さをあらわす「霜」を導き、白色のイメージによって展開する。一条兼良『連珠合璧集』に「田→庭」。また前句【注】にも引いた謝恵連「雪賦」によって、「雪」に「御園」が付く。

一句は「雪賦」に見える兎園の故事に基づく。兎園（梁園）は、前漢のころ、梁の孝王（劉武）が築いた大庭園。文帝の皇子であった劉武は、梁王に封ぜられ、天下の名士を兎園に招いたことで知られる。「雪賦」はそのような兎園の雅会に仮託して、雪の美しさを描いた作品である。

ある雪の日、孝王は心のうちにわだかまる憂《う》さを晴らすために、酒宴を開き、鄒陽《すうよう》、枚乗《ばいじょう》、司馬《しば》相如《しょうじょ》ら文人たちに雪の詩を詠ませて楽しもうと考えた。「歳將暮、時既昏。寒風積、愁雲繁。梁王不悦、游於兎園。迺置旨酒、命賓友。召鄒生、延枚叟。相如末至、居客之右。俄而微霰零、密雪下。王廼歌北風於衛詩、詠南山於周雅。授簡於司馬大夫曰、抽子秘思、騁子妍辭、侔色揣稱、爲寡人賦之（歳将《としまさ》に暮れんとし、時既《すで》に昏《く》る。寒風積もり、愁雲繁《しげ》し。梁王悦《よろこ》びず、兎園《とゑん》に游《あそ》ぶ。廼《すなは》ち旨酒《ししゆ》を置き、賓友《ひんいう》に命ず。鄒生《すうせい》を召し、枚叟《ばいそう》を延《ひ》く。相如《しやうじよ》末に至り、客の右に居《を》る。俄《にはか》にして微霰《びさん》零《ふ》り、密雪下《くだ》る。王廼《すなは》ち北風を衛詩に歌ひ、南山を周雅に詠ふ。簡を司馬大夫に授けて曰く、子《なんぢ》の秘思を抽《ぬ》き、子の妍辞《けんじ》を騁《は》せ、色を侔《ひと》しくし称を揣《はか》りて、寡人《くわじん》の為に之を賦せよ）」（文選・巻十三、藝文類聚・巻二、太平御覧・巻十二・天部・雪、古今事文類聚・前集巻四・天道部・雪）。

後述するように、「御園」はひろく皇族の領有する庭園を指すが、ここでは「雪賦」によって、とりわけ孝王の兎園を意識させる語である。すなわち、当該句は「孝王が鄒陽、枚乗、司馬相如らに詩を命じ、ともに風雅の宴を楽しんだように、私たちもまた貞成《さだふさ》親王の邸に集まり、これから文雅の遊びを行うのである」というもので、一座の人々、ことに親王に対する挨拶となっている。

なお、伏見宮邸と兎園を結びつけた先行例として、貞成親王の父栄仁《よしひと》親王の絵に絶海中津が題した「題伏見親王畫軸（伏見親王の画軸《ぐわじく》に題す）」詩がある。「好在梁園能賦客、何時起草直承明（好在《かうざい》なり梁園の能《よ》く賦する客、何《いづ》れの時か起草して承明《しようめい》に直《ちよく》せん）」。親王を兎園（「梁園」）に遊ぶ孝王に擬《なぞら》え、いずれその才能は絵画のみならず、文事においても発揮されるであろうと詠う。兎園の故事は『和漢朗詠集』『韻府群玉』『千載佳句』などに見え、日本でも周知のことがらに属していた（92句【注】参照）。当該句や絶海の詩は、そのような知識を背景として、伏見宮を「御園」「兎園」と雅称するのである。

「御園」は皇室の所有する庭園のこと。中国古典詩の用例としては、韋応物「五弦行」に「如伴風流縈豔雪、更逐落花飄御園（風流を伴《ともな》ひて艶雪《えんせつ》を縈《めぐ》らすが如く、更《さら》に落花を逐《お》ひて御園《ぎよゑん》に飄《ひるがへ》る）」とある。前句の「小田」が農耕と関わるのに対し、「御園」は皇族、文人の集まる雅やかな場を表す。

一般に「霜」は厳寒のさまをあらわす景物であるが、ここではむしろその美しさに主眼が置かれている。また、「霜自明」という表現には、四季が正しく運行し、季節を違えずに霜が降《お》りたことを言祝《ことほ》ぐ気分がただよい、豊年を祈る前句を受ける。なお、「霜明」という表現は、唐の高宗「過温湯（温湯に過《よぎ》る）」詩に「林黄疏葉下、野白曙霜明（林は黄にして疏葉《そえふ》下《くだ》り、野は白くして曙霜《しよさう》明らかなり）」と見えている。

連歌の原則では、脇句を詠むのは亭主である。この一座で言えば、本来は貞成親王がつとめるべきところであるが、本百韻は内々の月次《つきなみ》であるため、用健周乾が詠んでいる。

【訳】

（豊年の瑞兆だと言う一尺の深さまで積もれ、田の雪よ。）御園《ぎよゑん》には霜が降り、明るく白々としている。

初オ三　3　こほりふく月の夜風《よかぜ》に鐘《かね》冴《さえ》て　慶

（御園霜自明）

【式目】冬（こほり・冴て）　光物（月）　時分―夜（月・夜風）　水辺（こほり）

(四) 氷1 (四) 鐘1 (三) 冬月1

【注】

『連珠合璧集』に「霜↓月・かね」「鐘↓霜」。前句「霜」を輝かせるものとして、「月」を詠んだ。月明のもと、寒々とした風が氷に吹きつける夜には、鐘の音もひときわ冴えるであろう、という句意である。

「こほりふく」という表現は、和歌、連歌のうちに用例がきわめて乏しい。「千五百番歌合」に「氷吹く山風寒《さむ》み今日もなほまだ打ち出でぬ水の白波」（三〇・源家長）と見えるのは、早春の風が吹きつけて、氷が溶けようとするさまを詠うもので、冬の寒気を描く当該句とは性格を異にするであろう。他方『沙玉集』（一類本）には「行きなやむ岩瀬《いはせ》の水に音かへて氷を叩《たた》く松風ぞ吹く」（一八三）とあって、「氷を叩く」という言葉づかいが見られる。このほか貞成《さだふさ》親王には「清瀧《きよたき》や川瀬《かはせ》におろす松風も氷の上は音なやむなり」（二類本沙玉集・一九二）のように、水面《みなも》の氷に風が吹きつけるさまを詠んだ歌もあり、「こほりふく月の夜風」もこれと近い関係にあると考えられる。

「月の夜風」は、月の夜に吹く風の意。和歌には「春の夜風」「秋の夜風」などの例が見られる程度だが、連歌では「黒しろのはまのみだれ碁《ご》うち分《わけ》て／軒《のき》ばの荻《をぎ》の露のさよ風」（享徳千句・第七・五二・小鴨之基）、「月にやしかむ露の下草《したくさ》／うたたね□《(のカ)》杜《もり》のさ夜《よ》かぜ身にしみて」（表佐千句・第七・八九・専順）のように、「夜風」はさまざまな語と組みあわせて詠まれている。

霜によって鐘の音が冴えることは、『千載集』に収められた「高砂《たかさご》の尾上《をのへ》の鐘の音《おと》すなり暁《あかつき》かけて霜や置くらむ」（冬・三九八・大江匡房）以降、和歌の世界ではよく知られた題材であるが、それはさらに源をたどれば、『太平御覧』に「山海經曰。豊山有九鐘。霜降其鐘即鳴（山海経《せんがいきやう》に曰く。豊山に九鐘有り。霜降れば其《そ》の鐘　即《すなは》ち鳴る）」（巻十四・天部・霜）とある豊嶺《ほうれい》（豊山）の鐘の故事に由来する。

また、鐘の音を「冴」えると表現することは、鎌倉時代のなかごろから和歌に見られる。「嵐山麓《ふもと》の鐘は声冴《さ》えて有明《ありあけ》の月ぞ峰にかかれる」（続千載集・冬・六二一・後宇多院）、さらには貞成親王が編纂にかかわった私撰集『菊葉集』には「夢覚《さ》むる霜夜《しもよ》の床《とこ》に響きて音まで冴《さ》ゆる暁《あかつき》の鐘」（冬・八二三・三善直衡）という例があった。この句とはやや趣向を異にするが、『看聞日記』紙背連歌では「夕草《ゆふくさ》まくら夢もむすばず／雪のうち日も入逢《いりあひ》の鐘さえて」（応永二十年二月十一日賦唐何連歌・七・綾小路資興）とも見える。

なお、応永二十年（一四一三）の奥書を持つ連歌論書『連通抄』には、「第三は幾度《いくたび》も月成《なる》べし。いかにもてと留侍《とめはべる》べし」、すなわち、第三の句には月を詠み、「て」留めにせよ、という記述が見られる。位藤邦生『伏見宮貞成の文学』（清文堂出版、一九九一年）はこれを実際の作例について検討し、伏見宮の連歌会では「よほど強い要請」（二五三頁）を持つものであったと結論するが、当該句もまたこの規定にしたがった句づくりである（**解説**参照）。

【訳】

氷に吹きつける月夜の風のせいで、鐘の音もいっそう寒々と冴えわたって（御園《ぎよえん》の霜は、月に照らされ明るく白々としている）。

初オ四　4　（こほりふく月の夜風に鐘冴て）

いづくとまりぞ出《いづ》る浦舟《うらぶね》　　重有朝臣

【式目】雑　水辺（浦舟）　旅（とまり）

【注】

寄合語《よりあい》は特に認められないが、夜のさまを描いた前句に対して、同じく水辺の朝の景を付けた。たとえば『菊葉集』に「思ふ方の風もよしとて朝凪《あさなぎ》に碇《いかり》をあげて船出《い》だすなり」（旅・一〇四六・今出川公直）とあるように、船出は早朝の景物であった。朝凪のなか、漕《こ》ぎ出してゆく舟を見た人が、「あの舟は今夜どこへ宿るのであろうか」と旅人の行方《ゆくえ》に思いをはせるのである。なお、前句【注】に引いた連歌論書『連通抄』に、第三に月を詠んだ場合の付句《つけく》例として、「夜舟泊《よるふねとま》る波の明《あけ》がた」を挙げる。第三の「月」から「明がた」の時分に転じ、舟の泊まりを詠むあたり、当該句の展開と共通する。

付合《つけあい》にあたっては、前句の「夜風に鐘冴《さえ》て」を暁近いころの鐘と取りなした。『連珠合璧集』に「鐘→あかつき」。さらに、後代の例ではあるが、和漢聯句に「舟人《ふなびと》いかに春のあけぼの／隔山鐘有色（山を隔《へだ》てて鐘に色有り）」（文明十三年七月二十一日和漢聯句・七・作者不詳）の作が見える。また、さえざえとした月夜の鐘から舟を発想するにあたっては、『三体詩』にも収められる張継「楓橋夜泊」詩が意識されているのかもしれない。「月落烏啼霜滿天、江楓漁火對愁眠。姑蘇城外寒山寺、夜半鐘聲到客船（月落ち烏《からす》啼いて霜　天に満《み》ち、江楓《かうふう》漁火　愁眠《しうみん》に対す。姑蘇《こそ》城外　寒山寺、夜半の鐘声《しようせい》　客船に到る)」。

「とまり」は停泊地。「浦舟」は『日葡辞書』に「Vrabune.（浦舟）海沿いの場所なり港なりの舟。詩歌語」と見え、『新後撰集』に「思ひのみ満《み》ちゆく潮《しほ》の蘆《あし》分《わ》けにさはりもはてぬ和《わ》歌《か》の浦舟《うらぶね》」（雑中・一三八六・津守国助）とあるのが勅撰集初出。「□《（道カ）》かゆる旅とやいまはなりぬらむ／きのふはみなとけふは浦船《うらぶね》」（文和千句・第四・四〇・救済）の例が示すように、それは「みなと」に泊まる舟と対比的に用いられる表現であった。この句の場合は、舟が沖へと漕ぎ出していったことを言うと考えられる。『看聞日記』紙背連歌中に「帰《かへる》こゑさへあまつ雁《かり》がね／浦舟《うらぶね》の風ものどかにこぎ出《いで》て」（応永三十二年二月二十九日賦何目連歌・五・庭田重賢）。

舟路の泊まりを思いやることは、『万葉集』以来、和歌において繰りかえし詠われてきた題材であった。「いづこにか船泊《は》てすらむ安《あ》礼《れ》の崎《さき》榜《こ》ぎ廻《た》み行きし棚無小舟《たななしをぶね》」（巻一・五八・武市黒人、夫木抄・一二一六一）。『連珠合璧集』にも「船→とまり」とあって、両者は縁の詞になっている。なお、その日どこに宿をとるのかわからない舟の旅は、「いづくをか今日の泊《とま》りと頼むらむ風に任《まか》する沖《おき》つ舟人《ふなびと》」（玉葉集・旅・一二三一・豊原政秋）と、人生のあてどなさを象徴することも多いが、そのような述懐めいた気分は、この句にはあてはまらないだろう。

先にも引いたように、伏見宮の連歌会には「浦舟」を詠む句が少なくない。しかし、そのなかでも、「いそぐか夜もかへるかりがね／浦船《うらぶね》のとまりいづくとさだめぬに」（応永二十六年三月二十九日賦山何連歌・五・田向長資）は、表現がことに当該句と近い。


【訳】

今夜はどこに泊まりをするのであろうか。（暁の鐘の音が冴えわたる）浦から漕《こ》ぎ出してゆく舟は。

初オ五　5　客跡類萍泛　（いづくとまりぞ出る浦舟）

客跡《かくせき》萍泛《へいはん》に類《るい》す　　蔭蔵主

【式目】雑　人倫（客跡）　旅（客跡）

【注】

前句の「出《いづ》る浦舟」を受けて舟旅の情景を描き出す。『連珠合璧集』に「船→うきたる」。

「客跡」は宋代以降いくつか用例はあるものの、多くは賓客の来訪をあらわすものであり、この句の「類萍泛」にはそぐわない。ただし、『和漢朗詠集』には「山遠雲埋行客跡、松寒風破旅人夢（山遠《とほ》うして雲　行客の跡《あと》を埋《うづ》み、松寒うして風　旅人《りよじん》の夢を破る）」（雲・四〇四・紀斉名）という句が見え、この例から判断すれば、ここの「客跡」も客（旅人）の足跡、行跡を意味すると考えられるだろう。当該句と類似した表現として、和漢聯句には「歓声常入竹（歓声　常に竹に入る）／浮跡或如萍（浮跡《ふせき》或いは萍《うきくさ》の如し）」（長享元年閏十一月七日和漢聯句・八四・近衛政家）というものがある。

「萍泛」は、浮き草が水に浮かび漂《ただよ》うこと。足跡の定まらないことを意味する。こうした「萍」のイメージは、古くは『楚辞』の「九懐」にも「竊哀兮浮萍、汎淫兮無根（窃《ひそ》かに浮萍《ふへい》を哀しむ、汎淫《ふういん》して根無し）」と詠われているが、これを頻用したのは杜甫である。「相看萬里外、同是一浮萍（相看《あひみ》る万里の外、同じく是《こ》れ一浮萍《ふへい》）」（「又呈竇使君（又た竇《とう》使君に呈す）」）、「諸生舊短褐、旅泛一浮萍（諸生　旧短褐《たんかつ》、旅泛《りよはん》　一浮萍《ふへい》）」（「橋陵詩三十韻因呈縣内諸官（橋陵詩三十韻　因《よ》りて県内の諸官に呈す）」）などと、杜甫には自己を萍に擬《なぞら》えたものが多い。また、「萍泛」と熟した例も「瓜時猶旅寓、萍泛苦夤緣（瓜時《くわじ》　猶《な》ほ旅寓《りよぐう》、萍泛《へいはん》　夤縁《いんえん》に苦しむ）」（「秋日夔府詠懐奉寄鄭監李賓客一百韻（秋日夔《き》府《ふ》詠懐　鄭《てい》監《かん》・李賓客に寄せ奉る一百韻）」）というように見えている。

旅人の足跡、行跡を「萍」に譬《たと》えることは、中国古典詩にしばしば見られる表現。李嶠百二十詠に「屢逐明神薦、頻隨旅客遊（屢〻《しばしば》明神に逐《したが》ひて薦《すす》め、頻《しき》りに旅客に随《したが》ひて遊ぶ）」（「萍」）、また「十年飄泊如萍跡、一度登臨一悵神（十年飄泊《へうはく》して萍跡《へいせき》の如し、一度登臨すれば一たび神を悵《いた》ましむ）」（牟融「有感二首」其二）などの例がある。

当該句の「萍」は、自身の姿を譬えたとは言い難いが、旅人の行跡を水の流れに従う浮き草に擬え、その定まることのないさまを詠んだものと言えるだろう。

【訳】

（浦舟はどこに泊まるのであろうか。）旅人の足どりは、浮き草が水に漂《ただよ》うように定まることはない。

初オ六　6　行《ゆく》もかへるもいそぐたび人　（客跡類萍泛）

綾小路三位

【式目】雑　人倫（たび人）　旅（たび人）
（二）旅字1

【注】
足どりはただよう浮き草のようにあてどもない、という前句に対して、その「客跡」のさまを付けた。

逢坂の関に庵室を結び、往き来の人を詠んだという、蟬丸の「これやこの行くも帰るも別れつつ知るも知らぬも逢坂《あふさか》の関」（後撰集・雑一・一〇八九、百人一首）を本歌とする。同歌について、たとえば応永十三年（一四〇六）の奥書を持つ『百人一首抄』（応永抄、宗祇抄乙本）は「おもては旅客の往来のさまの儀、明也《あきらかなり》。したの心は会者定離《えしやじようり》の心なり。ゆくもかへるも、るてむ《（流転）》の心也」と注し、「したの心」では世の無常をあらわすという説が示される。しかしながら、この句の場合は単に「旅客の往来のさま」を詠んだものと理解すべきであろう。道行く人を「行くも帰るも」とうたう例は『沙玉集』（二類本）にも「玉鉾《たまぼこ》の道もさりあへず市人《いちびと》の行くも帰るも立ち止まりつつ」（六二七・行路市）とあるが、ここにも取りたてて無常観は感じられない。

蟬丸歌を本歌取りした和歌では、旅人が道を「いそぐ」とする例はほとんど見られない。他方で

『看聞日記』紙背連歌中には「旅衣《たびごろも》関のこなたは遠からで／行《ゆく》も帰《かへる》もいそぐ都路《みやこぢ》」（応永二十六年三月二十九日賦山何連歌・八六・貞成親王）のように、逢坂の関に差しかかった旅人が、道のりはもう程もないと足をはやめる句があった。逢坂という地名こそ詠みこまれてはいないが、当該句もこれと同様に解してさしつかえないと思われる。多くの旅人たちが、あわただしげに行きかう逢坂の関。「行もかへるも」、みな足早に道をゆく。しかしそのなかでもことに、あてどもない旅路の末、ようやくなつかしい都に近づいた「客」の足取りは自然と急がれるのである。

【訳】

（この逢坂の関を越えて）行く者も帰る者も、みな道を急ぐ旅人たち。（彼らは水に漂《ただよ》う浮き草のように定めない。）

初オ七　7　（行もかへるもいそぐたび人）
鹿《しか》の音《ね》も野《の》さとはちかく通《かよひ》きて　長資朝臣

【式目】秋（鹿）動物―獣（鹿）居所（野さと）
（三）鹿1

【注】

都へと急ぐ旅人は、はやる心から夕暮れになっても歩きつづける。路次「野さと」のあたりを過ぎるときには、鹿の音も耳近く聞こえよう、という句意である。

前句【注】に引いた「旅衣《たびごろも》関のこなたは遠からで／行《ゆく》も帰《かへる》もいそぐ都路《みやこぢ》」の付合《つけあい》が示すように、逢坂の関にさしかかり、都まで道は程ないと先を急ぐ旅人の姿が、『看聞日記』紙背連歌にはしばしば描かれている。そして、「逢坂《あふさか》や急ぐ関路《せきぢ》も夜や深き袖《そで》さへしめる杉の下露《したつゆ》」（玉葉集・旅・一一三七・五条為実）、「秋の日の入《いり》し高根《たかね》はなを見へて／いそぐ宮《みや》この旅ぞほどなき」（応仁二年十二月後花園院独吟賦山何連歌・八）の例が示すように、そのような「たび人」は、日が落ちてもなお足を止めることはないのである。

「鹿の音」は秋の景物。夕暮れに妻を恋うて鳴く鹿の声は、秋のさびしさと相俟《あいま》って、聞く人に哀切な思いをかきたてる。言葉の上にはあらわれていないが、この句は「客」が秋の夜に鹿の声を聞き、一人悲しさや寂しさをつのらせる、という情景を読者に想像させるのである。ただし、旅人が鹿の声によって妻を思うことは、「旅寝《たびね》する佐夜《さや》の中山小夜中《さよなか》に鹿も鳴くなり妻や恋しき」（風雅集・秋上・五一五・橘為仲）、「人ゆへふくる月やうらみむ／さほ鹿《しか》の妻とふ山に旅《たび》ねして」（河越千句・第二・七九・心敬）のように、旅寝の情景として描かれることが多い。道行く旅人が鹿の声を聞くことを詠う例は、「関路鹿」の題を持つ「逢坂《あふさか》を夕越《こ》えくれば鹿ぞ鳴く関のあなたに妻や立つらむ」（楢葉集・餞別・六四〇・読人不知）がある程度だった。あるいはこの句も「旅人が一夜の宿を取った野里では、鹿の声も耳近く聞こえる」と解釈することができるかもしれないが、ここでは前句が逢坂の関を意識することを重視して、ひとまず【訳】のように解しておく。

「野さと」は野辺にある里。和歌には「女郎花《をみなへし》立てる野里《のさと》を打ちすぎて恨《うら》みむ露に濡《ぬ》れや渡らむ」（亭子院女郎花合・八・読人不知）とある程度で、勅撰集の用例は未見。他方、連歌には「鹿の音《ね》にこそ山は近けれ／風ばかり野里《のさと》の秋の夕《ゆふべ》にて」（紫野千句・第三・七三・相阿）、「しぐれにむかふ風のさやけさ／川よりも遠《をち》の野里《のさと》を雪にみて」（文安月千句・第九・三九・堀川具世）などの例が見られ、いずれも山近く物凄きところとして描かれる。また、下って宗祇『吾妻問答』では、連歌の言葉は本来和歌のそれを踏襲すべきであるのに、「歌にもなき言葉をする」悪例として「野里」を挙げ、「以《もつ》ての外宜《ほかよろし》からず候《さうらふ》」と記す。「野さと」は歌語でないにもかかわらず、連歌において用いられることの少なくない言葉であったらしい。

類句として、『看聞日記』紙背中に「秋の名しるき山のうす霧《ぎり》／鹿の音《ね》やすそ野にちかく通《かよ》ふらん」（応永二十四年九月十三日賦何路連歌・三・庭田重有）、「秋のうらみを［　　］／鹿の音《ね》や岡田のすそに通《かよ》ふらむ」（応永二十九年三月二十二日和漢聯句・九・田向長資）がある。

【訳】

鹿の声も（道を急ぐ旅人たちが通り過ぎた）野辺の里では耳近く聞こえて。

（鹿の音も野さとはちかく通きて）

初オ八　8　さびしさもげに［　　　　　　］　基蔵主

【式目】秋（推定）

【注】

後半部分が紙の継目にかかっているため判読できないが、展開から推測するに、「鹿の声も耳近く聞こえる野辺の里、そこでは……のため、秋のさびしさもいっそう身にしみる」というような句意ではなかったか。残された字画から、句末は「計」（ばかり）と推測される。

式目上、秋の句は三句以上連続することが求められるが、前句が「鹿の音」、次句が「楓紅」を詠むところから見て、判読できない部分に秋の季語があったと考えられる。おそらくそれは前句「鹿の音」「野さと」を承《う》けて、山近いあたりの景物であった可能性が高い。つまり、季節も寂しさを誘う秋である上に、ところも物凄き山辺であることが、寂寥感を際立たせるのである。

「さびしさもげに」とする例には、『看聞日記』紙背連歌中に「寒夜《さむきよ》はねざめしの屋《や》の月をみて／さびしさもげに鄙《ひな》のならはし」（応永三十二年十二月十一日賦何路連歌・九八）という句が見える。作者は当該句と同じ善基であり、秋の句ではないが、山深いあたりの「鄙《ひな》のならはし」がさびしさをかきたてると詠む。

【訳】

（鹿の声も耳近く聞こえる野辺の里、そこでは）秋のさびしさもいっそう身にしみる［　　］であることよ。

（さびしさもげに［　　　　］）
初ウ一　9　楓紅林外雨　　楓《かへで》紅《くれなゐ》なり林外《りんぐわい》の雨《あめ》　　周郷

【式目】秋（楓）降物（雨）植物―木（楓・林）
（二）雨1

【注】

前句の後半が判読できないため、付合《つけあい》は判断しかねるが、前句の「さびしさ」を誘うものとして「楓」「秋」などを挙げたのであろう。「さびしさ」という心情を描く前句から、叙景句に転じた。

和歌の世界では、古くから時雨が紅葉を染めるという発想があった。『古今集』に見える「白露《しらつゆ》も時雨《しぐれ》もいたく漏《も》る山は下葉《したば》残らず色づきにけり」（秋下・二六〇・紀貫之）は、その好例。当該句が紅葉した楓とともに「雨」を詠むのは、そのような和歌の伝統にしたがったもので、「林外雨」が「楓」を赤く色づかせるという関係である。同様の発想に基づく和漢聯句の例に「林霧半銜霓（林霧《りんむ》半《なか》ば霓《にじ》を銜《ふく》む）／今朝見るや夜の時雨《しぐれ》のむら紅葉」（永正七年一月二日和漢聯句・二七・三条西実隆）、五山詩では「葉葉染成連夜雨、寺前迎咲似花開（葉葉《えふえふ》染め成す連夜の雨、寺前 迎へて咲《さ》くこと花の開くが似《ごと》し）」（景徐周麟「楓林殘雨」）。言うまでもなく、日本の詩文に特有の表現である。

「楓紅」は楓の葉が赤々と色づく様子。中国古典詩において、紅葉を愛でることはごく限られた例しかないが、そのなかでも当時もっともよく知られていたのは、『三体詩』に収める杜牧「山行」詩の「停車坐愛楓林晩、霜葉紅於二月花（車を停《とど》めて坐《そぞ》ろに愛す楓林《ふうりん》の晩《くれ》、霜葉《さうえふ》は二月の花よりも紅《くれなゐ》なり）」である。これを典拠として、楓が紅に色づくと詠うことは、「時情不減富春好、處處楓林霜葉紅（時情《じじやう》富春の好《よ》きに減ぜず、処処の楓林《ふうりん》 霜葉《さうえふ》 紅《くれなゐ》なり）」（文安三年詩歌合・七・坊城俊秀）をはじめ、枚挙にたえないが、当該句の場合、あえて「山行」詩の影響を考えるほどのこともなかろう。和歌や王朝漢詩において類型化した「楓」の描写を襲用したものである。

「林外」は、白居易「效陶潛体詩十六首」其六に「團團新晴月、林外生白輪（団団たる新晴《しんせい》の月、林外に白輪《はくりん》生ず）」とあるように、樹林の外の空間。五山詩には意外に用例が乏しいが、「林外楚山霜葉色、竹中巴路晩蟬聲（林外の楚山《そざん》 霜葉《さうえふ》の色、竹中の巴路《はろ》 晩蟬《ばんぜん》の声）」（現存三十六人詩歌・四一・堀河基具）など、日本でも用いられない語ではない。ここでは「時雨に染められた楓の林だけではなく、その外にもやはり雨は降る」と詠うのであった。なお、「楓紅」と「林」との結びつきは、「楓林」という熟語から連想されたものであろう。前掲「山行」詩にも見える語である。

【訳】

（「　」が秋のさびしさをかき立て、）楓《かへで》は紅色に染まり、（それを色づかせた）雨は林の外にまで降っている。

初ウ二 10 （楓紅林外雨）
木《こ》ずゑむらだつ松《まつ》のうすぎり　　慶

【式目】秋（うすぎり）　聳物（うすぎり）　植物―木（木ずゑ・松）

【注】

時雨に濡れて色づく紅葉に対して、緑色を変じない松を付けた。「外物獨醒松澗色、餘波合力錦江聲（外物《ぐわいぶつ》の独《ひと》り醒《さ》めたるは松澗《しようかん》の色、余波の合力《がふりよく》するは錦江《きんかう》の声）」（和漢朗詠集・秋・紅葉・三〇四・大江以言）、「心とや紅葉はすらむ立田山《たつたやま》松は時雨《しぐれ》に濡《ぬ》れぬものかは」（新古今集・秋下・五二七・藤原俊成）など、紅葉と松の色彩的対比を詠ずる例は数多い。当該句の作者である貞成《さだふさ》親王にも、「松原に混じる梢《こずゑ》の薄紅葉《うすもみぢ》いかに時雨《しぐれ》の染めは分けけむ」（二類本沙玉集・七四九・松間紅葉）の作例がある。また、連歌では「松の外《ほか》なる霧のむらだち／槙《まき》檜原《ひばら》わけて紅葉や時雨《しぐる》らん」（応永二十五年十二月二十二日賦何木連歌・七三・貞成親王）のように、その対照が付合《つけあひ》（対句）を構成する。

「むらだつ」は群立するさまを言う。『後拾遺集』に「逢坂《あふさか》の杉《すぎ》の群立《むらだ》ち引くほどは小斑《をぶち》に見ゆる望《もち》月《づき》の駒《こま》」（秋上・二七八・良暹）とあるのが勅撰集初出で、和歌にしばしば用いられる。ただし、「木ずゑ」が「むらだつ」と表現することは珍しく、連歌で「さゆるあらしの雲にふくこゑ／まさ木《き》ちる嶺《みね》の梢《こずゑ》のむら立《だち》て」（因幡千句・第四・三・専順）など数例が認められるのみ。当該句の場合には、「うすぎり」の絶え間から松の梢だけが幾枝も見える様子を表わしたもので、『続拾遺集』に収める

「与謝《よさ》の浦の霞《かすみ》晴れゆく絶間《たえま》より梢《こずゑ》ぞ見ゆる松の群立《むらだ》ち」（春上・三五・藤原隆信）がもっとも近い例であろう。

「うすぎり」は、勅撰集では『新古今集』に初出する歌語であるが、二条良基の『近来風躰』では制詞《せいのことば》とされている。他方、『玉葉集』『風雅集』には用例が見られ、京極派に好まれた言葉でもあった（前著『良基・絶海・義満等一座和漢聯句譯注』19句【注】参照）。貞成親王も、「いつしかと日影《ひかげ》の色も薄霧《うすぎり》の立つ秋しるき朝明《あさあ》けの空」（二類本沙玉集・二四三）、「村雲《むらくも》のひまもる月の又出《またいで》て／野分《のわき》のあとに残るうす霧《ぎり》」（応永三十年五月二十五日賦山何連歌・二六）と詠じている。このほか『看聞日記』の紙背連歌では、「影《かげ》をつる月の河上《かはかみ》ふくる夜に／時雨《しぐれ》のあとにのこる薄霧《うすぎり》」（応永二十七年五月二十五日賦何路連歌・六・善基）など、雨と薄霧はよく取りあわされる景物であった。当該句のように、「雨」から、その後に立ちのぼる「うすぎり」への展開は、自然な連想といえる。

【訳】

（時雨に濡れて楓《かえで》は赤く色づく。一方、）緑の梢が群立っている松を覆《おお》う薄霧。

初ウ三　11
（木ずゑむらだつ松のうすぎり）
夕船《ゆふぶね》は月と友《とも》にや出《いで》ぬらん
綾小路三位

【式目】秋（月）光物（月）時分—夕（夕船・月）水辺（夕船）
（四）夕字1

【注】

前句「松」を浜辺のそれと取りなして、夕暮れの海へと展開した。「和歌の浦を松の葉越《はご》しに眺むれば梢《こずゑ》に寄する海人《あま》の釣舟《つりぶね》」（新古今集・雑中・一六〇三・寂蓮）は、松の葉越しに眺めると、舟が梢に寄りくるように見えると詠う。遠景と近景を融合させた歌である。この付合《つけあい》もまた、近景「松」に目を凝《こ》らした後、その向こうに浮かぶ「夕船」「月」に視線を移したのであろう。

「夕船」は、夕暮れのころに漕《こ》ぎ浮かぶ舟のこと。先行例は見出せず、おそらくは「夜舟」から類推された語であろう。句末の「出《いで》ぬらん」とは、今、沖を行く舟は、「月と友に」湊《みなと》を出たのであろうか、と時間を遡《さかのぼ》って推測したもの。

「月と友《とも》に」とは、月の出るころ船出した、の意。「友に」は「共に」に同じく、この用字は、『看聞日記』紙背連歌にも「むしの音《ね》すごき暁《あかつき》の床《とこ》／友《とも》にみば月の恨《うらみ》のよもあらじ」（応永三十二年三月二十五日賦山何連歌・一一・田向経良）という例が見える。

月の出は満潮と重なるので、船出に適する。そのため「月の出潮《でしほ》」という言葉もあった。「月ノ出シヲ、入シヲトテ、月ニ随《したがひ》テ潮ノミチヒキガアルゾ」（日本書紀桃源抄）。和歌にも、「有明《ありあけ》の月の出潮《でしほ》の湊舟《みなとぶね》今か入るらむ千鳥《ちどり》鳴くなり」（続後拾遺集・冬・四六五・嘉陽門院越前）、「月影《つきかげ》に四方《よも》の島辺《しまべ》を見渡せば潮《しほ》も適《かな》ひぬ船出せよ君」（堀河百首・一四五一・藤原基俊）など、数多く見られる。

加えて、月下の船出には、船中で月を賞美するというこころもある。さえぎるもののない沖合では、月はことに美しく見えるのであった。和歌や連歌には「わたの原八十島《はらやそしま》かけて澄《す》む月にあくがれ出《い》づる秋の舟人《ふなびと》」（続後拾遺集・秋下・三三三・世尊寺行房）、「月の夜みちぞあくがれて行《ゆく》／舟とめし旅のうら〳〵漕《こぎ》わかれ」（菟玖波集・羇旅・一六九四・惟宗親孝）など、月に誘われて、夜舟を漕ぎ出すと詠う例が少なくない。なお、さらに付言するならば、当該句の背景には「空の海に雲の波立ち月の舟星の林に漕《こ》ぎ隠《かく》る見ゆ」（拾遺集・雑上・四八八・柿本人麿、万葉集・巻七・一〇六八）のように、月を舟に見立てる発想が影響している可能性も考えられよう。

『連歌新式』では、「舟」字は七句去りと規定される。当該句「夕船」は4句「いづくとまりぞ出《いづ》る浦舟《うらぶね》」の「浦舟」から六句しか隔たっておらず、式目に違反している。

また、3句【注】に引いた『連通抄』には、「裏の三番めの句たけ高く、幽玄なる句をすべし。面《おもて》の第三秋の月ならば、引返《ひきかへ》し三句の月は夏冬春の月間《あひだなる》成べし」とあって、初折表の三句目に秋の月を詠んだ場合、初折裏三句目（引返《ひきかえし》の三句目）には、それ以外の季節の月を詠むべきであるという規定が見える。おそらくは初折裏三句目が、月の定座であるという前提に立った記述であろう。本百韻の場合は、第三が冬の月、当該句（初折裏三句目）が秋の月で、『連通抄』の記述の裏返しであるが、両句とも月の定座を守っている点では変わりない（以上については、位藤邦生『伏見宮貞成の文学』参照)。

【訳】(霧の中の松の向こうに見える、)夕方に漕《こ》ぎ渡る舟は、月の出とともに船出したのであろうか。

初ウ四　12　(夕船は月と友にや出ぬらん)
浪《なみ》さしのぼる奥《おき》の高塩《たかしほ》　沙弥行光

【式目】雑　水辺(浪・奥・高塩)

【注】

「月とともに船出する」という前句から、「高塩《たかしほ》」を導いた。前句【注】で触れた「月の出潮《でしほ》」をもとに、展開を図っている。また、後代の作ではあるが、正徹「湊川入江《みなとがは》に舟を留《とど》むれば月と潮《しほ》とぞさしのぼりゆく」(草根集・一〇〇七八)のように、前句「月」と当該句「さしのぼる」が、詞の縁(月がのぼる、の意)で付けられている。

「浪」が「さしのぼる」とする表現は、管見のかぎり、当該句のほかに用例を見出せない。通常「さしのぼる」と表現されるのは、潮であることが多い。「さしのぼる猪名《ゐな》の湊《みなと》の夕潮《ゆふしほ》に光満《み》ちたる秋の夜の月」(続古今集・秋上・四〇五・西園寺実氏)、「日影《ひかげ》をもかくすは雲のはたてにて/汐《しほ》さしのぼる浦の捨舟《すてぶね》」（紫野千句・第一・八二・重貞）は、いずれも満潮になって、海面が盛りあがるように見えるのを「さしのぼる」と詠うものである。当該句は、このような表現の型を踏まえて、潮のなかでもことに勢いよく押し寄せる波頭に注目して、「浪」としたのだろう。

「高塩《たかしほ》」は、満潮によって水嵩《みずかさ》が特に高くなること。「Tacaxiuo.（高潮）月の運行の関係で時として起こる大潮」（日葡辞書）。「月の出潮」の際に満潮を迎え、水嵩が増したのである。連歌の例に「けふはなく〴〵と象潟《きさかた》の波／さしのぼる磯《いそ》の高汐《たかしほ》岩越《こえ》て」（池田千句・第六・六三・池田性繁）など。

なお、「奥」は「沖」に同じ。連歌懐紙では珍しくない用字である。

【訳】

（満潮を迎え、）波頭も盛り上がる、沖合の海。（月の出のころ、船出したのだろうか。）

初ウ五

（浪さしのぼる奥の高塩）

13　喚　群　沙　鳥　乱　　群《む》れを喚《よ》びて　沙鳥《さてう》乱《みだ》る　　健首座

【式目】雑　水辺（沙鳥）　動物―鳥（沙鳥）

【注】

寄せくる「高潮《たかしほ》」に驚いた干潟の鳥たちが、鳴き交《か》わしながら、空へ飛び立つ光景を付けた。

付合《つけあい》の念頭にあるのは、「和歌の浦に潮満《しほみ》ちくれば潟《かた》をなみ蘆辺《あしべ》をさして鶴《たづ》鳴きわたる」（続古今集・雑中・一六三四・山部赤人、万葉集・巻六・九一九、和漢朗詠集・鶴・四五一）のような光景であろう。もとより鶴は「沙鳥」とは言いがたいが、たとえば和漢聯句には「日もゆふ千鳥《ちどり》友さそふこゑ／遥《はる》〴〵と干潟《ひがた》のしほやみちぬらん」（永禄七年四月二十三日和漢聯句・三七・盛遠）のような例もあった。「千鳥が鳴き交わすのは、潮が満ちてきたからであろうか」と、先の赤人歌の鶴を千鳥に取りかえた作である。当該句もこれと同様の発想と考えたい。

「喚群」は、鳥どうしが鳴き交わすこと。漢詩での使用は管見に入らないが、類似の表現として「鶏有呼群之徳、鹿有食草之美（鶏《にはとり》　群《むれ》を呼《よ》ぶの徳有り、鹿　草を食らふの美有り）」（梁・呉均「食移」、藝文類聚・巻七十二）の「呼群」が挙げられる。また「沙禽相呼曙色分、漁浦鳴榔十里聞（沙禽《さきん》　相《あひ》呼びて曙色《しよしよく》分かれ、漁浦《ぎよほ》　榔《らう》を鳴らして十里に聞こゆ）」（独孤及「早發龍沮館舟中寄東海徐司倉鄭司戸（早《つと》に龍沮館《りゆうしよくわん》を発《た》ちて舟中より東海徐司倉《じよしさう》・鄭司戸《ていしこ》に寄す）」）の「沙禽相呼」は当該句の情景に近い。

「沙鳥」は、砂浜の水鳥。許渾「嶺猿群宿夜山静、沙鳥独飛秋水涼（嶺猿《れいゑん》　群宿《ぐんしゆく》して夜山静かに、沙鳥《さてう》　独飛《どくひ》して秋水涼し）」（「韶州驛樓宴罷（韶州《せうしう》駅楼　宴して罷《や》む）」）など習見の語。具体的な鳥の種類を指すものではないが、ここでは鷗《かもめ》を意識する可能性が高い。たとえば「沙鷗」の語は漢詩にはしばしば見られるものであったし、前句との関係から考えても『連珠合璧集』に「潮→かもめ」の寄合《よりあひ》が挙がることは、有力な傍証となろう。

それが現行のように「沙鳥」となったのは、平仄の規則上、四字目には「鷗」（平声）よりも、「鳥」（上声）のほうがふさわしいためと考えられる。月舟寿桂「官湖白鷗」詩に「官潮春暖緑於苔、

漢網亦羅沙鳥來（官潮《くわんてう》の春暖《しゆんだん》苔《こけ》よりも緑に、漢網《かんまう》も亦《ま》た沙鳥《さてう》を羅《ら》し来たる）」（翰林五鳳集・巻三十九）
とあるように、鷗を指して「沙鳥」とした例も、五山詩には見られるのである。

「乱」は鳥が鳴き騒ぎ、飛び交う様子。「欲棲群鳥亂、未去小童催（棲《やど》らんと欲して群鳥乱れ、未だ去らざるに小童催《もよほ》す）」（杜甫「晩晴呉郎見過北舎（晩晴 呉郎《ごらう》 北舎に過《よぎ》らる）」）、また「殘陽沙鳥亂、疏雨島楓飛（残陽 沙鳥《さてう》乱れ、疏雨《そう》 島楓《たうふう》飛ぶ）」（斉己「送二友生歸宜陽（二友生の宜陽《ぎやう》に帰るを送る）」）などと見えた。

【訳】

（沖から満潮の波が押し寄せ、）浜辺の水鳥が飛び立って、仲間を呼ぶように鳴き騒ぎ、飛び交《か》う。

初ウ六　14　（喚群沙鳥乱）
催恨嶺猿鳴　　恨《うら》みを催《もよほ》して　嶺猿《れいゑん》鳴《な》く　　蔭蔵主

【式目】 雑　山類（嶺猿）　動物—獣（嶺猿）
（二）恨1　（二）猿1

【韻字】 鳴（韻府群玉・聚分韻略）

【注】

「沙鳥」に「嶺猿」を配し、水辺と山中の対句とした。鳴きさわぐ水鳥の群れの騒々しさと、猿声の哀切な響きが対照的である。前句【注】に引いた許渾「嶺猿群宿夜山靜、沙鳥獨飛秋水涼（嶺猿《れいゑん》群宿《ぐんしゆく》して夜山静かに、沙鳥《さてう》独飛《どくひ》して秋水涼し）」をはじめとして、「沙鳥」と「嶺猿」の対偶は中国古典詩にしばしば見られるところ。有名な杜甫「登高」にも「風急天高猿嘯哀、渚清沙白鳥飛廻（風急に天高くして猿嘯《ゑんせう》哀し、渚《なぎさ》清く沙《すな》白うして鳥飛《てうひ》廻《めぐ》る）」とあった。

「猿」の声は、聞く人に悲しみを催させるものとして、中国古典詩に繰りかえし詠われてきた題材であり、ことに白居易「舟夜贈内（舟夜　内に贈る）」詩の「三聲猿後垂郷涙、一葉舟中載病身（三声の猿の後《のち》に郷涙《きやうるい》を垂《た》れ、一葉の舟の中《うち》に病身を載《の》す）」（和漢朗詠集・猿・四五六）など、旅中の詩において、望郷の念に結びつけられることが多い。ただし当該句については、句中に旅を思わせる表現がないので、猿の棲《す》むような山谷で感じる心細さや切なさを、「恨」としたものか。

「催恨」は、この場合、聞く人が「恨」みを催すこと。李白の「翳翳昏墊苦、沈沈憂恨催（翳翳《えいえい》として昏墊《こんてん》に苦しみ、沈沈として憂恨催《いうこんもよほ》す）」（「玉眞公主別館苦雨贈衛尉張卿二首（玉真公主別館　雨に苦しみて衛尉《ゑいゐ》・張卿《ちやうけい》に贈る二首）」其二）に見える程度で、かならずしも一般的な語ではない。類似の表現として「青楓亦何意、此夜催人愁（青楓《せいふう》も亦《ま》た何《いづ》れの意ありてか、此《こ》の夜　人をして愁《うれ》へを催《もよほ》さしむ）」（劉長卿「杪秋洞庭中懷亡道士謝太虛詩（杪秋《せうしう》　洞庭《どうてい》中に亡き道士謝太虚《しやたいきよ》を懐《おも》ふ詩）」）という例があった。

「猿」と「恨」を組合わせた例としては、「唯有夜猿知客恨、嶧陽溪路第三聲（唯だ夜猿《やゑん》の客の恨《うら》みを知る有り、嶧陽《えきやう》の渓路《けいろ》　第三声）」（李端「送劉侍郎（劉侍郎を送る）」）があるが、これは旅愁を詠んだもので、当該句とはやや性質が異なる。

【訳】（浜辺の水鳥は仲間を呼ぶように鳴き騒ぎ、）聞く者を悲しくさせるような、山嶺の猿の声（が聞こえる）。

初ウ七　15　（催恨嶺猿鳴）
山ずみは人のとはぬも咎《とが》ならで　椎

【式目】雑　山類—山（山ずみ）　人倫（人）　述懐（山ずみ）

【注】

前句「嶺猿」の声を聞く人物として、「山ずみ」の世捨人を付けた。

「山ずみ」は『日葡辞書』に「Yamazumi.（山住）山林に住むこと」とある。俗世を離れ、心静かに閑居することである。和歌では院政期から用いられてきた語であるが、勅撰集では「逃《のが》れえぬ人目は同じ都にて我が山住みぞなほあらはなる」（玉葉集・雑三・二二〇四・洞院公守）の一例のみ。ただし貞成《さだふさ》親王はこの言葉を好んだらしく、二類本『沙玉集』には「うき世をば思ひ捨てにし山住みになほ聞き悩む萩（荻カ）の上風《うはかぜ》」（五七三・幽居萩（荻カ））など、計四例が見えた。

山に隠れ住むのは、「あしひきの山のまにまに隠れなむ憂《う》き世の中はあるかひもなし」（古今集・雑下・九五三・読人不知）、「枝折《しをり》せでなほ山深く分け入らむ憂《う》きこと聞かぬところありやと」（新古今集・雑中・一六四三・西行）のように、憂き世から逃れるためである。そして、そのような境遇では、山住みの庵を訪う人も稀になるのが自然であろう。「山里は人来させじと思はねど訪《と》はるることぞ疎《うと》くなりゆく」（新古今集・雑中・一六六〇・西行）、「柴《しば》の戸はた丶く嵐の又□りて／人おともせぬおくの山住《やまずみ》」（応永二十八年五月二十九日賦何目連歌・五六・貞成親王）。当該句の「咎《とが》ならで」は、「山住みの庵を友人が訪れなくなったのは、決して相手の「咎」（罪）ではない。それは、自分の住む奥山という場所のせいなのだ」と詠むのである。

友人の来訪は閑居の静寂を乱すものであるから、建前としては「墻《かき》ほはたまる庭のうす雪／山ずみはとはぬを冬のなさけにて」（応永二十七年閏一月十三日賦何人連歌・六一・冷泉正永）のように、訪わないことこそ「なさけ」なのである。とはいえ、世を捨てた身であっても、やはり寂しさからは逃れがたい。「山里はものの侘《わび》しきことこそあれ世の憂《う》きよりは住みよかりけり」（古今集・雑下・九四四・読人不知）、「世を捨てて山に入る人山にてもなほ憂《う》きときは何方《いづち》行くらむ」（古今集・雑下・九五六・凡河内躬恒）。当該句は、前句の「恨」をこのような感情に取りなして、句を付けているのである。山住みの人恋しさと、世俗の人のわずらわしさとが、相半ばして、「人が来ないのを咎《とが》めようとは思わないが、やはり訪ねてきてほしいと感じるときもある」という含みのある表現になった。奥山に隠棲する人の微妙な心情を表しているといえよう。

【訳】

（猿の声が哀切な気持ちを強める）この山の庵を、友人が訪れないのも、友人の罪ではなくて。

初ウ八　16　　（山ずみは人のとはぬも咎ならで）
捨《すて》し浮世《うきよ》のとをき隠家《かくれが》　　行光

【式目】雑　述懐（捨し浮世・隠家）
（五）世1　（一）隠家1

【注】

友人が訪れないと詠む前句に、「それは我が庵が浮世から遠く離れたところにあるからだ」と付けた。『連珠合璧集』に「隠家《かくれが》↓山の奥」「捨身《すつるみ》↓山」。「捨《すて》し浮世」とは、「隠家《かくれが》」に住む人が捨てた俗世のこと。『看聞日記』紙背連歌には、「友なりしだにとはぬ山ざと／誰とみんすてし浮世《うきよ》の松の雪」（応永二十五年二月二十三日賦何人連歌・一七・貞成親王）などの例が見られ、当該句と同じく、友の訪れのないことに「捨し浮世」を付けている。ことに「人おともせぬおくの山住《やまずみ》／捨《すて》て後過《のちすぎ》しうき世や歎《なげく》らん」（応永二十八年五月二十九日賦何目連歌・五七・綾小路信俊）では、「山住《やまずみ》」に「うき世」が付き、当該句と同趣の付合《つけあい》と言えよう。

下七の「とをき（ほ）」は「浮世」と「隠家」が遠く隔たっていることを言うものではあるが、同時に「隠家」の人が感じる心情的な距離感も含まれていよう。「浮世」を遠いと表現する例には、「峰の月雲井《くもゐ》も遠くなりにけり憂《う》き世厭《いと》ひしながめせし間に」（新千載集・雑中・一八五五・後宇多院）、「今は身のかくれ所を住《すみ》かへて／うき世を山や遠くなすらん」（紫野千句・第一・一〇・禅厳）などいくつかある。貞成《さだふさ》親王にも、「人もとひこぬかくれがのやま／すてしより此世《このよ》のほかに身をなして」（新撰菟玖波集・雑五・三三七六）と、「隠れ家を誰も訪れないのは、俗世の外に身を置くゆえだ」と付けた例があった。

【訳】

捨て去った浮世が遠い、この隠れ家であるよ（友人が訪れないことも、仕方がないのだ）。

初ウ九	17	（捨し浮世のとをき隠家） 見《み》しさかり花も老木《おいき》の一むかし	慶

【式目】春（花）植物―木（花・老木）

（三）花1　（二）老1　（一）昔1

【注】

「隠家」に住む人の、老いの述懐を付けた。前句「とをき」を時間的な隔たりに取りなしている。

「見しさかり」は、かつて目にした花盛り。

「花も老木《おいき》」の「も」は、「今、眼前にある桜はもとより、我が身もまた老木である」の意である。

老木の花にこと寄せて述懐を詠む例には「神垣《かみがき》に昔我が見し梅の花ともに老木《おいき》となりにけるかな」

(二度本金葉集・雑上・五一六・源経信) があり、貞成《さだふさ》親王にも「植ゑ《う》おきて見ざらむ世には花もまたひとり老木《おいき》の我や偲《しの》ばむ」(二類本沙玉集・四四三) という歌が見えた。「今や老木となってしまった私が亡くなったならば、そのときには老木となっているであろう桜が、私のことを偲《しの》んでくれるだろうか」というのである。他方、当該句では、我が身を桜に重ねて「長い年月を経て、花も私も老木となってしまった」と、過ぎた盛りを遠く振りかえる。

「一むかし」は、遠く過ぎた昔を漠然と指す。中世には二十一年を指して「一むかし」ということもあったが (日葡辞書)、この場合はそれほど厳密に考えなくてもよいだろう。和歌、連歌に用例の少ない語であるが、西行には「吉野山崖路《ほきぢ》伝ひに尋《たづ》ね入りて花見し春は一むかしかも」(山家集・九六) という歌があり、あるいは当該句はこれを意識するものか。そうであれば、付合《つけあい》を西行の俤《おもかげ》と見て、草庵に咲く老木の桜を前に、遁世者が若かりしころを思い出す句と解釈できる。

【訳】

(隠れ家では、私と同じく) かつて見た盛りの花も老木となった、ひと昔を経たのだ。(盛りの花であったのは、遠い昔のこと。)

（見しさかり花も老木の一むかし）

初ウ一〇　18　霞蒸金谷桜　霞《か》は蒸《む》す　金谷《きんこく》の桜《さくら》　寿蔵主

【式目】春（霞・桜）　聳物（霞）　山類（金谷）　植物—木（桜）　名所（金谷）

（三）　桜1

【韻字】桜（韻府群玉・聚分韻略）

【注】

桜の老木を見て昔の「さかり」を思い出すという前句に、「金谷の花を前にすると、石崇《せきすう》の栄花がしのばれる」と付けた。

「霞」は朝焼けや夕焼けのように、色づいた雲霧の類。晋・左思「蜀都賦」に「舒丹氣以爲霞（丹気を舒《の》べて以つて霞と為《な》す）」（文選・巻四）とあり、劉良注は「霞、赤雲也（霞は、赤雲なり）」とする。このほか「霞」の色は様々に描かれるが、いずれにしても和語に言う「かすみ」とは異なる。

「蒸」は雲や霧などがわき起こり、たちこめるさま。「蜀都賦」前掲句の李善注に「河圖曰、崑崙山有五色水、赤水之氣、上蒸爲霞、而赫然也（河図《かと》に曰く、崑崙《こんろん》山に五色の水有り、赤水の気、上蒸《じやうじよう》して霞と為《な》りて、赫然《かくぜん》たり）」とあるほか、「山行明照上、谿宿密雲蒸（山を行けば　明照上《のぼ》り、谿《たに》に宿れば　密雲蒸《む》す）」（駱賓王「北眺春陵（北のかた春陵《しようりよう》を眺《なが》む）」）、「氣蒸雲夢澤、波撼嶽陽城（気は蒸《む》す　雲夢《うんぼう》沢、波は撼《うご》かす　岳陽《がくやう》城）」（孟浩然「望洞庭湖贈張丞相（洞庭《どうてい》湖を望み張丞相に贈る）」）などと用いられる。

「霞蒸」という措辞は、韓愈「桃源圖」に「種桃處處惟開花、川原近遠蒸紅霞（桃を種《う》ゑて処処惟《こ》れ花を開く、川原　近遠　紅霞《こうか》蒸《む》す）」（韻府群玉・下平声十・蒸韻「霞蒸」、古文真宝・前集巻六）とあるのに拠るもの。韓愈詩は、川の両岸に咲き満ちた赤い桃の花を「紅霞」に喩《たと》えている。これを踏まえた当該句の「霞蒸」も、同様に桜の花を見立てた表現。ただし、白い桜の花と赤い「霞」とは、うまく重ならない。王朝漢詩、五山詩、和漢聯句のいずれにおいても、桜花を「霞」に見立てる例は稀である。一方、和歌の世界では、「花の色に天霧《あまぎ》る霞《かすみ》立ちまよひ空さへ匂ふ山桜かな」（新古今集・春下・一〇三・藤原長家）のように、白くうっすらとかかる「かすみ」が、花としばしば重ねあわされる。当該句では、このような和歌表現による連想も働いていると思われる。

「金谷」は河南省洛陽県にある谷。巨富を誇り、贅沢を尽くした晋・石崇の別荘として名高い金谷園があった。金谷園の遺跡に石崇の栄花を偲《しの》ぶ詩は、『古文真宝』前集巻一に収める無名氏「金谷園」など数多い。当該句も、金谷に今も咲き誇る桜を眺めつつ、古《いにしえ》に思いをはせる。同様の発想に依るものとして、「金谷醉花之地、花毎春匂而主不歸（金谷　花に酔《ゑ》ふの地、花　春毎《ごと》に匂《にほ》うて主《しゆ》帰らず）」（和漢朗詠集・懐旧・七四四・菅原文時）、「金谷風光依舊在、無人管領石家春（金谷の風光　旧に依りて在《あ》るも、人の石家の春を管領《くわんれい》する無し）」（白居易「早春晩歸」）などを挙げることができる。

金谷園について、石崇「思歸引序」には、「百木幾於萬株（百木　万株《ばんしゆ》に幾《ちか》し）」（文選・巻四十五）とある。しかし、そこに「桜」が咲いていたとする例は、ほとんど見られない。数少ない例として、本百韻同様『看聞日記』紙背に記された和漢聯句に「夢ぞとはしれども花をしたひみて／桜残金谷浜（桜は残る　金谷の浜）」（応永三十一年二月七日和漢聯句・一八・用健周乾）という付合《つけあい》がある。

【訳】

赤く染まった雲がたちこめるように、（今も）咲き誇る金谷の（老木の）桜。（石崇の金谷園の栄花もひと昔前のことだ。）

初ウ一一　19　（霞蒸金谷桜）
在明《ありあけ》やおぼろのそらにのこるらん　重有朝臣

【式目】春（おぼろ）光物（在明）時分―朝（在明）
（四）晨明1　（三）春月1

【注】

前句の「霞」を日本の「かすみ」に取りなし、ぼんやりとうちかすむ空に、有明の月が残る光景を詠じた。『連珠合璧集』に「在明《ありあけ》↓さくら」。「山桜空さへ匂《にほ》ふ雲間《くもま》より霞《かす》みて残る有明《ありあけ》の月」（続後撰集・春中・一〇五・西園寺実氏）、「峰白《しら》む梢《こずゑ》の空に影落ちて花の雲間に有明《ありあけ》の月」（風雅集・春中・二〇七・藤原忠良）のように、薄暗い空に有明の月が残り、桜が浮かびあがる情景を描いた句である。

「在明《ありあけ》」は陰暦十六日以降に見られる月。夜が白んで後、なお朝方の空に留まるところから、和歌では「のこる」と表現されることが少なくない。『百人一首』にも収める有名な「杜鵑《ほととぎす》鳴きつる方を

臨川書店の

新刊図書

2011/1 ～ 2

美術史における対外文化交流の実態を解明

近世異国趣味美術の史的研究

勝盛典子 著

■B5判上製・本文460頁・図版カラー90頁　予価一七、八五〇円

＊詳細は裏面をご覧ください

石田 肇編

考古学を科学する

■A5判上製・約270頁　予価二、一〇〇円

曽布川寛・吉田 豊編

ソグド人の美術と言語

■A5判上製・約320頁　三、七八〇円

宮井里佳・本井牧子 共著

金《こん》蔵《ぞう》論《ろん》

■A5判上製・約700頁　一五、七五〇円

京都大学国文学研究室
中国文学研究室 編

看聞日記紙背 和漢聯句譯注

―「応永二十五年十一月二十五日和漢聯句」を読む―

■四六判上製・約250頁　三、三六〇円

臨川書店近代文芸・文化雑誌複製叢書〈第4次〉

改造（マイクロフィルム版）

第三回配本

■マイクロフィルム全94リール　各配本毎定価三六七、五〇〇円

真弓常忠著作選集

全三巻

■四六判上製・各巻約350頁　各巻予価二、六二五円

真福寺善本叢刊 第二期　＊3月刊行予定

講説論義集

全巻完結　最終回配本 第2巻

■菊判クロス製・約440頁・函入　一一、五五〇円

日本ヘルマン・ヘッセ友の会・研究会 編・訳

ヘルマン・ヘッセ エッセイ全集

第七回配本 第5巻

―随想Ⅱ（一九〇五～一九二四）―

■四六判上製・370頁　三、六七五円

臨川書店

表示価格は税込

本社／〒606-8204 京都市左京区田中下柳町8番地 ☎(075)721-7111 FAX(075)781-6168
東京／〒101-0062 千代田区神田駿河台2-11-16 さいかち坂ビル ☎(03)3293-5021 FAX(03)3293-5023
E-mail（本社）kyoto@rinsen.com（東京）tokyo@rinsen.com http://www.rinsen.com

金蔵論《こんぞうろん》

宮井里佳（埼玉工業大学准教授）
本井牧子（筑波大学助教）　共著

本書は、『今昔物語』の出典として知られ、かねて国文学研究者から注目されてきた『金蔵論』についての本文と研究。現存する写本のうち大谷大本・興福寺本を影印、韓国梵魚寺本、敦煌本も対照した翻刻、校訂、さらに研究論文（第一部：『金蔵論』現存諸本と復元の試み／第二部：中国仏教における『金蔵論』／第三部：日本における『金蔵論』の受容）を収録する。今後の研究に資する重要資料。

■Ａ５判上製・約700頁　　定価一五、七五〇円

ISBN978-4-653-04120-7

真弓常忠著作選集

真弓常忠著（住吉大社宮司）

第1巻　論考篇『古代祭祀の探求』
第2巻　随筆篇『祭 祀 の 系 譜』
第3巻　小説篇『大海人皇子秘話』

住吉大社宮司をつとめる著者の長年の研究論文・随筆・小説・講演から、住吉大社御鎮座千八百年（二〇一一年五月）を記念して特に住吉大社にかかわるものを厳選して収録する。**第1巻論考篇『古代祭祀の探求』・第2巻随筆篇『祭祀の系譜』・第3巻小説篇『大海人皇子秘話』の全三巻**。学術的な論考、一般人にもわかりやすい随筆、そして臨場感溢れる歴史小説、多方面にわたる業績の集大成ともいえる著作集である。

■四六判上製・各巻約350頁　　各巻予価二、六二五円

ISBN978-4-653-04121-4
ISBN978-4-653-04122-1
ISBN978-4-653-04123-8

看聞日記紙背 和漢聯句譯注

―「応永二十五年十一月二十五日和漢聯句」を読む―

京都大学国文学研究室
中国文学研究室　編

中世日記史料として名高い、伏見宮貞成親王『看聞日記』の紙背に数多く残される連歌作品のうち応永二十五年（一四一八）に制作された和漢聯句を翻刻・訳注し、解説を加えたもの。本百韻は、室町中期の政界に重要な位置を占めた貞成親王と近臣たちの交流を知る上での重要資料であるだけでなく、和歌・連歌・俳諧、また漢文学・中国文学・中世文化や政治史等の諸分野に渡り広く有益な一冊。

■四六判上製・約250頁　　定価三、三六〇円

ISBN978-4-653-04077-4

国文学研究資料館編
翻刻・解題執筆　山崎誠

講説論義集

真福寺善本叢刊〈第二期〉全巻完結

最終回配本 第2巻

〈収録内容〉維摩会記／維摩会記録／公家最勝講聴聞集 ほか

＊3月刊行予定

名古屋真福寺蔵の古写本・文書類中、未発表の典籍を中心に資料価値の高いものを厳選して影印・翻刻。解題・索引を付して公刊。第二期の最終回配本となる本巻には、研学のための二種の資料を収録。続群書類従所収本の一つとしても知られ、維摩会の講師の所作の全貌を明かす『維摩会記』、東大寺図書館の宗性編『最勝講問答記』群と密接な関係を示す『公家最勝講聴聞集』など、本分野の研究発展に欠かせない重要な記録である。

■菊判クロス装・約440頁・函入　定価一一、五五〇円

真福寺善本叢刊〈第二期〉全12冊揃一六九、七八五円

ISBN978-4-653-03882-5

臨川書店 近代文芸・文化雑誌複製叢書〈第4次〉

マイクロフィルム版

改造

自創刊号（大正8年4月）
至戦前終刊号（昭和19年6月）迄

＊第三回配本　1月発売／全六回配本

雑誌『改造』の創刊号から戦前終刊号までをマイクロフィルムで複製するシリーズ。第3回配本では、12巻1号（昭和5年1月）から15巻12号（昭和8年12月）まで、「第二貧乏物語」（河上肇著、12巻11号）等の附録や、「社会ファシスト『労働者派』批判」（野呂栄太郎著、13巻9号）等の切取処分を受けた記事を含む49冊を15リールに収録。近代の歴史、社会思想史、メディア史、文学研究に必備の重要資料。【呈内容見本】

■マイクロフィルム全94リール　各配本毎定価三六七、五〇〇円
検索用CD-ROM1枚　定価五二、五〇〇円

＊但し、CD単体でのご購入は定価一〇五、〇〇〇円となります

ISBN978-4-653-04103-0（第3回配本）
ISBN978-4-653-04100-9（セット）

日本ヘルマン・ヘッセ友の会・研究会 編・訳

ヘルマン・ヘッセ エッセイ全集

第七回配本 第5巻

―随想Ⅱ（一九〇五～一九二四）―

第5巻は、一九〇五年から一九二四年の間のさまざまな心境を綴った「随想Ⅱ」を収録する。この時期は、ヘッセ二十八歳から四十七歳にあたり、作家として油が乗り、『車輪の下』『ゲルトルート』『ロスハルデ』『クヌルプ』『シッダールタ』詩集『青春は美し』等の代表作を続々と発表した時期にあたる。充実した作家生活の裏側をうかがわせる味わい深い一冊であり、この時期のヘッセの生活や心境もうかがえる興味深い一冊である。【呈内容見本】

■四六判上製・370頁　定価三、六七五円

ISBN978-4-653-04055-2

石田肇 編（琉球大学医学部教授）

考古学を科学する

＊4月刊行予定

文献資料だけでは見えてこない〈歴史〉に迫る方法とは？主に中世の遺物に対して有効な、**地磁気・ボーリング調査・DNA分析**などの科学的手法を解説し、その調査実例として鎌倉でのフィールドワークなどを紹介する意欲的な共著本。考古学を専門とする学生・研究者はもちろん、**中世史・考古学愛好者**ならば必読の一冊！

■A5判上製・約270頁　予価二、一〇〇円

ISBN978-4-653-04048-4

曽布川寛（京都大学人文科学研究所名誉教授）
吉田豊（京都大学文学部教授） 編

ソグド人の美術と言語

漢唐時代、シルクロードの東西文化交流の担い手となっていた**ソグド人**とはいったい何者だったのか。中央アジアのソグディアナを根拠地として交易の民として栄えた、今なお謎多きソグド人の実態を、中国で近年発見されたソグド人墓の**屏風画**、サマルカンドの**宮殿壁画**、唐代の人々があこがれた**ソグド金銀器**、貴重な**ソグド語文献**から明らかにする。

■A5判上製・約320頁　定価三、七八〇円

ISBN978-4-653-04049-1

勝盛典子 著（神戸市立博物館学芸員）

近世異国趣味美術の史的研究

本書は**日本で製作された異国趣味美術品**をテーマに、船載蘭書調査と顔料の科学的分析を主軸手法として、18～19世紀の美術史上における**対外文化交流**の実態を明らかにする。異国趣味美術といえば昭和初期に蒐集された池長孟コレクション（神戸市立博物館所蔵）が有名だが、本書の研究対象はそれにとどまらない。広汎な歴史的背景をおさえ、専門分野を横断する多様な作品群を網羅した、緻密かつ画期的な一冊。

■B5判上製・本文460頁／図版カラー90頁　予価一七、八五〇円

ISBN978-4-653-04039-2

眺むればただ有明《ありあけ》の月ぞ残れる」（千載集・夏・一六一・徳大寺実定）をはじめとして、『看聞日記』紙背連歌でも、「さくらのあとに雲ぞすくなき／かすめどもなを在明《ありあけ》の、こる夜に」（応永二十七年五月二十五日賦何路連歌・一七・冷泉正永）、「時雨《しぐれ》行方《ゆくかた》にや雲の氷《こほる》らん／有明《ありあけ》のこる冬のあかつき」（応永二十七年十二月十二日賦何木連歌・九六・貞成親王）などと見えた。

「おぼろのそら」は、春らしく霞《かすみ》がかった空。『新古今集』に入集する「照りもせず曇《くも》りも果てぬ春の夜の朧月夜《おぼろづくよ》に如《し》くものぞなき」（春上・五五・大江千里、連珠合璧集）は、朧《おぼろ》にくもる春の月を詠んだ歌として、もっとも有名なものであろう。

句末「らん」は、朝方の霞にへだてられ、有明月のかたちや光がはっきりと見えない中、その存在を推量する意である。『看聞日記』紙背連歌では、ほかに「にほひすくなき藤のむらさき／在明《ありあけ》や雲のゆかりにかすむらん」（応永二十八年五月二十九日賦何目連歌・九一・貞成親王）、「くもりかすむは春さめの空／有明《ありあけ》やおぼろに見えて入ぬらん」（応永三十一年二月二十五日賦唐何連歌・九一・田向経良）など、「有明や…らん」のかたちをとる句が計六例見られる。霞や雲に隔てられた有明月を想像することが、表現の型としてあったものらしい。

【訳】

（霞がかかり、桜がぼんやりと浮かび上がる中、）有明の月は、おぼろに霞む空にまだ残っているのであろうか。

初ウ一二　20　帰《かへる》ならひかいそぐ雁《かり》がね　（在明やおぼろのそらにのこるらん）　基蔵主

【式目】春（帰・雁がね）　動物―鳥（雁がね）
（二）雁1

【注】
「おぼろのそら」に帰りゆく雁の姿を付けた。同様の景を詠む「今はとてたのむの雁も打ちわびぬ朧月夜《おぼろづくよ》の曙《あけぼの》の空」（新古今集・春上・五八・寂蓮、自讃歌・一四一、連珠合璧集）は、特によく知られた先行例である。『看聞日記』紙背連歌でも、「在明《ありあけ》の入山《いるやま》の葉（端）も朧《おぼろ》にて／こゑもかすかに帰《かへる》かりがね」（応永二十九年三月二十八日賦何人連歌・四二・田向長資）など、霞む空から帰雁への展開は、ある程度類型化したものであったらしい。当該句では、空に「のこる」有明の月と、「帰《かへる》ならひ」によって飛び去ってゆく雁が、対照的に描かれる。

和歌のなかで、春のさかりに北へと帰る雁は「春霞《はるがすみ》立つを見捨てて行く雁は花なき里に住みやならへる」（古今集・春上・三一・伊勢）のように、好景を捨てて飛び去る習性をいぶかしんで詠まれることが多い。ただし、これを「ならひ」と表現する例は、「憂《う》かりける習《なら》ひなるかな春来れば花に別れて帰る雁《かり》がね」（堀河百首・二〇八・河内）、「涙をも今はの春やさそふらん／帰るならひの旅のかり金《がね》」（河越千句・第六・五六・山下長剣）など、さほど多くはない。

一方、そのさまを「いそぐ」とすることは、「世の中はいづくかいづく帰る雁なに故郷《ふるさと》へ急ぐなるらん」（続古今集・雑上・一五〇三・藤原基俊）をはじめとして、和歌、連歌ではごく一般的な表現であった。『看聞日記』紙背連歌には計四例が見られ、そのうち「八重雲《やへぐも》のあとなをかすむ月出《いで》て／いそぐか夜もかへるかりがね」（応永二十六年三月二十九日賦山何連歌・四）と「月出《いづ》る山も軒葉《のきば》も朧《おぼろ》にて／いそぐか夜もかへる雁金《かりがね》」（応永二十八年二月二十五日賦何船連歌・四）は、ともに当該句の作者善基の詠である。急ぎ帰る雁という主題は、善基の好むところであったのだろう。

【訳】

（有明の月はおぼろの空にまだ残っているのに、北へと）帰ってゆくのが習性なのか、急いで飛んで行く雁は。

初ウ一三　21　伝書郷思切　書《しよ》を伝《つた》へて　郷思切《きやうしせつ》なり　椎

（帰ならひかいそぐ雁がね）

【式目】雑　居所（郷思）　旅（伝書・郷思）

【注】

『連珠合璧集』に「雁→玉章《たまづさ》」「帰雁→故郷」とある。雁は手紙を運んでくれる鳥。漢の使者が匈奴《きようど》に「蘇武から雁の足に結びつけた手紙が届いた」と嘘をついて、捕虜となっていた蘇武を取り戻した故事（漢書・李広蘇建伝、蒙求・蘇武持節）は有名である。

この句は、故郷への手紙を帰雁に託した旅人の心境を詠む。『三体詩』に収める王湾「次北固山下（北固山《ほくこさん》下に次《やど》る）」詩に「郷書何處達、歸雁洛陽邊（郷書　何処《いづこ》にか達せん、帰雁　洛陽《らくやう》の辺）」とあるのに似た句境である。

「伝書」は、書簡を送ること。「家遠傳書日、秋來爲客情（家遠くして書を伝ふる日、秋来たりて客と為《な》る情）」（杜甫「悲秋」）、「傳書報劉尹、何事憶陶家（書を伝へて劉尹《りうゐん》に報ず、何事ぞ陶家を憶《おも》ふ）」（李端「和張尹憶東籬菊（張尹《ちやうゐん》が東籬《とうり》の菊を憶《おも》ふに和す）」）などと見える。

「郷思」は故郷を恋しく思う気持ち。「客行愁落日、郷思重相催（客行　落日に愁《うれ》ふ、郷思　重ねて相催《あひもよほ》す）」（孟浩然「途次望郷」）、「歳晩鴻雁過、郷思見新文（歳晩《さいばん》　鴻雁《こうがん》過ぎ、郷思　新文を見る）」（韓愈「送陸暢歸江南（陸暢《りくちやう》の江南に帰るを送る）」）などとある。

「切」は切実であること。前句の北へ帰ろうと「いそぐ」雁の姿に対し、自らが故郷を思う気持ちもまた「切」だ、というのである。韓偓「中秋寄楊學士（中秋　楊《やう》学士に寄す）」詩に「八月夜長郷思切、鬢邊添得幾莖絲（八月　夜長くして郷思切なり、鬢辺《びんへん》添《そ》へ得たり幾茎《いくけい》の糸）」とあり、姚合「九日憶硯山舊居（九日　硯山《けんざん》の旧居を憶《おも》ふ）」詩には「長年歸思切、更値雁聲催（長年　帰思切なり、更《さら》に雁声《がんせい》の催《もよほ》すに値《あ》ふ）」とある。和漢聯句では「うらみのきぬたうちもねられず／他郷帰思切（他郷　帰思切なり）」（応永二十九年三月十五日和漢聯句・一五・貞成親王）、「ころもへにけりひなの衰《おとろへ》／帰思放鷴切（帰思　鷴《かん》を放《はな》ちて切なり）」（文明十四年三月二十六日漢和聯句・八五・五辻富仲）といった例を見出せる。

【訳】（北へ帰ろうと急いで飛んでゆく雁に託して、故郷へ）手紙を送るにつけ、故郷を思う気持ちが切実であることだ。

初ウ一四　22　聴笛旅魂驚　　笛《ふえ》を聴《き》きて　旅魂驚《りよこんおどろ》く　　　健ミ
（伝書郷思切）

【式目】雑　旅（旅魂）
（二）旅字2

【韻字】驚（韻府群玉・聚分韻略）

【注】

前句に続き、旅人の心を詠じる。異郷にあって、心細く、落ち着かない思いを抱えた旅人が、笛の音によって、はっと心を動かされる情景である。

笛の音は、「聞笛添帰思、看山惬野情（笛を聞けば帰思添《そ》ひ、山を看《み》れば野情に惬《かな》ふ）」（李嘉祐「送従姪端之東都（従姪《じゆうてつ》端の東都に之《ゆ》くを送る）」）、「入夜思帰切、笛聲清更哀（夜に入つて帰るを思ふこと切なり、笛声《てきせい》　清にして更《さら》に哀)」(戎昱「聞笛」)など、しばしば望郷の念を呼び起こすものとして詠じられる。なかでも李白「春夜洛城聞笛(春夜　洛城に笛を聞く)」詩の「誰家玉笛暗飛聲、散入春風滿洛城。此夜曲中聞折柳、何人不起故園情(誰《た》が家の玉笛《ぎよくてき》ぞ　暗に声を飛ばす、散じて春風に入りて洛城《らくじやう》に満《み》つ。此《こ》の夜　曲中　折柳《せつりう》を聞く、何人か故園《こゑん》の情を起こさざらん)」はよく知られた例である。

「聴」は耳を傾けて聞くこと。「聴笛」という措辞は、中国の詩には余り例を見ない。和漢聯句では「秋水涵帆影(秋水　帆影《はんえい》を涵《ひた》す)／暮村聴笛酸(暮村《ぼそん》　笛の酸《すさま》しきを聴く)」(長享元年十二月七日和漢聯句・八・海住山高清)という例を見出せる。

「旅魂」は旅人の心。「驚」は、何かの拍子にはっと心を動かされること。杜甫「夜」詩に、「露下天高秋水清、空山獨夜旅魂驚(露下《くだ》り天高くして秋水清く、空山　独夜《どくや》　旅魂《りよこん》驚く)」、元稹「生春二十首」其十九に「旅魂驚北雁、郷信是東風(旅魂《りよこん》　北雁に驚く、郷信　是《こ》れ東風)」とある。

なお、意識的にじっと耳を傾ける「聴」という行為と、何かのきっかけで、はっと心を動かす「驚」という心理は、うまくつながっていないように感じられる。冒頭に引いた李嘉祐詩以下三例のように、音がふと耳に入ってくる、という意の「聞」の方が、旅人の心の動揺には見合っているだろう。

【訳】

(手紙を送るにつけ、故郷を思う気持ちは切実である。)笛の音に耳を傾けると、旅人は、はっと心を動かされる。

（聴笛旅魂驚）
二オ一　23　もしほ火《び》のあまのたきさしゆへありて　三位

【式目】雑　水辺（もしほ火・あま）　人倫（あま）

【注】

旅人が笛の音を聞いて心を動かされたという前句の場所を、海人が藻塩を焼く浦辺と読みなして付けた。

海辺に宿る旅人が離愁を懐《いだ》くことは、「堀河百首」に「藻塩《もしほ》焼く浦辺《うらべ》に今宵《こよひ》旅寝《たびね》して我さへ焦《こ》がれ人を恋ひつつ」（一二二九・隆源）などの例があり、また海人の吹く笛に旅人が耳を傾け心を傷《いた》めることも、肖柏に「楫枕《かぢまくら》涙すずろに海人《あま》の子のすさむる笛の夜声《よごゑ》をぞ聞く」（春夢草・一九九四・旅泊）とあった。

そして、その浦辺で聞く笛を、ところにふさわしい「あまのたきさし」という名の笛とした。「あまのたきさし」は実在の名笛。十三世紀初頭成立の楽書『教訓抄』巻八に「逸物」としてその名が挙がるほか、『続教訓鈔』巻十一にも「頭焼丸」という笛について、「此《この》笛　則《すなはち》海人《あま》ノタキサシノ一名ナリト云々。笛此《(此笛カ)》胡竹《こちく》ノ笛ノ、頭ノフシノソバスコシ焼《やけ》タルガ、干《かん》ノ穴ノ下ノアヒ、スコシ延《のび》タル笛ナリ。或《ある》説ニハ、鳥羽院ノ御物《ぎよぶつ》頭焼《かしらやけ》ト申候《まうしさうらふ》」とある。頭のあたりに焼けた痕《あと》のある笛だった、というのである。

また山科教言の日記『教言卿記』の応永十三年（一四〇六）六月十二日条と十七日条には、「アマノ焼《たき》サシ、富士丸」の二管が山井景秀に相伝されたという記事がある。教言自身もこの名笛を実見に及んでおり、本百韻張行の十数年前まで、その伝来を確認することができる「名物」であった。世阿弥『敦盛』に笛の名を数々あげて「これは須磨の塩木《しほき》の、海人《あま》の焼残《たきさし》と思《おぼ》しめせ」（上歌）と詠い、『連珠合璧集』にも「笛→たきさし」と見える。

しかし、賤しい海人の吹く笛がそのような名器であることは、実際にはありえない。ここでは、海人の吹く、藻塩火に焦《こ》がしたような粗末な笛を、名笛「あまのたきさし」に見立てたのである。二条為重の和歌に「心ある海人《あま》の焼《た》きさし夜半《よは》晴れて月にのみ吹く秋の浦風《うらかぜ》」（為重集・二七九・月前笛）とあるのも同様の発想に基づく。

そして、そう見立てることによって、海人の笛の声にも由緒ぶかさが感じられると詠う。「ゆへ《（ゑ）》あり」は、たとえば連歌に「駒お《（を）》ばおりよ岩の下道／神やますゆへ有《あり》げなる松の陰《かげ》」（園塵第四・二〇六四）とあった。

【訳】

（旅人の心を驚かした笛は、）藻塩《もしお》を焼く火の、海人の焼《た》き残しという名の笛「あまのたきさし」、何やら由緒ぶかくて。

二オ二　24　（もしほ火のあまのたきさしゆへありて）
帰《かへる》やおもき露《つゆ》のぬれ柴《しば》　行光

【式目】秋（露）降物（露）

【注】

前句の笛の名「あまのたきさし」を、ここでは文字通り、藻塩《もしお》を焼く火を焚《た》きさしたものと取りなして、句を付けている。そして、同じく前句の「ゆへありて」を、理由があっての意に転じ、藻塩火が消えてしまったわけを、実は柴が濡れていたからだと解き明かし、そこから更に、濡れ柴を担《にな》い帰った樵《きこり》たちの苦労を思いやった。濡柴が燃えにくいという趣向は、「無楽《つれな》さの習《ならひ》なれども須磨のうら／ぬるれば柴《しば》ぞたきはかねたる」（連通抄所収賦何水連歌「梅はまた」・七四）とも詠われていた。「あまのたきさし」を、笛の名から、実際の火の焚きさしに転じることは、「笛の名にある竹ぞつのぐむ／葉の青きあし火をあまのたきさして」（紫野千句・第七・五三・周阿）にも見える。また、この句は焚火にくべた蘆《あし》の葉がまだ青かったので、火が途中で消えたと詠むところも、「ぬれ柴」の発想と共通している。

樵の「柴」が「露」に濡れることは、『看聞日記』紙背の連歌の中にも「いやしきがかまどにぎはふ秋なれや／まだ露ながらはこぶ青柴《あをしば》」（応永十九年一月十四日賦山何連歌・三四・治仁王）とあった。ただし、「ぬれ柴」という言葉そのものは、『夫木抄』に「時雨《しぐれ》する山の濡《ぬ》れ柴《しば》伐《こ》りにとやまだ夜をこめて賤《しづ》が群立《むれ》つ」（一四一一五・源仲正・濡柴）とあるほか歌例はない。あるいは俗語に近い表現であったか。連歌でも、管見に入ったものとしては、『看聞日記』紙背の二例があるのみで、そのうち「里ならぬ煙は浪に又たちて／たくかたかぬか露のぬれ柴《しば》」（応永三十年十一月二十一日賦何人連歌・二〇）は、この句と同じ行光の作。また、「月みてはいやしき身をも忘ばや／猶《なほ》手もおもき露のぬれ柴《しば》」（応永三十二年六月二十五日賦何人連歌・五八・庭田重有）は、「濡れ柴が手に重く感じる」と詠うあたり、この24句によく似る。

なお「帰や」の「帰」一字を「かへる」と読むこと、四句前にも「帰《かへる》ならひかいそぐ雁がね」とあった。その20句「帰ならひか」とこの24句「帰や」は三句を隔てるのみで、同字を五句去りとする『連歌新式』の規定に反する。

【訳】

さぞかし樵《きこり》の帰り道は荷が重かったであろう、露に濡れた柴だ。（藻塩火《もしお》が途中で消えたままにされていたのは、理由があってのこと。柴が濡れていたのだった。）

二オ三　25　須磨人《すまびと》のさむきうしろの山おろし　慶
（帰やおもき露のぬれ柴）

【式目】冬（さむき）　山類（山おろし）　水辺（須磨人）　人倫（須磨人）　名所（須磨人）

【注】
前句の「柴」に「須磨」を付ける。「柴→すま」（連珠合璧集）。また、「須磨」から「うしろの山」「山おろし」を連想する。これは、『源氏物語』須磨巻に、

煙《けぶり》のいと近く時々立ちくるを、これや塩焼くと思《おぼ》しわたるは、おはします後ろの山に柴《しば》といふもの燻《ふすぶ》るなりけり。珍《めづ》らかにて、
山賤《やまがつ》の庵《いほり》に焚《た》けるしばしばも言問《ことと》ひ来《こ》なむ恋ふる里人《さとびと》

と、須磨の光源氏の住居にたなびき来る煙が、海人《あま》の藻塩火のそれではなく、山上の樵《きこり》が焚《た》く煙であったとするくだりに基づく。二条良基『光源氏一部源氏寄合之事』では、須磨巻を解説して「又しばという物とは、おはしますうしろの山にたつけぶり、何ぞとたづね給《たま》へば、しばという物をおりくぶるた木ゝ（薪）のけぶり也といふ」とあり、また寄合書『連歌付合の事』にも、「須磨」の寄合《よりあい》として「うしろの山」が挙げられている。ここでは、特に前句の「ぬれ柴」から、『源氏物語』の「柴《しば》といふ

もの燻《ふすぶ》るなりけり」の箇所を連想し、後ろの山から吹きおろす嵐にこごえる光源氏の面影を描く。
「須磨人」は光源氏のこと。『看聞日記』紙背の連歌に例を求めるなら、「箏《こと》のしらべのぬしをしらばや／須磨人《すまびと》のねざめを月やさそふらん」（応永十八年八月二十一日賦何人連歌・七九・治仁王）とあるのも、同じ須磨巻に、光源氏が「一人目を覚《さ》まし給《たま》ひて」「琴をすこし掻《か》き鳴らし」たという記述があるのに拠る付合《つけあい》である。

ただし「山おろし」の語は、『源氏物語』の本文、ならびに『源氏大鏡』のような梗概書、連歌寄合書にも登場しない。だが、「すさましきさとのうしろの山颪《やまおろし》／舟さしとむる須磨のうら浪」（宝徳四年千句・第一・二四・英阿）など連歌の例ほか、須磨を舞台とする謡曲『松風』（観阿弥作、世阿弥改修）にも「須磨の浦かけて、吹くやうしろの山颪《やまおろし》」（キリ）と用いられるなど、周知の寄合であったらしい。

なお、位藤邦生『伏見院貞成の文学』は、伏見宮連歌会の作品には源氏寄合による付合が多く、特に須磨巻に拠るものが「群を抜いて多い」（二五七頁）こと、そしてまた、このような傾向はことに貞成《さだふさ》親王の句に顕著であることを指摘した上で、それが伏見の田舎に不遇をかこっていた親王と、その周辺の人々の須磨巻の源氏に対する共感に基づくことを指摘する。この25句も、「慶」すなわち貞成親王の句である。

『連歌新式』によれば、春と秋の句はそれぞれ三句以上、五句まで連続すると規定されるが、前句が秋の句と見られるのに（季語「露」）、この句は「さむき」という季語によって冬季に転じている。しかも作者である貞成親王は、本百韻において執筆《しゅひつ》をつとめていたと思われるため（**解説**参照）、これが偶然に見過ごされたとは考えがたい。親王のような貴顕の人には、規則からのある程度の自由が許されていたのであろうか。

あるいは、先に引いた『源氏物語』須磨巻の一文には、直後に「冬になりて」とはじまる場面がつづくので、連衆《れんじゅ》は「煙《けぶり》のいと近く時々立ちくるを」を晩秋の景と理解していた可能性もある。その場合、この句も秋の句ということになろうが、次句が雑の句であるので、秋は二句で捨てられたことになる。いずれにしても式目に反している。

前著『良基・絶海・義満等一座和漢聯句譯注』で注釈を行った「至徳三年秋和漢聯句」にも、春と秋の句が二句で捨てられている箇所が四例見られ、それについて竹島一希は「連歌よりも式目に意を払うことの少ない、聯句連歌の自由性が認められる」（二二七頁）と解説している。しかし、その和漢聯句でも特に初期の作品に右のような違反が目立ち、たとえば『京都大学蔵実隆自筆和漢聯句譯注』『文明十四年三月二十六日漢和百韻譯注』などで扱った作品にそれが見られないのは、応永期までは和漢聯句の式目そのものが十分に確立していなかったことを示唆するであろう。人倫、水辺が打越《うちこし》「もしほ火のあまのたきさしゆへありて」（23句）と重なるのも、同じ事情であろう。

【訳】

須磨の人、光源氏が寒い思いをしている、（濡れ柴のふすぶる）後ろの山からの山颪《やまおろし》だ。

二オ四
26　過《す》ぎし三《み》とせのおそき思《おも》ひ子《ご》　三位
（須磨人のさむきうしろの山おろし）

【式目】雑　人倫（思ひ子）

【注】

『源氏物語』によれば、「須磨人」すなわち光源氏は、須磨、明石に三年の歳月を過ごした。「都には夢こそかよへ須間《すま》のさと／すぎし三《み》とせをいまになさばや」（応永二十五年十月二十五日賦何船連歌・六〇・綾小路信俊）のほか、「須磨」に「三とせ」を付ける例は『看聞日記』紙背の連歌の中だけでも三例が見られる。そして、そのなかでも、特に注目されるのは「都をしのぶ須磨の憂恋《うきこひ》／なれ〳〵し三年《みとせ》の名残惜身《なごりをしむ》に／足たゝぬ子ぞすてゝかなしき」（応永三十一年九月二十七日賦何船連歌・三二・庭田重賢／三三・善基／三四・貞成親王）のように、「三年」から「足たゝぬ子」すなわち蛭子《ひるこ》が連想されている例である。

蛭子は、『日本書紀』の伊弉諾《いざなぎ》、伊弉冉《いざなみ》両神の国産み神話に、「次生蛭兒。雖已三歳、脚猶不立。故載之於天磐櫲樟船、而順風放棄（次に蛭児《ひるこ》を生む。已《すで》に三歳《みとせ》になるまで、脚猶《あしな》ほし立たず。故天磐櫲樟《かれあまのいはくす》船《ぶね》に載《の》せて、風の順《まにま》に放《はな》ち棄《す》つ）」（神代上）とされた子であり、『和漢朗詠集』にも大江朝綱によって「父母《かぞいろ》はいかに哀《あは》れと思ふらむ三年《みとせ》になりぬ足立たずして」（詠史・六九六）と詠われている。しかも、『源氏物語』明石巻では、帰京した源氏が兄朱雀《すざく》帝に対面し、「わたつ海《み》に沈みうらぶれ蛭《ひる》の子が足立たざりし年は経《へ》にけり」と、自らを蛭子に譬《たと》えて、海辺の流浪が三年にわたったことを述べている。それらすべてを背景として、前句の「須磨」から「三とせ」、「三とせ」から「ひるのこ」「思ひ子」へと連想が展開した。「思ひ子」は「Vomoigo.（思ひ子）愛されている子ども、または、いとしく、かわいい子ども」（日葡辞書）。ただし、帰京した源氏には、すでに彼を「思ひ子」として待った親（桐壺帝《きりつぼ》）はないので、この句は源氏その人からは離れて、誰ということなく、三年にもわたって親を待たせ続けたような愛し子を想像する句となろう。

【訳】

（須磨の人はさぞ寒い思いをしていることだろう。）過ぎた三年が待ち遠しかった、可愛い子よ。

（過し三とせのおそき思ひ子）

二オ五　27　竹下苔封径　　竹下《ちくか》　苔《こけ》は径《こみち》を封《と》づ　　寿蔵主

【式目】雑　植物―草（竹・苔）

【注】

底本は四字目を「封」（平声）の別体「報」に作る。各種の翻刻は「報」（去声）とするが、「報径」は漢詩文に用例を見ない表現であり、平仄も合わない。

遠く離れた旅先の「思ひ子」を気づかう前句を、「故郷に残してきた子らを、旅先からはるかに思いやる」と読みなして、久々に帰郷してみれば、「竹林のもと、我が家へとつづく径《こみち》は訪れる人もないまま苔に覆《おお》われている」と付けた。典拠は陶淵明「歸去來辭」の「童僕歡迎、稚子候門。三徑就荒、松菊猶存（童僕《どうぼく》歓《よろこ》び迎へ、稚子《ちし》門に候《ま》つ。三径荒《くわう》に就《つ》くも、松菊猶《な》ほ存す）」（文選・巻四十五、古文真宝・後集巻一）。帰宅を待つ子供たちの様子や荒れはてた「径」が26／27句の付合《つけあい》に一致する。あるいは「三徑就荒」からの連想で、前句「三」に「径」を付けたのかもしれない。

「径」は木々の中に通う細い道。中国古典においては隠逸者のわび住まいと俗世間とを結ぶ通路となる。竹下の「径」は「蔣詡三徑」の故事に基づくもの。漢の蔣詡《しょうく》は哀帝の摂政であった王莽《おうもう》を厭い、官を辞して郷里に帰り、自宅の竹林に「三徑」を開いて心を許した隠者とだけ交わったという。『蒙求』「蔣詡三徑」に「詡舍中竹下開三徑、唯故人求仲羊仲徒從之遊（詡《く》 舎中の竹下に三径を開き、唯だ故人求仲《きうちゆう》・羊仲《やうちゆう》の徒 之《これ》に従ひて遊ぶ）」とあり、『古今事文類聚』後集巻二十四・竹笋部・竹、『韻府群玉』去声二十五・径韻「三徑」にも同様の記事が見える。陶淵明の「三徑就荒」もこれを典拠とする。

「苔」が「径」に生ずるのは人の往来が稀なため。杜甫「春歸」詩の「苔徑臨江竹、茅簷覆地花（苔径《たいけい》 江に臨む竹、茅簷《ばうえん》 地を覆《おほ》ふの花）」は、「旅先から久々に旧居へ戻ってみると、訪れる人もないまま、径は苔むしている」と詠うもので、特に当該句の内容に近い。このほか五山の詩では鉄舟徳済に「雲埋苔徑少僧過、月照松蘿有鶴留（雲は苔径《たいけい》を埋《うづ》めて僧の過《よぎ》ること少なく、月は松蘿《しょうら》を照らして鶴の留《とど》まる有り）」（「初秋述懐」）、また和漢聯句にも「すだきし人も見えぬ故郷《ふるさと》／苔青知径僻（苔《こけ》青くして径《こみち》の僻《さか》れるを知る)」(長享元年十二月七日和漢聯句・六五・海住山高清)と見える。

「封」は、封じ込めるほどすっぽりと覆い隠すこと。『倭玉篇』に「トヅ」の訓が見える。劉長卿「贈西隣盧少府(西隣《せいりん》の盧少府《ろせうふ》に贈る)」詩に「苔封三徑絶、溪向數家通(苔《こけ》は三径を封《と》ぢて絶ち、渓《たに》は数家に向かひて通ず)」、義堂周信「重和奉答少室(重ねて和し少室に奉答す)三首」其二に「春來未踏亭前路、積雨苔封獨木橋(春来たつて未だ踏《ふ》まず亭前《ていぜん》の路、積雨《せきう》 苔《こけ》は封《と》づ独木《どくぼく》の橋)」とある。

【訳】

(長らく故郷に残してある子供を思い出す。)竹林の下の小道を、苔がすっかり覆《おお》い隠している。

(竹下苔封径)

二オ六　28　村辺柳遶営　村辺《そんぺん》 柳《やなぎ》は営《えい》を遶《めぐ》る　蔭ゝ

【式目】春(柳) 植物—木(柳)

(三)柳1

【韻字】営(韻府群玉・聚分韻略)

【注】

「径」(三径)からの連想で、同じく陶淵明に縁のある「柳」(五柳)を付け、故郷の情景を続けた。

陶淵明に「先生不知何許人也、亦不詳其姓字。宅邊有五柳樹、因以爲號焉（先生は何許《いづく》の人なるかを知らず、亦《ま》た其《そ》の姓字を詳《つまび》らかにせず。宅辺に五柳樹有り、因《よ》りて以つて号と為《な》す）」から始まる諧謔的な自伝「五柳先生伝」（古文真宝・後集巻六）があるのは広く知られており、『古今事文類聚』後集巻二十三・林木部・柳にも「五柳先生」の項目が立てられている。

「苔」と「柳」（楊）の取り合わせは、春の詩にしばしば見られる。殷遥「山行」詩に「暗草薫苔徑、晴楊拂石磯（暗草　苔径《たいけい》に薫り、晴楊《せいやう》　石磯《せきき》を払ふ）」（三体詩）、また日本の例に「氣霽風梳新柳髪、氷消浪洗舊苔鬚（気霽《は》れては風　新柳《しんりう》の髪を梳《けづ》り、氷消えては浪《なみ》　旧苔《きうたい》の鬚《ひげ》を洗ふ）」（和漢朗詠集・春・早春・一三・都良香）。

「村辺」は、「村」を二字に引き延ばしたもので、「村のあたり」程度の意味。

「営」は軍営の意。それを取り囲むように柳が植えられていると詠うのは、「柳營」の故事からの連想であろう。漢の武将周亜夫《しゆうあほ》は、匈奴《きようど》を迎撃するため細柳（地名）に軍営を構えた（史記・絳侯周勃世家、漢書・周勃伝、古今事文類聚・後集巻二十三・材木部・柳、韻府群玉・下平声八・庚韻「細柳營」）。ここから軍営の雅称として「柳營」の語が用いられる。たとえば劉禹錫「送國子令狐博士赴興元覲省（国子令狐《れいこ》博士の興元に赴《おもむ》きて覲省《きんせい》するを送る）」詩に「伯仲到家人皆賀、柳營蓮府遞相歡（伯仲《はくちゆう》　家に到れば人皆《み》な賀し、柳営蓮府《れんふ》　遞《たが》ひに相歓《あひよろこ》ぶ）」。また、五山僧・虎関師錬「源将軍池亭」詩に「繞營青柳映青池、覇上棘門元戯兒（営を繞《めぐ》る青柳　青池に映《うつ》り、覇上棘門《はじやうきよくもん》　元より戯児《ぎじ》）」とあるのは、室町御所を「柳營」に喩《たと》えている。

なお、「村」に軍営という取り合わせはやや奇異である。あるいは、隠逸の場としての郊外と、仕官の場としての「軍営」という対比を意識しているのかもしれない。

【訳】

（竹の下では苔が小道を覆《おお》い、）村では柳が軍営を取り囲んでいる。

（村辺柳遶営）

二オ七　29　啣泥双燕閙　泥《どろ》を啣《ふく》みて　双燕《そうえん》は閙《さわ》ぐ　三位

【式目】春（双燕）　動物―鳥（双燕）

【注】

「柳」からの連想で、同じく春の景物である「燕」を付けた。中国古典詩の世界において、「燕」と「柳」の取り合わせは必ずしも一般的ではないが、室町後期の和歌、連歌には正徹「永《なが》き日の柳の糸に乱れ来て燕《つばめ》数多《あまた》の庭の春風」（草根集・一六九九）、「ゆききもかげにしげき青柳／つばめとぶ春の河づら水すみて」（新撰菟玖波集・春下・三九二・宗長）のような例がいくつか見られる。また宗長周辺で成立したと見られる連歌論書『五十七ヶ条』には、柳に燕を付けることを兼載が「めづらし」と評価したのに対して、心敬は「めづらしからねば、此上《このうへ》を案ぜよ」と述べたという記事があり、当時「柳」と「燕」の寄合は一般的になりつつあったらしい。なお、この点については、あるいは柳の枝に戯れる燕を描いた「柳燕図」など絵画作品からの影響も考えられよう。同題の図はつとに伝牧谿《もつけい》筆の作品が舶載されており、日本でも珍重された（重要文化財、徳川美術館現蔵）。江戸期の『拾花集』には「やなぎ→鷰《つばめ》」の寄合《よりあい》が掲出されている。

当該句は「古詩十九首」其十二の「思爲雙飛燕、銜泥巣君屋（思ふ　双飛の燕と為《な》りて、泥を銜《ふく》みて君の屋に巣《す》くはんことを）」（文選・巻二十九、古今事文類聚・後集巻四十五・羽虫部・燕）に基づく。「古詩十九首」の例のごとく、中国古典詩において雌雄で飛ぶ鳥は仲睦まじい男女（ないし友人）を象徴することが多い。当該句のように叙景句として描く例に、杜甫「雙燕」詩の「旅食驚雙燕、啣泥入此室（旅食して双燕《そうえん》に驚く、泥を啣《ふく》みて此《こ》の室に入る）」など。

「啣」は「銜」に同じ。「鬧」は多くのものが集まって騒々しいさま。『倭玉篇』に「サハグ」という訓が見える。ここでは燕が忙しく往来しながら鳴きさわぐ様子を言うのであろう。巣作りのため泥を銜《くわ》えて飛ぶ燕は春の風物詩。宋・陸游「立夏」詩に「泥新巣燕鬧、花盡蜜蜂稀（泥新たにして巣燕《さうえん》鬧《さわ》ぎ、花尽きて蜜蜂《みつほう》稀《まれ》なり）」とある。

【訳】

（村の外では春の柳が軍営をめぐり、）巣作りのため泥を銜《くわ》えたつがいの燕がせわしなく飛び回っている。

二オ八　30　求宿閃鵶諍（啣泥双燕鬧）

宿《やど》を求《もと》めて　閃鵶《せんあ》は諍《あらそ》ふ　椎

【式目】雑　動物―鳥（閃鵶）

（二）宿1

【韻字】諍

【注】

「燕」に「鵶」（からす）を付けて対偶とした。当該句は雑の句であるから、春が28／29句の二句で捨てられたことになる。『連歌新式』には、春の句は三句以上五句まで続けるという規定がある。なお、「諍」字は『韻府群玉』『聚分韻略』に見えず、『増修互註礼部韻略』『古今韻会挙要』に平声庚韻所属の韻字として取られている。

「閃鵶」の「閃」は「閃閃」を一字に縮めたもの。「鵶」は「鴉」に同じ。唐彦謙「長渓秋思」詩の「寒鴉閃閃前山去、杜曲黄昏獨自愁（寒鴉《かんあ》閃閃《せんせん》として前山に去り、杜曲《ときよく》の黄昏《くわうこん》独《ひと》り自《みづか》ら愁《うれ》ふ）」（三体詩）に基づく。「閃閃」は、烏《からす》がにわかに飛び立つ「羽ノヒラメク」さまとする解と、「日影映鴉背《（日影鴉ガ背ニ映ジテ）》ジテヒラメク皃《かたち》」、すなわち日の光が烏の背にうつって照りはえるという解とがあり（三体詩法幻雲抄）、当該句も両様に解釈できる。ただし、宿を争いあう烏がにわかに飛び立つというのもやや不自然なので、ここではかりに後者の解によった。

「閃鴉」は中国古典詩において必ずしも一般的な詩語ではない。宋・葉適「橘枝詞三首　記永嘉風土（橘枝詞三首　永嘉《えいか》の風土を記す）」其三に「鶴袖貂鞋巾閃鴉、吹簫打鼓趁年華（鶴袖《かくしう》貂鞋《てんあい》巾閃《きんせん》鴉《あ》、簫《せう》を吹き鼓を打ちて年華《ねんくわ》を趁《お》ふ）」とあるが、これは黒い頭巾を烏に喩《たと》えたもの。一方、和漢聯句では「連雲来雁小（雲を連《つら》ねて来雁《らいがん》小なり）／隔霧閃鴉忽（霧を隔てて閃鴉忽《せんあにはか》なり）」（文明十八年二月七日和漢聯句・八・海住山高清）、「麓《ふもと》の市にいづる山人《やまびと》／鴉閃晴嵐際（鴉《からす》閃《ひらめ》く晴嵐《せいらん》の際《きは》）」（文明年間六月十九日和漢聯句・八一・周基）のごとく習見の語。

「諍」は言い争うこと。烏の喧《かまびす》しい鳴き声を喩《たと》えるのであろうが、烏について「諍」字を用いるのは一般的でない。夕べごとにねぐら争いをする烏のさまは、許渾「下第寓居崇聖寺（下第《かだい》して崇聖寺に寓居《ぐうきよ》す）」詩の「林晩烏争樹、園春蝶護花（林　晩《く》れて烏《からす》は樹を争ひ、園　春にして蝶は花を護《まも》る）」（三体詩）のように、「争」を用いるのが普通である。烏の塒《ねぐら》あらそいを詠む『看聞日記』紙背連歌の例に「くるればともにかへる市人《いちびと》／林をばねぐらにたのむ村烏《むらがらす》」（応永二十年二月十一日賦唐何連歌・三五・綾小路資興）、「□まじる霧より市やくれぬらん／とまりがらすかさわぐこゑ〴〵」（応永二十五年十二月二十二日賦何木連歌・九二・貞成親王）など。

なお、当該句は本文にいささか問題がある。まず一字目は、はじめ「擲」または「啣」のような字形を書き、それを一旦摺消《すりけ》しして「求」と重ね書きした上で、さらに右肩に「点」と記している。また四字目は、はじめ「烏」と書いてから、左傍に見消ち記号（ミ）を付し、右肩に「鵶」と記している（**翻刻**参照）。

このうち、特に問題となるのは一字目である。一見すると「求」を「点」に改めたもののように受けとれるが、「点宿」は中国古典詩に用例のない表現である。また、一字目、四字目とも同じように訂正後の本文を右肩に書きこんでいながら、四字目「鳥」には「〻」の記号があり、「求」字にはそれがない。底本が清書懐紙であるとするならば（解説参照）、筆写の際に合点を「点」と表記した可能性もある（一巻の連歌を張行《ちょうぎょう》した後、しかるべき人物に依頼して良句を選んでもらい、その数で勝ち負けを競う場合がある。このときに用いる符号が合点である）。最終的な本文は「求宿閃鵶諍」となり、表現としても自然である。ただし、この場合も、点を掛けてあるのが当該句一句のみである、端作《はしづくり》に点者の名が記されない、句上《くあげ》に合点の集計がない、等の不審は残る。ここでは表現を優先して「求宿」とした。「点宿」で解釈するならば、「点在して枝に止まる」の意になるだろう。

【訳】
（巣作りをする燕が忙しく動き回る一方、）ねぐらを探す烏《からす》は宿り木をめぐって言い争う。

二オ九　31　（求宿閃鵶諍）
ありあり明《あけ》の月や夜半《よは》にもまたるらむ　基〻

【式目】 秋（月）　光物（月）　時分―夜（あり明の月・夜半）
（四）晨明2

【注】

「あり明《あけ》の月や夜半《よは》にもまたるらむ」の係結びは、夜半にも待たれているのは、有明の月であろうかの意。つまり、月の出を宵に待つのは常のことだが、夜半になっても待たれているのは、それが有明の月だからだろうか、と言う。有明の月は月齢十六日以後の月。月の出は遅い。

前句の「烏」の争いから、烏の鳴き声、さらにはその声を耳にしている人、そして「夜半」という時間を連想した。その背景には『遊仙窟』の末尾ちかくの「可憎病鵲、夜半驚人」という句がある。醍醐寺本の古訓は、それを「可憎《あなにく》の病鵲《やもめがらす》の、夜半人を驚かす」と訓《よ》み、「夜半」には右傍に「ヨナヨナニ」の訓、左傍に「ヨナカニ」の訓を施している（この句は『新撰朗詠集』雑・恋・七三二にも収める）。

『遊仙窟』のこの句は、「正治初度百首」の「ひとり寝《ね》はやもめ烏《がらす》に目覚めつつ夜中に鳴くと今は厭《いと》はじ」（五九五・源通親）や「ひとり寝《ぬ》るやもめ烏《がらす》やまどろまで月澄《す》む夜半《よは》は鳴きわたるらん」（七九六・藤原忠良）などにも摂取され、それらは「やもめ」の語を介して独寝《ひとりね》と結びつき、「『やもめがらす』の鳴声に、詠歌主体の孤独を重ねあわせて詠む歌」となり（阿尾あすか「風雅和歌集における烏―京極派的歌材をめぐる一考察―」（『中世近世和歌文芸論集』所収、思文閣出版、二〇〇八年、三三二頁））、さらには、和漢聯句においても「林幽聴夜烏（林幽《しづ》かにして夜烏《やう》を聴く）／ひとりねのおもひを月にうち侘《わび》て」（大永七年十月十日和漢聯句・五〇・三条西公条）のような表現となった。

右の和漢聯句の例は、夜烏の鳴き声を聞きながら月に向かい、孤独の思いを託《かこ》つという意になるが、同様の発想は『菟玖波集』恋下にも、「夜中に見るは有明《ありあけ》の月／わかれよりやもめがらすのねに鳴《なき》て」

（九二六・定遅）と見られた。さらに、烏から月を、月から烏を連想することは、有名な「月落烏啼霜満天（月落ち烏《からす》啼《な》いて霜 天に満《み》つ）」（張継「楓橋夜泊」、三体詩）の句など、漢詩における取りあわせにも拠るのであろう。「烏→月夜」（連珠合璧集）。

さて、この句の「またるらむ」において、夜半にも月の出を待っているのだろうと推測されているのはどのような人物であろうか。

『看聞日記』紙背連歌に「秋をいそぐか日ぐらしの声／山里のならひに月やまたるらん」（応永二十九年三月二十八日賦何人連歌・五九・善基）とあるのは、誰とは言わず、蜩《ひぐらし》の鳴く日暮れに、山里の遅い月の出を待つ人を思い描くのであろう。それと同じように、ここでも、夜烏の鳴き声を耳にしながら「夜半」までも月の出を待っている、おそらくは風狂の人物の姿を想像したものと思われる。「秋の夜の長き甲斐《かひ》こそなかりけれ待つに更《ふ》けぬる有明《ありあけ》の月」（新古今集・秋上・四二一・藤原忠経）と詠われた月待つ人に同じい。

なお、秋を詠じたこの31句は、同じく秋の句である24句と六句しか離れていない。『連歌新式』によれば、同じ季節は七句以上を隔てると規定される（同季七句去り）。

【訳】

（ねぐらを求めて烏が争っている。）有明の月が、こんな夜中にも待たれているのだろうか。

二オ一〇　32

又《また》ねつれなき手枕《たまくら》の露《つゆ》　　三位

（あり明の月や夜半にもまたるらむ）

【式目】秋（露）　時分―夜（又ね・手枕）　降物（露）　恋（又ね・つれなき）

【注】

前句の「月」に「露」を付ける。また前句では夜半の月待ちをするのを風狂の人と見ていたのを、ここでは男の訪れを待ち続けた女と取りなし、夜深くやっと逢えたものの逢瀬《おうせ》はあまりにも短く、朝方に二度寝する手枕に涙を流す女の姿を描いた。

女が月を待つことは、たとえば、柿本人麿の歌として伝えられた「あしひきの山より出づる月待つと人には言ひて君をこそ待て」（拾遺集・恋三・七八二）のように、月待ちにかこつけて男の訪れを待つことであったり、『百人一首』の一首として有名な素性の「今来むと言ひしばかりに長月の有明《ありあけ》の月を待ち出《い》でつるかな」（古今集・恋四・六九一）のように、男を待っている間に心ならずも有明の月の出を待ちつけてしまったということであったり、または、男が来てくれそうな明るい月夜を待つことでもあるのだろう。「来ぬ人を何に託《かこ》たむ山の端《は》の月は待ち出《い》でて小夜更《さよふ》けにけり」（新勅撰集・恋五・九六八・藤原隆信）は、夜道を照らす月が出た後も、なお訪れない男を怨む歌である。前句を、そのようにして月と男を待った女の姿と見て、短い逢瀬の後の「又ね」の句を付けた。

「又ね」は「Matane.（又寝）詩歌語。もう一度寝なおすこと」（日葡辞書）。「移り香《が》の残る衣を片敷《かたし》きて又寝《またね》の床《ゆか》も起き憂《う》かりけり」（新拾遺集・恋三・一一九七・読人不知）のように、和歌や連歌では、男が帰った後に女が寝直すことを言う例が多い。『看聞日記』紙背連歌にも、「春の夜の在明《ありあけ》□はや深《ふけ》て／又《また》ねにのこる鐘ぞつれなき」（応永三十二年十月十五日賦何路連歌・四六・田向長資）など、用例は少なくない。

「つれなき」は、人の心を察しないこと。右の「又《また》ねにのこる鐘ぞつれなき」も名残《なごり》を惜しむ女の気持を察せぬ暁の鐘であり、この句では「手枕の露」がそうだという。

「手枕の露」とは、手枕をして独寝《ひとりね》する女の流す涙である。「露→涙」「涙→露」（連珠合璧集）。連歌の例では、「またねのまくら露かなみだか／月も入《いり》人もわかれて残る夜に」（菟玖波集・恋下・九二八・周阿）、また『看聞日記』紙背連歌でも「月もいりなごり二《ふたつ》の別路《わかれぢ》に／又《また》ねのまくら露ぞ置そふ」（応永二十七年五月二十五日賦何路連歌・六二・田向長資）と見えた。そのような涙について「つれなし」というのは、「つれなきものや涙なるらむ／有明《ありあけ》はやがておぼろに成《なり》にけり」（菟玖波集・春上・五一・足利尊氏）の前句のように、抑《おさ》えようとしても抑えることのできない涙を、「心なくも、私の気持ちを察してくれない」ととらえるのである。

【訳】

（有明の月を、夜中になっても待っていたのだろうか。短い逢瀬《おうせ》の後に）二度寝をする女の袖に、抑えきれない涙が露となって置いている。

二オ一一　33　（又ねつれなき手枕の露）
逢《あふ》は夢《ゆめ》人の秋《あき》のみうつゝにて　　慶

【式目】秋（秋）　時分―夜（夢）　人倫（人）　恋（逢・人の秋）

【注】
前句の「手枕」に「夢」を付けた。「夢」と「うつゝ」とを対比することは和歌、連歌の常套であるが、「逢《あ》ふことは夢になりにし床《とこ》の上に涙ばかりぞ現《うつつ》なりける」（新拾遺集・恋四・一二八三・惟明親王）の例がこれに近い。

「人の秋」は、人に飽きられる時の意。国際日本文化研究センターの「連歌データベース」によれば十五例が検索できるが、そのうちの六例が『看聞日記』紙背連歌に見える。伏見宮連歌会の連衆《れんじゆ》によって特に愛用された言葉であったらしい。「待《まち》ふけてあふもほどなき忍妻《しのびづま》／又《また》ねの枕月ぞともなる／人の秋我涙《わがなみだ》をや恨《うら》む」（応永三十一年三月十八日賦山何連歌・四九・貞成親王／五〇・善基／五一・行光）はその一例であるが、31～33句と似た運びである。

二度寝する女が手枕の涙を抑えきれないのは、まるで夢のようにはかなく終った逢瀬《おうせ》に、男の薄情、心変わりを感じとったからだという意である。

【訳】
逢ったのは、はかない夢だった。あの人に飽きられてしまったことだけが現実であって（二度寝の手枕に涙がとまらない）。

二オ一二　34

（逢は夢人の秋のみうつ、にて）
別《わかれ》し後《のち》にのこる面《おも》かげ　　重有朝臣

【式目】 雑　恋（別）

【注】

前句の「夢」に「面かげ」を付ける。「夢→面影」「面影→夢」（連珠合璧集）。ただし、この句の「面かげ」は、夢にあらわれる人の面影ではない。ここは「別《わかれ》し後」、男と別れた後なのだから、「夢かとよ見し面影《おもかげ》も契《ちぎ》りしも忘れずながら現《うつつ》ならねば」（新古今集・恋五・一三九一・藤原俊成女、自讃歌・八〇）のように、夢のようにはかなかった逢瀬のあとで、なお女の心を去らない男の面影である。「のこる面かげ」は、これも国際日本文化研究センター「連歌データベース」によれば、計十八例が検索される句であるが、そのうちの五例までが『看聞日記』紙背連歌に見いだせる。内容の上でこの句に似た例を掲げるならば、「うき人のいそぐ別《わかれ》を恨《うらみ》ばや／なれしはいつぞのこる面《おも》かげ」（応永三十一年九月二十七日賦何船連歌・一四・行光）。そそくさと帰った男の冷たさを怨みながらも、その面影を慕う女の心を描いた句である。また「かわるかと同世《おなじよ》ながらうとき中／別《わかれ》し後《のち》はしたふ面影《おもかげ》」

（応永三十一年三月十八日賦山何連歌・二〇・田向経良）と、「別し後《わかれ》」に「面影」を慕うとも詠われていた。

【訳】（逢瀬《おうせ》は夢のようにはかなく終わり、人の心の飽きだけが現実であった。）別れた後に残るのはあの人の面影だけ。

（別し後にのこる面かげ）
二オ一三　35　かたみとてみるもおもひの真十鏡《ますかがみ》　基ゝ

【式目】雑　恋（かたみ・おもひ）

【注】前句の「面かげ」に「鏡」を付ける。「面影→鏡」「鏡→面影」（連珠合璧集）。鏡の中には、それを用いた人の姿、面影がいつまでもとどまるという、古代の信仰に基づいた寄合《よりあい》である。『万葉集』には、「真十鏡《まそかがみ》見ませ我が背子《せこ》我が形見《かたみ》持てらむ時に逢《あ》はざらめやも」（巻十二・二九七八）など、旅立つ夫に「我が形見」として妻が持たせた鏡を詠い、『看聞日記』紙背連歌にも、「すがたわすれぬ是《これ》や面《おも》かげ／うき涙むかふ鏡やくもるらん」（応永二十七年五月二十五日賦何路連歌・七三・行光）とある

のは、鏡の中に映った忘れがたい人の面影が、涙に曇《くも》ってぼんやりとしか見えないと言うのである。そして、そのような発想に基づいて、この「かたみとて」の句は、鏡の中にのこる人の面影を見るにつけ、形見の鏡はかえって恋の思いを増す「真十鏡」だったと詠う。

「真十鏡」という漢字三文字は、『万葉集』では、先の歌の例を始めとして、「麻蘇可我美《まそかがみ》」などの表記を証として全て「まそかがみ」と訓《よ》まれるべきものである。ところが、平安中期以降にはもっぱら「ますかがみ」の語形が行われたので、『万葉集』諸本の「真十鏡」もそのように訓まれることが多い。『謡抄』に「ますかゞみ　まことにすみたるかゞみと也」（葵上）とあるように、中世にはそれは一般に曇りなく澄んだ鏡の意に理解されていた。また、歌の表現では、この句のように「増す」の掛詞《かけことば》とすることが多い。「形見《かたみ》ぞと見れば思ひのます鏡馴《な》れてうつりし影はとまらで」（延文百首・一七八三・荒木田経顕・寄鏡恋）。

「形見の鏡」は、『源氏物語』須磨巻に登場する。

御鬢《びん》掻《か》き給《たま》ふとて、鏡台《きやうだい》に寄り給《たま》へるに、面痩《おもや》せ給へる影の、我ながらいとあてに清《きよ》らなれば、「こよなうこそ、衰《おとろ》へにけれな。この影《かげ》のやうにや痩《や》せて侍《はべ》る。あはれなるわざかな」などのたまへば、女君、涙を一目に浮《う》けて、見をこせ給《たま》へる、いと忍びがたし。

身はかくてさすらへぬとも君があたり去らぬ鏡の影は離れじ

と、聞こえ給へば、

別れても影だにとまるものならば鏡を見ても慰《なぐさ》めてまし

光源氏が紫の上の鏡に我が身をうつして、鏡にこの姿形をとどめ、あなたの側を離れないでいようと詠う。それに対して、紫の上が、本当にあなたの影が鏡にとどまるなら、それを見て慰められるのにと答えた、という場面である。二条良基『光源氏一部連歌寄合之事』は、これによって「形見の鏡」が「須磨の別れ」に付くという寄合を示す。「面《おも》かげはしたふこなたにそふ物を／鏡やすまのかたみなるらん」（応永二十九年三月二十五日和漢聯句・一二・貞成親王）は、和漢聯句におけるその例の一つであった。

もう一つ、別の「形見の鏡」もあった。瑞渓周鳳『臥雲日件録』の文安四年（一四四七）二月二十日条に、天智天皇の后《きさき》となったかぐや姫が、昇天に際して、天皇に鏡などを奉《たてまつ》って、「若見思妾、則可見此鏡、鏡中必有妾容（若《も》し妾《せふ》を思はるれば、則《すなは》ち此《こ》の鏡を見るべし。鏡中必ず妾が容《かたち》有らん）」と述べたと言うのがそれである。『看聞日記』紙背連歌に、「名をぞきく姿はいさやかぐや姫／むかふかゞみにのこる面影《おもかげ》」（応永三十二年十月十五日賦何路連歌・六二・梵祐）と詠うのは、これを典拠とする句づくりである。

【訳】

（別れた後に、いつまでもあの人の面影が残っているので、）形見としてそれを見ると、かえって思いの増すことになる真十鏡《ますかがみ》だよ。

（かたみとてみるもおもひの真十鏡）
二オ一四　36　雁［天江水清］　雁天《がんてん》　江水清《かうすいきよ》し　椎

【式目】秋（雁天）　水辺（江水）　動物―鳥（雁天）

【韻字】清（韻府群玉・聚分韻略）

（二）雁2

【注】

紙の継目にかかっているため判読が難しいが、残された筆画から、一句を「雁天江水清」と推測する。三字目はかろうじて旁《つくり》の「工」が読めるのみで、「紅」の可能性もないわけではない。ただし「紅水」は紅い花が水面に映るさまを言い、「雁」にそぐわない。

故郷を離れ、旅ゆく男が目にした風景をうたう。天空を舞う雁と、その影を水面に映す長江の水を組合わせた、雄大な叙景である。32句から四句続いた恋句の重さを断ち切る、明快な叙景句である。

詩のなかで、「鏡」は閨房に残された女の持ち物として描かれ、また時に女から男へ形見として贈られる場合もある。白居易「感鏡（鏡に感ず）」詩に「美人與我別、留鏡在匣中（美人　我と別るるに、鏡を留めて匣中《かふちゆう》に在《あ》り）」とあるのは後者の例。したがって、前句の「真十鏡《ますかがみ》」は、男が旅立ちに際して女に遺《のこ》した「かたみ」とも、女から贈られた「かたみ」を男が旅先に携えたものとも取れる。

「江水」は、水面が「鏡」のように物のかたちをうつすところからの連想であろう。『禅林類聚』巻二十・飛走部、天衣懐禅師の故事に附された「古徳頌」に「寒鴻高貼冷雲飛、影落寒江不自知。江水無情雁無意、行於異類亦如斯（寒鴻《かんかう》高く貼《つ》きて冷雲飛ぶ、影は寒江に落つるも自《みづか》らは知らず。江水に情無く雁に意《こころ》無し、異類に行くも亦《ま》た斯《か》くの如し）」とあり、雁の影が川面に映るのは自然とそうなるのであって、雁や川が故意に影を留めようとしたのではない、と説く。「雁」や「江水」などの自然は、人の「おもひ」とは無関係にうつろいゆく。

「雁天」は、雁の飛ぶ空。雁は、遠く離れた人に手紙を運ぶ鳥（21句【注】参照）、ないし離れた人を思い起こさせる鳥。雁と旅人の取合わせは古典詩においてごく一般的である。張祜「夜宿湓浦逢崔昇（夜に湓浦《ほんほ》に宿り崔昇《さいしよう》に逢《あ》ふ）」詩に「江流不動月西沈、南北行人萬里心。況是相逢雁天夕、星河寥落水雲深（江流動《うご》かず月西《にし》に沈む、南北の行人　万里の心。況《いは》んや是《これ》相逢《あひあ》ふ雁天の夕《ゆふべ》、星河寥落《れうらく》として水雲の深きをや）」。当該句のごとく男女の関係に用いた例として、盧照隣「關山月」詩の「寄言閨中婦、時看鴻雁天（言を寄す閨中《けいちゆう》の婦、時に看《み》よ鴻雁《かうがん》の天）」。

「江水」は長江の流れ。「雁」と「水」の組合わせも珍しくはない。杜甫「天末懷李白（天末に李白を懐《おも》ふ）」詩に「鴻雁幾時到、江湖秋水多（鴻雁幾時《かうがんいくとき》か到らん、江湖《かうこ》　秋水多し）」（古今事文類聚・後集巻四十六・羽虫部・雁）。

なお、当該句は「雁天」で秋の句である。これは、同じく秋を詠じた33句と二句を隔てるのみで、同季を七句去りとする『連歌新式』に反する。

【訳】

（あなたの形見に眺める鏡。）雁の飛びゆく大空のもと、眼前に広がる長江の水は澄み渡っている。

二ウ一　37　（雁［天江水清］）
雲籠漁唱遠　雲《くも》は漁唱《ぎよしやう》の遠《とほ》きを籠《こ》む　［健］ミ

【式目】雑　聳物（雲）　水辺（漁唱）

【注】

前句の「雁」に「雲」を配し、また「江水」に「漁唱」（漁師の歌）を付けた。雁のゆく「江水」のあたりでは、立ちこめる雲の彼方から、漁師の歌が聞こえて来ると詠う。なお、この句で雑に転じたため、前句の秋が一句で捨てられている。式目上、秋季は三句以上の連続が求められる。

「漁唱」と「江水清」を結びつける詩の例としては、李頎「春送従叔遊襄陽（春に従叔《じゆうしゆく》の襄陽《じやうやう》に遊ぶを送る）」詩「客夢峴山曉、漁歌江水清（客夢　峴山《けんざん》暁《あ》け、漁歌　江水清し）」がある。また、中国古典詩では、南方の風景として「雲」「漁歌」に「雁」を配することも間々見られ、「湘山木落洞庭波、湘水連雲秋雁多。寂寞舟中誰借問、月明只自聴漁歌（湘山《しやうざん》木は落つ洞庭《どうてい》の波、湘水《しやうすい》雲連《つら》なりて秋雁多し。寂寞《せきばく》たる舟中誰《たれ》にか借問《しやもん》せん、月明らかにして只だ自《おのづか》ら漁歌を聴く）」（郎士元「夜泊湘江（夜湘江《しやうかう》に泊す）」）、「漁唱亂沿汀鷺合、雁聲寒咽隴雲深（漁唱《ぎよしやう》乱れ沿《そ》ひて　汀鷺《ていろ》合し、雁声寒きに咽《むせ》びて　隴雲《ろううん》深し）」（薛能「秋夜旅舎寓懐」）などといった例が見える。

「雲籠」は雲が垂れ込めて、対象を覆《おお》い隔てるさま。「漁唱」を歌う人の姿は、雲に隔てられて見えない、というのである。詩における用例として、「峽雲籠樹小、湖日蕩船明（峡雲《けふうん》　樹を籠《こ》めて小さく、

湖日　船を蕩《うご》かして明らかなり）」（杜甫「送段功曹歸廣州（段功曹《だんこうさう》の広州に帰るを送る）」）、「嶠雲籠曙磬、潭草落秋萍（嶠雲《けううん》　曙磬《しよけい》を籠《こ》め、潭草《たんさう》　秋萍《しうへい》に落つ）」（鄭巣「送省空上人歸南嶽（省空上人《しやうくうしやうにん》の南岳に帰るを送る）」）などがある。ことに後者は「雲を隔てて遠く物音が聞こえる」と詠うもので、当該句の「雲籠」に近い。

「漁唱」は「漁歌」に同じく、漁師の歌の意。『楚辞』の「漁父」で、漁師が屈原《くつげん》の孤高を諌めて「滄浪之水清兮、可以濯我纓、滄浪之水濁兮、可以濯我足（滄浪《さうらう》の水清《す》まば、以つて我が纓《えい》を濯《あら》ふべし、滄浪の水濁《にご》らば、以つて我が足を濯《あら》ふべし）」（文選・巻三十三、古文真宝・後集巻一）と歌うように、中国古典詩で、漁夫はしばしば隠者として描かれる。この句も水辺の風景を詠う叙景句ではあるが、「漁唱」の語に隠逸の雰囲気が漂《ただよ》う。

遠くから聞こえる「漁唱」を描く例としては、「幽檻靜來漁唱遠、暝天寒極雁行低（幽檻《いうかん》　静来たりて　漁唱《ぎよしやう》遠く、暝天《めいてん》　寒極《きは》まりて　雁行低し）」（鄭谷「訪題表兄王藻渭上別業（訪れて表兄王藻《わうさう》の渭上《ゐじやう》の別業に題す）」）がある。また五山僧・景徐周麟の詩には「又被曉風吹別調、數聲漁唱隔殘雲（又た暁《げう》風《ふう》を被《かうむ》りて別調を吹き、数声の漁唱《ぎよしやう》　残雲を隔《へだ》つ）」（「遠寺晩鐘」）と見え、「雲」が「漁唱」を隔てるとする点が当該句と共通する。

なお、この句の一字目は、はじめ「雁」と書いた上から「雲」を重ね書きしている。おそらく前句「雁天江水清」の一字目と誤ったものであろう。また、作者名が判読できないが、句上《くあげ》と対照して用健周乾の作と考えられる。

【訳】

（雁が飛ぶ空の下、長江は清らかで、）雲は漁師の遠い歌声を籠める。

（雲籠漁唱遠）
二ウ二　38　霞遂羽衣軽　霞《かすみ》は羽衣《うい》の軽《かる》きを遂《お》ふ　蔭〻

【式目】春（霞）　聳物（霞）
【韻字】軽（韻府群玉・聚分韻略）
【注】
前句「漁唱」に、霓裳《げいしょう》羽衣《うい》曲（舞曲の名）を想起させる「羽衣」を配し、歌から舞へと展開した。「霞は軽やかな羽衣の舞を追いかけているかのようだ」の意。「雲」と「霞」が対応するほか、「漁唱」「羽衣」はともに典故を持つ語として対となっている。また、イメージの上では「漁唱」の隠逸的な雰囲気から、仙人や道士のまとう「羽衣」が導かれる。

なお、二字目「遂」は「成し遂げる、完成する」の意であるが、それでは「羽衣軽」となじまない。おそらくは、字形の似た「逐」（追いかける）を誤ったものであろう。観智院本『類聚名義抄』に「遂　オフ」の訓が掲出されることからも分かるように、日本では古くから両字の混用があったらしい。

「羽衣」は羽毛で作られた軽やかな衣。蘇軾「後赤壁賦」に「夢一道士、羽衣蹁躚、過臨皐下（一道士を夢みるに、羽衣蹁躚《へんせん》として、臨皐《りんかう》の下に過《よぎ》る）」（韻府群玉・上平声五・微韻「羽衣」、古文真宝・後集巻一）とあるように、仙界の雰囲気が揺曳《ようえい》する。

当該句の「羽衣軽」は、特に霓裳羽衣曲の舞姿を指すもの。同曲は唐の玄宗が手づから編曲し、楊貴妃が善く舞ったという唐代の舞曲。白居易「長恨歌」に、仙界にある楊貴妃の姿を「風吹仙袂飄颻擧、猶似霓裳羽衣舞（風は仙袂《せんべい》を吹きて飄颻《へうえう》として挙《あ》がり、猶《な》ほ似たり霓裳羽《げいしやうう》衣《い》の舞）」（古文真宝・前集巻八）と詠うのは、殊によく知られた用例である。なお「羽衣」のみで霓裳羽衣曲をあらわす例として、「一曲羽衣聽不盡、至今遺恨水潺潺（一曲の羽衣　聴きて尽きず、至今恨《うら》みを遺《のこ》して　水潺潺《せんせん》たり）」（呉融「華清宮四首」其二）があった。

霓裳羽衣曲には、玄宗が月宮で耳にしたものを地上に伝えたという伝説もあり、中世の日本ではしばしば天界のイメージと結びつけて享受された。たとえば景徐周麟「秋日白牡丹」詩には「今夜身遊月宮未、素娥低舞白霓裳（今夜　身は月宮に遊びしや未《いま》だしや、素娥《そが》低く舞ふ白霓裳《はくげいしやう》）」と見え、また謡曲『羽衣』では「シテ少女《をとめ》は衣を着《ちやく》しつつ、霓裳羽《げいしようう》衣《い》の曲をなし」と月の天人が舞を披露する。いずれも窈窕《ようちよう》たる天女の舞姿を言うものである。

なお、付合《つけあい》で読むときには、「霓裳羽衣曲の舞姿を霞が追いかける」の意であるが、一句としては「羽衣」を「霞」の比喩と取る。中国古典詩の世界では、仙人は霞の衣をまとうものとされた。たとえば、張説「道家四首奉敕撰」其一に「落月銜仙竇、初霞拂羽衣（落月　仙竇《せんとう》を銜《ふく》み、初霞《しよか》　羽衣を払ふ）」というのは、霞を仙人の羽衣に見立てて、「霞の衣（羽衣）に霞がまとわる」と詠うものであろう。当該句も同様の趣向と考えられる。なお、舞と「霞」を結びつける例には、李嶠百二十詠「舞」詩に「霞衣席上轉、花袖雪前明（霞衣《かい》 席上に転じ、花袖《くわしう》 雪前に明らかなり）」とあった。

【訳】
（雲は漁師の遠い歌声を籠め、）霞は軽やかな羽衣の舞を追いかける。

（霞遂羽衣軽）
二ウ三　39　月にみる花の錦《にしき》は夜《よる》ならで　椎

【式目】春（花）光物（月）時分―夜（月・夜）植物―木（花）
（三）春月2　（三）花2

【注】
「花の錦」は、桜の花の咲き誇るさまを錦の織物にたとえたもの。「錦↓よる・花」（連珠合璧集）。前句から「霞の衣」をイメージし、「花の錦」と結びつけた。「佐保姫《さほひめ》の霞《かすみ》の衣緯《ぬき》を薄《うす》み花の錦を裁《た》ちや重ねむ」（後鳥羽院御集・五一三）。なお、桜以外の花に「花の錦」を使用する用例は、「萩」があり、ごくわずかに「千草」、江戸期に至り「菊」「桃」など、いずれも花の名と「花の錦」という語句を重ねて持つ詠まれ方をしている。

また、月光に見る桜を表現した「花の錦」は、以下に述べる「夜の錦」という表現を避けたものであろう、和歌に見られず、連歌においても管見に入らない。「月に見る」という語句を使用しての桜の和歌も「桜狩《さくらが》り帰る山路《やまぢ》は暮れはてて更にや花を月に見るらん」（延文百首・五一五・法守法親王）のみである。

「夜ならで」は、夜ではなくて。ここは、桜の花々が夜でも美しく照り輝いていることを言うが、「花の錦」は、夜であっても見栄えのしない「夜の錦」ではないともじっていよう。

「夜の錦」は、錦を着て夜道を行っても、誰も賞賛してくれないことから、見てくれる人もなく、かいがないことを言う。「富貴不歸故鄕、如衣錦夜行（富貴にして故郷に帰らずんば、錦を衣《き》て夜行くが如し）」（漢書・項籍伝）による「錦を衣《き》て夜行く」に基づいている。「物ノセンナキ事ハ、夜ノ錦、ヤミノ錦ナンド云《いふ》也」（連集良材）。はやく『古今集』から「見る人もなくて散りぬる奥山《おくやま》の紅葉は夜の錦なりけり」（秋下・二九七・紀貫之）と詠まれ、「色深く晒《さら》せる（ママ）もみぢ葉を夜の錦《にしき》と何思ひけん」（二類本沙玉集・三〇四）と、美しさを詠む際には、「夜の錦」を否定する形で表現する。後の例ではあるが、心敬が自詠「宮城野《みやぎの》や夜の錦《にしき》の色ならぬ小萩《こはぎ》が露に宿る月かな」（寛正四年百首・四六）に対し、「夜の錦《にしき》とてあやなき物に申《もうし》 侍《はべ》れども、月ににほへる色は猶艶《なほゑん》にみえ侍《はべる》と也《なり》」と注する言葉や「花を月夜の錦《にしき》になさじとや霞《かすみ》の間よりしひて照るらん」（漫吟集・五四八）も参考となる。連歌での「夜の錦」という語句の出現は、「月にたつ田のもみぢ散《ちる》ころ／庭《には》とりの上毛《うはげ》はよるのにしきにて」（宗砌発句并付句抜書・一九三四）とやや遅い。

【訳】

（霞は軽やかな羽衣の舞を追いかける。）霞のおぼろにかかる夜、月の下にながめる盛りの花々は、夜の錦のように暗くて見えないものではなく、夜ではないかのように明るく照り輝いている。

二ウ四　40　（月にみる花の錦は夜ならで）
藤《ふぢ》やま冬《ぶき》はおなじ一比《ひところ》　長資朝臣

【式目】春（藤・やま冬）　植物―草（藤・やま冬）
（三）藤1　（一）款冬1

【注】

「藤やま冬」は、藤と山吹。いずれも『和歌童蒙抄』『八雲御抄』等の歌学書で草部に分類されている。この点、46句に「草」があるが、式目（可隔五句物）には抵触しない。

底本は「やまぶき」を表記するにあたり、「款冬」の「冬」のみをあてたもの。底本を見ると、43句「里とをく高野の山かぜ吹くれて」に「山」「吹」両字があり、同字は可隔五句物ということから、表記を変えた可能性がある。ただ、後にあげる伏見宮連歌会での「藤山吹」の句例は特に同字を意識して書き換えていないこともあり、断定はできない。

藤と山吹は、どちらも晩春に盛りとなる花であり、「三月《やよひ》になりて、六条殿の御前《おまへ》の藤山吹のおもしろき夕映《ゆふば》えを見給《みたま》ふ」（源氏物語・真木柱）のように表現される。

和歌においては、「藤山吹」と組にする詠み方は、京極派和歌に用例が集中しており、その中でもとりわけ伏見院が頻繁に使用した詠み方であった。「春の花は梅桜より匂《にほ》ひそめて藤山吹《やまぶき》に咲き果てぬなり」（伏見院御集・六〇〇）、「このごろの藤山吹《やまぶき》の花盛り別るる春も思ひおくらむ」（風雅集・春下・二九三・光厳院）。連歌では、「物見はなにぞ人のあつまる／花々の藤山吹の目もはるに」（年次未詳賦何路連歌「雪まぜに」・八三・救済）の用例の後、この連句の連衆が使用し、その後は十五世紀半ばの宝徳・享徳年間、十六世紀初頭の永正年間に頻用される。伏見宮家での用例は、「よしの山雲はいづれぞ花の瀧《たき》／ふぢ山ぶきぞ［　　］」（応永三十一年六月二十五日賦山何連歌・六四・田向長資）、「花の跡風より雪を吹《ふき》ためて／藤やまぶきぞさきみだれたる」（応永三十二年九月十七日賦何物連歌・七六・梵祐）等。十五世紀半ばの用例は、宗砌を宗匠とする『初瀬千句』の「人も見よ衣々《きぬぎぬ》の夜の朝霞《あさがすみ》／藤款冬《やまぶき》に月残る岡」（初瀬千句・第七・五四・北畠教具）等であった。

「一比《ひところ》」は、しばらくの間、一時期。この語句も和歌には少ないが、「玉の緒《を》よ絶えなで哀《あは》れなかなかにその一ころの情《なさけ》見し世に」（康永元年持明院殿歌合・四一・新参）、「時ははや一ころ過ぎて散る花を遅き梢《こずゑ》に代へてこそ見れ」（隠岐高田明神百首・一七・二条良基）と、最盛期を意味する用例があり、また「つくづくと軒《のき》の糸水《いとみづ》よるかけてやまぬながめの春の一ころ」（春上・九七）と『菊葉集』にも見られる。この重資は康永元年（一三四二）の持明院殿歌合にも出詠しており、また田向長資の曾祖父、庭田重有の祖父にあたる。当該句の理解に利する類似の連歌が「さかりぞと見しまにかはる花散りて／三月《やよひ》のすゑぞ藤のひと比《ころ》」（応永二十九年二月廿五日賦何物連歌・一八・庭田重有）と詠まれている。当該句は、「藤山吹」「一比」に関するこうした用例から見て、京極派和歌で用いられた語を継承し、庭田、田向氏ら連衆が好み詠んだ句と言えよう。

付合としては、前句の「花の錦」の「花」を藤、山吹の花とした。39句の注で述べたように、和歌では「花の錦」は、普通は桜をさし、「藤山吹」をさす用例は管見に入らない。連歌においても「花の錦」を「藤山吹」とする用例は伏見宮家の連歌以外には見当たらず、珍しい取りなしである。だが、「吉野川桜山吹《やまぶき》扱《こ》きまぜて春の錦《にしき》を洗ふ岩波」（道助法親王家五十首・二五二・定範・河款冬）と、桜と山吹の花びらの混在を「春の錦」と表現した和歌、「松の葉に色扱《こ》きまずる藤の花春の錦《にしき》の縁《ゆかり》とや見む」（永享百首・一八三・一条兼良）と、松の緑に混じる藤の花の様も「春の錦」とめでる和歌がある。いずれも「見渡せば柳桜を扱《こ》きまぜて都ぞ春の錦《にしき》なりける」（古今集・春上・五六・素性）を意識した歌であり、二種の色合いの植物を錦の織物と見立て春の美しさを表現する点から、付合の発想のヒントとなろう。「花の錦」という表現によって、藤の薄紫、山吹の黄の織りなす縦横の色模様もイメージされてくる。一句では、藤と山吹とが、晩春の同じ時期に咲くことを言う。

【訳】

（月明かりの下でみる美しい花々は、夜でないかのように照り輝いていて。）藤と山吹は、そろって春のこの時期に咲き誇り、薄紫と黄色の美を織りなすのだ。

（藤やま冬はおなじ一比）
二ウ五　41　吟歩催春興　吟歩《ぎんほ》　春興《しゆんきよう》を催《もよほ》す　　重有朝臣

【式目】春（春興）

【注】

晩春の花を詠う前句を受け、美しい景色のもと、「詩を口ずさんでそぞろ歩けば、春の興趣がわき起こる」と付けた。

付合《つけあい》の典拠は、『三体詩』に採録される張籍「逢賈島（賈島《かたう》に逢《あ》ふ）」詩の「僧房逢著款冬花、出寺吟行日已斜（僧房に逢著《ほうちやく》す　款冬花《くわんとうくわ》、寺を出でて吟行すれば　日已《すで》に斜《なな》めなり）」。和歌、連歌では山吹《やまぶき》を「款冬」と表記するところから、「僧房のあたり、ふと款冬の花に出会った。寺を出て、詩を口ずさみながらゆく」という張籍の詩を踏まえて、「吟歩」としたのである。

ただし漢詩に言う「款冬」は山吹とは別の植物であり（**解説**参照）、冬から早春にかけて花をつける。「款冬」が山吹を指すのは、あくまでも日本独自の用法である。加えて『三体詩』の抄物《しようもの》などでも、「款冬」と山吹が本来別の植物であることはしばしば言及されており、このような理解のずれ自体、中世の知識人たちには周知の事柄であったらしい。すなわち40／41句の展開は、張籍詩に冬の情景として描かれた「款冬」を、春の「やま冬《ぶき》」へと取りかえて句を付けているのである。典拠をあえて日本風に読みなしたところに、妙趣がある。

「吟歩」は詩を口ずさみつつそぞろ歩くこと。唐詩では「朝昏吟歩處、琴酒與誰同（朝昏《てうこん》　吟歩の処、琴酒　誰《たれ》と同《とも》にかせん）」（朱慶余「贈陳逸人（陳逸人に贈る）」）、「三轉郎曹自勉旃、莎階吟歩想前賢（三たび郎曹《らうさう》に転じて　自《おのづか》ら勉旃《べんせん》し、莎階《さかい》　吟歩して前賢を想《おも》ふ）」（鄭谷「省中偶作」詩）などの例が見える。また、和漢聯句では、当該句の作者庭田重有に「雲にや富士の雪は消《きゆ》らむ／永日催吟歩（永日　吟歩を催《もよほ》す）」（応永二十九年三月十五日和漢聯句・二一）の句があった。

「春興」は春の興趣。「客路風霜曉、郊原春興餘（客路　風霜の暁《あかつき》、郊原《かうげん》　春興の余）」（劉長卿「無錫東郭送友人遊越（無錫《むしやく》の東郭《とうかく》に友人の越《えつ》に遊ぶを送る）」）、「入谷多春興、乘舟棹碧潯（谷に入りて春興多く、舟に乗りて碧潯《へきじん》に棹《さを》さす）」（郎士元「山中即事」）などの例があり、詩題としても常見の語。

景物が「興」を「催」すと詠む例としては、李白に「紫綬歡情洽、黄花逸興催（紫綬《しじゆ》　歓情《くわんじやう》洽《あまね》く、黄花　逸興《いつきよう》　催《もよほ》す）」（「宣城九日聞崔四侍御與宇文太守遊敬亭余時登響山不同此賞醉後寄崔侍御（宣城《せんじやう》九日《きうじつ》に崔四侍御《さいしじぎよ》の宇文《うぶん》太守と敬亭に遊ぶを聞く　余　時に響山《きやうざん》に登りて此《こ》の賞を同《とも》にせず　酔後崔侍御に寄す）二首」其二）と見え、また五山の詩では「浩蕩春情遊興催、吟筇破綠野橋苔（浩蕩《かうたう》たる春情　遊興《いうきよう》　催《もよほ》し、吟筇《ぎんきよう》　緑を破る　野橋《やけう》の苔《こけ》）」（太白真玄「遊鎌倉溪牛隠寺（鎌倉溪牛隠寺に遊ぶ）」）とあった。

【訳】

（藤と山吹がそろって咲き誇り、）詩を口ずさんでそぞろ歩くと、春の興趣がかき立てられる。

二ウ六　42　寺《てら》はいづくぞちかき入《いり》あひ　（吟歩催春興）　椎

【式目】雑　時分―夕（入あひ）　釈教（寺）

（四）鐘2

【注】

「ちかき」の部分、「ひゝく」と書いた上に重ね書きをしている。「ひびく入あひ」は、『看聞日記』紙背連歌に四例存する。

「入あひ」は入相の鐘。日没を知らせるために、夕方六つ時につく鐘をいう。本来日没時を言うが、この句では、「寺」の所在を「近き」「入あひ」から探しており、時刻ではなく、鐘をさすと類推できる。「寺→鐘」「入相→山寺・山里・花ぞ散《ちり》ける・春ぞつきぬる」（連珠合璧集）。「近き」を使って「入あひ」の時になりつつあることを言うとは、「夕雲のかすむとみれば月出《いで》て／里はいづくぞとをき入逢《いりあひ》」（応永二十九年三月二十二日和漢聯句・四・庭田重有）といった例から見て考えにくい。「入あひ」で鐘を表す用例は連歌にも存する。「山寺の入《いり》あひかすむこゑ〴〵に／雨うちそひて風ぞきこゆる」（文和千句・第三・二六・周阿）、「冬枯《ふゆがれ》にまじる檜原《ひばら》のうすぐもり／はつせの寺かひゞく入会《いりあひ》」（応永三十年五月二十七日賦何人連歌・一〇・庭田重有）。

「ちかき入あひ」は、近くから聞こえる入相の鐘の音。「山陰《やまかげ》や近き入相《いりあひ》の声暮れて外面《そとも》の谷に沈む

白雲」（風雅集・雑中・一七五八・伏見院）。

　鐘の音の響きに見えぬ寺を思うという状況は、王維「過香積寺（香積寺に過《よぎ》る）」詩の「不知香積寺、數里入雲峯。古路無人迹、深山何處鐘（知らず　香積寺、数里　雲峰《うんぽう》に入る。古路　人迹《じんせき》無く、深山　何《いづ》れの処の鐘ぞ）」（三体詩）を思わせ、和歌にはまた、花山院師兼の「里遠《とほ》み山路《やまち》の末に行き暮れぬ寺はいづくぞ入相《いりあひ》の鐘」（師兼千首・八一三・晩鐘何寺）も存し、この句の情景説明のヒントになろう。「寺はいづくぞ」という表現は、『看聞日記』紙背連歌にも「麓《ふもと》ははやき春の入逢《いりあひ》／初瀬路《はつせぢ》の寺はいづくぞ夕霞《ゆふがすみ》」（応永三十二年十二月十一日賦何路連歌・九一・貞成親王）等がある。

　付合は、春の興趣を感じながら歩きまわったあげく、知らぬ場所に来てしまった様子。ほど近く入相の鐘の音が聞こえ、まだ見えぬ寺に意識をやる様である。「春興」題の詩句には「暮山花落嵐渓白、暁樹鳥帰春苑閑（暮山に花落ちて嵐の渓《たに》白し、暁樹《げうじゅ》に鳥帰りて春の苑《その》閑《のど》かなり）」（藤原忠方「季春興」、和漢兼作集）等、落花の美を詠むものがあり、「山里の春の夕暮れ来てみれば入相《いりあひ》の鐘に花ぞ散りける」（新古今集・春下・一一六・能因）をも念頭に、「入あひ」を付けた。さらに和歌には、春の暮れと一日の暮れとを重ね、入相の鐘に春の終わりを感じ詠む流れがあり、連歌にも継承されている。「惜しめども春の眺めは尽き果てて物哀《ものあは》れなる入相《いりあひ》の鐘」（正治初度百首・一五二三・藤原範光）、「桜のあとによはき夕風《ゆふかぜ》／入《いり》あひやくれ行《ゆく》春を知《しら》すらん」（応永二十六年三月二十九日賦山何連歌・二一・善基）。この句で春から雑へと句境が移るが、入相の鐘の持つ、去り行く春への名残惜しさを喚起するイメージにより、寺の鐘の音によって春を去る移りも自然であろう。

【訳】

（詩を口ずさみながらそぞろ歩めば、春の興趣が胸に広がる。）寺はいったいどこにあるのか、ほど近く入相の鐘の音が聞こえてきた。

二ウ七　43　（寺はいづくぞちかき入あひ）
里《さと》とをく高野《たかの》の山《やま》かぜ吹《ふき》くれて　　行光

【式目】 雑　時分―夕（吹くれて）　山類（高野・山かぜ）　居所（里）　名所（高野）　釈教（高野）

【注】

「高野」は、空海が開いた真言宗総本山金剛峰寺がある、高野山一帯をいう。現和歌山県伊都郡高野町。八つの嶺に囲まれた広大な霊地である。「青嵐梢《せいらんこずゑ》をならして、夕日の影《かげ》しづかなり。八葉《はちえふ》の嶺《みね》、八《やつ》の谷、まことに心もすみぬべし」（覚一本系龍谷大学本平家物語・巻十・高野）。「高野山」は紀伊国の歌枕（歌枕名寄）であり、空海の霊廟の存するさまを念頭に、その峻厳なたたずまい、山風のはげしさ等が詠まれる。「高野山《たかのやま》うき世の夢も覚《さ》めぬべしその暁《あかつき》をまつの嵐《あらし》に」（新続古今集・釈教・八七六・元可）。伏見宮家の連歌会では、「かゝげつゝ常《つね》の燈《ともしび》よも消《きえ》じ／をくなをふかし高野《たかの》の山路《やまぢ》」（応永二十七年五月二十五日賦何路連歌・九四・行光）、「罪なくは心の月の晴《はれ》やせん／高野《たかの》の寺のすごき松風」（応永三十二年十二月十一日賦何路連歌・六〇・庭田重有）等と表現されている。

「吹きくれて」は、風が吹きながら日が暮れていって。「軒《のき》近き松に嵐《あらし》は吹き暮れて入相《いりあひ》響く宿ぞ寂しき」（乾元二年五月歌合・五八・鷹司清雅）、「小鷹《こだか》すゑ野にうづらこそたて／漸《やや》さむく床《とこ》の山風吹《ふき》くれて」（応永二十六年三月二十九日賦山何連歌・九七・行光）。高野の情景としては、「さとらぬほどぞまよひとはなる／松風の高野《たかの》の寺に月晴《はれ》て」（応永三十年五月二十五日賦山何連歌・六九・庭田重有）等、松風が詠まれる例が多くあり、入相の鐘の音は、松籟の中に響いてくる様となろうか。

前句の「寺」を「高野」の寺とし、「ちかき」と「とをく」を相対させ、近く聞こえる鐘の音は、実は里から遠い山寺の鐘の音が山風に運ばれたのだとしている。時分はそのままに、里から遠く、奥深い高野山中で夕暮れとなった様。鐘の音をしるべとして、暗闇が迫る前に寺を探す、高野の山路である。

【訳】

（寺はどこにあるのだろうか、近くから入相の鐘の音が聞こえてくるが。）里は遠く、高野の山の山風が吹きすさぶ中、日は暮れていく。

二ウ八　44　（里とをく高野の山かぜ吹くれて）
とぢしその世《よ》をしたふ室《むろ》の戸《と》　　椎

【式目】雑　釈教（室の戸）　居所（室の戸）
（五）世2

【注】

「室の戸」とは、本来は僧坊、詳しくは僧坊の戸。「室」と「無漏」（煩悩から離脱して迷いのないこと）をも掛ける。「かくてこそ見るべかりけれ奥山《おくやま》のむろの戸《と》ぼそにすめる月影《つきかげ》」（風雅集・雑上・一五六六・尊円法親王）。「釈教は、御法《みのり》・をしへ・仏・つみ・野寺・山寺・おこなひ・室《むろ》の戸《と》・あかつきおき・彼《か》の岸など云《い》ふ事は、常の事に候《さうらふ》」（吾妻問答）。高野山奥の院にある弘法大師空海の霊廟の戸をもさす。「室《むろ》の戸↓とづる・たかの山」（連珠合璧集）。「高野山《たかのやま》室《むろ》の戸《と》ふるき跡みえて／法《のり》にこゝろぞ入《いり》さだまれる」（菟玖波集・釈教・六七九・導誉）。空海は、高野山の岩室に入定し、釈尊滅後五十六億七千万年の後、弥勒菩薩がこの世にあらわれて龍華樹の下で衆生を救うために説法をひらく時（龍華三会の暁）を待っているとされた（弘法大師遺誡二十五箇条）。


【訳】

一句では、入定した弘法大師を信じる僧がこもっている僧坊のさま。付合では「吹《ふき》くれて」にひかれ「とぢし」が前に出た。

（里から遠く離れた高野の山の山風が吹きすさぶ中に、日は暮れていって。）僧坊の戸は閉じられて、弘法大師が無漏の境地で岩室に閉じこもられたその世を、慕っている。

（とぢしその世をしたふ室の戸）

二ウ九　45　すつる身《み》に心《こころ》のおくのやみはなし　長資朝臣

【式目】雑　人倫（身）　釈教（すつる身・心のおくのやみ）

【注】

「すつる身」は、世を捨てて出家をした身。「捨身↓山・隠家」（連珠合璧集）。「しばしがほど、すむは山かげ／いづくにも心とめじと捨《すつ》る身に」（菟玖波集・雑五・一五五二・六角氏頼）。「心のおくのやみ」は、俗世に生きる人が心中に持つ煩悩。煩悩、妄心は「心の闇」という言い方が一般的で、通常仏法の教え（「法の灯」）の光によって、心の中の暗い煩悩（「心の闇」）が消えると表現される。「今もなほ心の闇《やみ》は晴れぬかな思ひ捨ててしこの世なれども」（続後撰集・雑中・一一八九・藤原俊成）。和歌にも「こころのおくのやみ」という語句は見受けられない。「心の奥」ならば、「恋ひわびぬ心の奥のしのぶ山露も時雨《しぐれ》も色に見せじと」（続古今集・恋一・九九二・藤原定家）のような恋歌の用例も多く、伏見宮家の連歌においても、恋の用例がある。「かはるか如何《いか》□人の兼事《かねごと》／契《ちぎり》ても心のをくのゆかしきに」（応永二十六年三月二十九日賦山何連歌・八三・田向長資）。この付合では、前句の「したふ」の持つ恋の語の印象から「心の奥」が呼び込まれ、「闇」を続けたものであろう。

【訳】

（僧坊の戸を閉じてこもり、弘法大師が入定されたその世をひたすらに信じる。）出家した身には心の奥に煩悩の闇はないのだ。

（すつる身に心のおくのやみはなし）

二ウ一〇　46　草《くさ》のまがきを照《てら》す蛍火《ほたるび》　重有朝臣

【式目】夏（蛍火）　時分―夜（蛍火）　植物―草（草）　居所（まがき）

（一）蛍1

【注】

「草のまがき」は、垣根のように草が繁茂していることをいう。「夏深き草の籬《まがき》の朝涼《あさすず》み緑の色の清くもあるかな」（伏見院御集・一二五七）、「草のまがきぞ露のそこなる／蛬《きりぎりす》月すむ庭にねをそへて」（新撰菟玖波集・秋上・六七八・後土御門院）。

「蛍火」は暗闇に発する蛍の光をいう。「夜分、ほたる火」（連珠合璧集）。「螢火亂飛秋已近、辰星早没夜初長（蛍火《けいくわ》乱れ飛んで秋已《すで》に近く、辰星《しんせい》早く没して夜初めて長し）」（和漢朗詠集・夏・蛍・一八六・元稹）。この語は「沼水《ぬまみづ》の行く方もなき思ひとや下に燃えても集《すだ》く蛍火《ほたるび》」（二類本沙玉集・七四六）と詠まれ、また「月影《つきかげ》のながるゝ水はすゞしくて／露にもにたり草のほたる火」（応永十五年七月二十三日賦何船連歌・八八・治仁王）、「露かこふ籬《まがき》の月の影すゞし／飛《とび》かふかずのおほき蛍火《ほたるび》」（応永三十二年三月二十五日賦山何連歌・七四・庭田重有）等、『看聞日記』紙背の連歌群に豊富に見られる。

付合は、前句の「やみはなし」から「蛍火」の光へと付ける。「蛍火《ほたるび》は木《こ》の下草《したくさ》も暗からず五月の闇《やみ》は名のみなりけり」（和泉式部集・三三二）、「暮れぬるか草の籬《まがき》に飛ぶ蛍《ほたる》露に数そふ影ぞ乱るる」（延文百首・一八三二・洞院実夏）のような、実景としての光のイメージで、前句の心象風景を現実の光景に転じ夏季の句とした。

なお、蛍の光自体は、和泉式部の「物思へば沢の蛍《ほたる》をも我が身よりあくがれにける魂《たま》かとぞ見る」（後拾遺集・雑六・一一六二・和泉式部）から、恋に懊悩する魂の抜け出た姿を思わせる一面を持つ。謡曲にも「われは貴船《きぶね》の川瀬の蛍火《ほたるび》」（鉄輪・ノリ地）。また和泉式部には、性空上人に詠みおくった、心の闇に対する懊悩を詠む和歌「暗きより暗き道にぞ入りぬべき遥《はる》かに照らせ山《やま》の端《は》の月」（拾遺集・哀傷・一三四二）もあった。「蛍火」という語句に関しては、寄合として句の表面に出るわけではないが、惑乱する心情を下に持つ表現という和泉式部歌のつくりあげた印象も、句を付けるにあたり影響を与えているように思われる。

【訳】

一句は、夏の夜に叢を照らす蛍の光を詠む。

（出家の身に、心の奥の煩悩の闇などはなく、澄み切った明るい境地となっている。）垣根のように茂った庭の草も、蛍の光が照らしている。（闇ではないのだ。）

二ウ一　47　読書多鑑古　書《しよ》を読《よ》みて多《おほ》く古《いにしへ》に鑑《かんが》みる　蔭﹅
（草のまがきを照す蛍火）

【式目】雑　（一）古1

【注】
「蛍火」から、いわゆる「蛍雪の功」の故事を典拠として、「読書」にいそしむさまを付けた。前句「草のまがき」を、貧しい読書人の家のありさまと取りなした付けである。一句は「書物を読んで古に学ぶ」の意。

家が貧しく油を買えないため、蛍を集めて灯《ともしび》とし、読書にはげんだ、という晋・車胤の故事は、『晋書』車胤伝を始め、『蒙求』「孫康映雪」、『韻府群玉』下平声九・青韻「嚢蛍」、『古今事文類聚』後集巻四十八・蟲豸類・嚢蛍照書などに見え、和漢にわたってよく知られた逸話であった。これを用いた中国古典詩の例に、杜甫「題鄭十八著作丈故居（鄭《てい》十八著作丈《ちよさくぢやう》の故居に題す）」詩の「窮巷悄然車馬絶、案頭乾死讀書螢（窮巷《きゆうかう》　悄然《せうぜん》として車馬絶え、案頭《あんとう》　乾死《けんし》す読書の蛍）」。また和漢聯句では「又見草蛍光（又見る　草蛍《さうけい》の光）／雪をこそむかしは窓にあつめしに」（菟玖波集・雑体・二〇〇六・六条有房）、「とぶほたるたが灯《ともしび》の影《かげ》ならむ／読書向暁籌（読書　暁籌《げうちう》に向《なんな》んとす）」（文明十五年八月七日和漢聯句・五四・勧修寺教秀）の付合《つけあい》がある。

「鑑古」は、古を手本とするの意。白居易「新樂府　百錬鏡」詩に「我有一言聞太宗、太宗常以人爲鏡、鑑古鑑今不鑑容（我　一言の太宗に聞ける有り、太宗　常に人を以って鏡と為《な》し、古《いにしへ》を鑑《かんが》み今を鑑みて容《かたち》を鑑みずと）」といった例が見られるものの、中国古典詩ではさほど多用される表現ではない。五山においても、白居易詩を踏まえた「方奩一鏡淨無塵、鑑古鑑今光轉新（方奩《はうれん》の一鏡浄《きよ》くして塵《ちり》無く、古を鑑《かんが》み今を鑑みて光転《うた》た新たなり）」（虎関師練「讀書」）がある程度。

しかしながら、書物によって古に触れるという発想自体は普遍的なもので、謝霊運「齋中讀書」詩に「懷抱觀古今、寝食展戯謔（懐抱《くわいはう》　古今を観《み》、寝食　戯謔《ぎぎやく》を展《ひら》く）」」（文選・巻三十）と詠われ、李白にも「觀書散遺帙、探古窮至妙（書を観《み》て遺帙《いちつ》を散じ、古を探りて至妙を窮《きは》む）」（「翰林讀書言懷呈集賢院内諸學士（翰林読書　懐《おも》ひを言ひて集賢院内の諸学士に呈す）」）という例が見られる。

【訳】

（垣根のように茂った草を照らす蛍火で、）書物を読んでは古を鑑《かがみ》とする。

二ウ一二　48　織錦尚存貞　（読書多鑑古）　錦《にしき》を織《お》りて尚《な》ほ貞《てい》を存《そん》す　寿〻

【式目】雑　衣類（錦）恋（織錦・存貞）
【韻字】貞（韻府群玉・聚分韻略）
【注】
男（夫）の行為である「読書」に、女（妻）の手わざである「織錦」を付けて対句とした。「読書」をしている夫は遠方にあり、会うこともままならないが、妻はなお彼を思って錦を織る。後述する蘇氏の故事に基づく句づくりである。
読書と機織《はたお》りを対とする例は少なく、宋・林亦之「陳伯順夫婦」詩に「讀書歴歴向秋樹、織錦悠悠空曉機（読書歴歴として秋樹に向かひ、織錦悠悠《いういう》として暁機空《げうきむな》し）」と見られる程度である。また「臥覽牀頭書、睡看機中織（臥《ふ》して覧《み》る牀頭《しやうとう》の書、睡りて看《み》る機中《きちゆう》の織）」（儲光羲「同王十三維偶然作（王十三維の偶然の作に同ず）十首」其九）は、書物と機織りを近しいものとして並べた例。
一句は『晋書』列女伝に見える竇滔《とうとう》とその妻蘇氏（蘇若蘭《そじやくらん》）の故事に基づく。竇滔が辺境の流沙《りゆうさ》に左遷された時、帰りを待つ蘇氏は切々たる思いを回文の詩に詠み、それを錦に織り込んで夫に贈ったという。この故事は、『韻府群玉』上平声十二・文韻に「織錦回文」として掲出され、また、『和漢朗詠集』に「織錦機中、已辨相思之字（錦《にしき》を織る機《はたもの》の中《うち》には、已《すで》に相思の字を弁《わきま》ふ）」（秋・十五夜付月・

二四一・公乗億)、李嶠百二十詠に「扇中紈素裂、機上錦文廻(扇の中に紈素《ぐわんそ》裂《さ》け、機《はた》の上に錦文廻《めぐ》る)」(「詩」)などと見え、日本でもよく知られたものであった。なお蘇氏が作ったとされる詩は「璇璣圖詩」の題で『古詩類苑』や『古詩紀』に収められている。

また、楊昆鵬「和漢聯句における恋の素材」(「国語国文」七七巻一〇号、二〇〇八年十月)が指摘するように、「錦字詩」は「和漢篇」『漢和法式』に恋の詞として挙がっており、和漢聯句でも好まれた本説《ほんぜつ》であった。同じく『看聞日記』紙背連歌に「錦字詩慵織(錦字　詩　織るに慵《ものう》し)／我ことの葉《は》をみする玉章《たまづさ》」(応永二十九年三月二十二日和漢聯句・一八・庭田重有)、また「おもふこゝろよ色にみえずや／文字ををる錦《にしき》のあやのわりなきに」(永正十八年四月十一日和漢聯句・四一・後柏原院)とも見える。

「尚存貞」は「夫と離れていても、変わらずに貞操を保つ」の意。女性の徳をあらわす。ただし「存貞」とする表現は、漢詩文のなかに類例を見出しがたく、やや落ちつきが悪い。

【訳】

(読書に励む夫を待ちつつ、)妻が織る錦には(思いをあらわした詩が織り込まれ、)なお夫への貞心が込められている。

二ウ一三　49　（織錦尚存貞）
おもひをばいかゞつゝまむ恋衣《こひごろも》　三位

【式目】雑　恋（おもひ・つゝまむ・恋衣）

【注】

「おもひ」は、相手を恋こがれる心情であり、通例「火」を掛ける。「いかゞつゝまむ」は、にじみでてしまう恋の思いをどのようにつつみ隠そうか。衣にくるむ形での「つつむ」は、「嬉しきを何に包まむ唐衣《からころも》袂《たもと》豊かに裁《た》てと言はましを」（古今集・雑上・八六五・読人不知）があり、この歌の上の句の形を意識しての作句であろう。「恋衣」とは、恋をしている人が着る衣。いつも心を離れない恋の思いを身に添う衣に見立ててもいる。『八雲御抄』枝葉部・衣食部「衣」に見える歌語で、『連珠合璧集』でも「恋の心」を表す語句に入る。この連歌会に近い歌壇の用例として「人知れぬ涙に濡《ぬ》るる恋衣《こひごろも》さても干《ほ》さずは朽《く》ちやはてなむ」（菊葉集・恋一・一一四五・恵重）、「恋衣《こひごろも》雨にもまさる涙かな宮城《みやぎ》が原の露は分けねど」（一類本沙玉集・一〇〇）等。涙にぬれる衣を詠む場合が多く、連歌もその形を踏襲している場合が多い。「しのぶもこぬはうらみこそそへ／袖《そで》はげに涙にくつる恋衣《こひごろも》」（応永三十二年十月十五日賦何路連歌・一三・行光）。

付合は、前句の「織錦」から「衣」を付けた。また、前句の蘇氏の故事は『和漢朗詠集』に詩句が入り（前句【注】参照）、名月の光により、相思の情が機で織られる織物の上にはっきりと読み取れ

郵便はがき

(料金受取人払郵便)

左京支店承認

3079

差出有効期間
平成23年7月
20日まで
(切手不要)

606-8790

(受取人)

京都市左京支店区内
田中下柳町八番地

株式会社 臨川書店
愛読者係 ゆき

606790　10

ご住所　(〒　　　－　　　)

TEL　　　FAX　　　e-mail

フリガナ
ご氏名　　　(　　歳)

勤務先

ご専攻　　　御所属学会名

※お客様よりご提供いただいた上記の個人情報は法に基いて適切に取り扱い、小社の出版・古書情報のご案内に使用させていただきます。お問い合わせは臨川書店個人情報係(075-721-7111)まで

愛読者カード

平成　　年　　月　　日

ご購読ありがとうございました。小社では、常に皆様の声を反映した出版を目指しております。お手数ですが、記入欄にお書き込みの上ご投函下さい。今後の出版活動の貴重な資料として活用させていただきます。なお、お客様よりご提供いただいた個人情報は法に基いて適切に取扱い、小社の出版・古書情報のご案内に使用させていただきます。

書　　名

お買上げ書店名　　　　　市区 町村

本書お買上げの動機

1．書店で本書をみて
2．新聞広告をみて（　　　　新聞）
3．雑誌広告をみて（　　　　）
4．書評を読んで
5．出版目録・内容見本をみて
6．ダイレクトメール
7．その他（　　　　）

本書のご感想

新刊・復刊などご希望の出版企画がありましたら、お教え下さい。

ご入用の目録・内容見本などがありましたら、お書き下さい。
早速お送り致します。

□小社出版図書目録　□内容見本（分野：　　　　）
□和古書目録（分野：　　　　）　□洋古書目録（分野：　　　　）
□送付不要

ありがとうございました

ることをうたう。付句は、このような、恋の詩句が読み取れる布地という前句の視覚的なイメージを受け、「恋衣」を涙にぬれる衣と形容せず、衣上にあらわな恋情をどう包みかくそうかと転じたものである。

なお、「おもひ」「つゝまむ」という付句の語句は、「包めども隠れぬものは夏虫《なつむし》の身より余れる思ひなりけり」（後撰集・夏・二〇九・読人不知）や、『源氏物語』蛍巻からの寄合である「思↓袖にほたるをつゝむ」（連珠合璧集）等、三句前の「蛍火」と恋のイメージで結びつきやすい。ここはそれゆえに、句が進行しても、使用表現が離れきっていない印象を与える。

【訳】

（錦に織り込まれた詩には、なお夫への貞節の思いが込められている。）あの人を恋しく思う気持ちを、この衣でどのように包み隠したら良いのだろう。どうしても見えてしまうのだ。

		（おもひをばいかゞつゝまむ恋衣）
二ウ一四	50	しのぶならひか［夜《よ》］こそ［ふけ］ぬれ　長資朝臣

【式目】雑　時分―夜（夜）　恋（しのぶ）

【注】

「夜こそふけぬれ」の部分は、底本の文字が半ば隠れているが、閲覧により推定。

「しのぶ」には、「忍ぶ」「偲ぶ」両意があり、「忍ぶ」は思いをあらわにせず、耐えること。また、人に知られないよう秘めること。「偲ぶ」は、今眼前にないものをしみじみとなつかしく思い返すこと。両者は平安期に外形上の区別がなくなり、意味も通い合うようになった。ここの付合では、前句から「しのぶならひ」で、あふれでる思慕の情をこらえるのが当たり前となっていることを言う。「ならひ」は、習慣、世間の慣習。なお、本百韻20句に類似表現「帰るならひか」がある。

「しのぶならひ」は、和歌、連歌共に用例は少なく、和歌において本来は懐旧の思いを表現する言い方であった。だが、伏見宮連歌会では、ほぼ時期を同じくして恋の句に三例見られ、すべて田向長資の作である。連歌で恋に転用したのが長資の創意といえよう。「人はまだをそきに月の先出《まづいで》て／しのぶならひにふくる秋の夜」（応永三十一年六月二十五日賦山何連歌・三〇・田向長資）。他には「うときこころかしのぶならひか／なれこそは山里とはめほとゝぎす」（萱草・二九九）。

「夜こそふけぬれ」は、夜が更けてしまったことにあらためて気がついた表現。「訪《と》はばやな月の託言《かごと》も漏《も》れなばと休《やす》らふほどに夜こそ更《ふ》けぬれ」（菊葉集・恋三・一三一四・今出川実直）、「秋風さむみ夜こそふけぬれ／おもひわびゆけば雁《かり》なき月おちて」（新撰菟玖波集・恋上・一四四四・心敬）。

付合は、包み隠せそうもない恋の思いを表現した前句を受けて、自分はその思いをこらえるさだめなのだろうかと、恋に破れる予感を詠む。


【訳】

（あの人を恋しく思う気持ちを、この衣でどのように包み隠したら良いのだろう。どうしても溢れ出てしまう。）だが、そんな思いをこらえてあの人を待つのが、私の常なのだろうか。気がつけば夜も更けてしまったというのに（あの人は来てくれないのだから）。

三オ一　51　もしこばの憑《たのみ》もよはる月入《いり》て　慶
（しのぶならひか夜こそふけぬれ）

【式目】秋（月）　光物（月）　時分―夜（月）　恋（憑もよはる）

【注】

夜が更《ふ》けるまで男を待ち続ける女の心を、さらに描写する。前句【注】に引いた「人はまだをそきに月の先出《まづいで》て／しのぶならひにふくる秋の夜」、また「又《また》よとはいひしも月にとひかねて／しのぶならひにふくる秋のよ」（応永三十二年三月二十五日賦山何連歌・五八・田向長資）の例は、訪れない男と「月」を詠じた前句から、秋の夜長に待ち続ける女の「しのぶならひ」へと展開を図っていた。ここでは逆に、「しのぶならひ」から、「月」が呼び出されている。

「もしこば」は、「ひょっとして男が来るならば」の意。同じ貞成《さだふさ》親王が、本百韻の二箇月後に詠じた「したふこゝろにこひはよはらず／もし来《こ》ばと待《まつ》をこなたの命にて」（応永二十六年二月六日賦山何連歌・七三）以外には類例の見出せない、非常に珍しい表現である。

「憑《たのみ》もよはる《(わ)》」は、男が自らのもとを訪れてくれるという期待が薄れてゆくこと。「憑《たのみ》」が弱るとする例は、「さりともの頼みは今ぞ弱りぬる月も傾き鳥も声して」（俊光集・四四〇・月前待恋）がある程度で、多くは見られない。連歌の例も見出せなかった。類例の「頼む下の心や弱る待つほどもややや過ぎぬがに涙そぼふる」（三十番歌合・四七・伏見院・寄涙待恋）に、「下待つ心の頼みさへ弱りゆくにや」と判詞が付されているのは注目されよう。それは恋人を待つ気持ちと不可分なのである。従って、「待ち弱り今はと思ひなるほどよ鐘より後《のち》に鳥も声して」（玉葉集・恋二・一四一一・従三位為子）、「更《ふ》けぬとや寝よとの鐘も哀れなりさらでも今は待ち弱る夜に」（二類本沙玉集・二一六）、「月みる《(るカ)》み□雲や残《のこる》らん／待《まち》よはりてはふくるながきよ」（応永二十四年十一月二十三日賦唐何連歌・八〇・二条冬実）などの「待ち弱る」と近い意味の表現と推測される。女の待つ心が挫《くじ》けそうになることをいう。

男の訪れへの期待が弱まる理由は、結句「月入《いり》て」に示されている。著名な「今来むと言ひしばかりに長月《ながつき》の有明《ありあけ》の月を待ち出《い》でつるかな」（古今集・恋四・六九一・素性、百人一首）は、恋人を長く待ち続けて朝方の月を見る女を描く。一方、同じく男を待つ当該句の女は、未だ明けやらぬころの月の入りを見た。月の入りは夜明けが近いことを意味し、もはや今夜のうちに男がやって来る可能性はほとんどない。だからこそ「憑《たのみ》もよはる」のである。

【訳】

（忍ぶことのならわしなのか、夜が更《ふ》けてゆくのは。）もしあなたが来てくれたらとあてにする気持ちも弱まってゆく、月が沈んで。

三オ二　52

（もしこばの憑もよはる月入て）

夢《ゆめ》にもうきや秋《あき》のひとりね　　行光

【式目】秋（秋）　時分―夜（夢・ひとりね）　人倫（ひとりね）　恋（ひとりね）

【注】

ひとり寝床にある人物の姿を付ける。「月→秋の夜」「独《ひとり》ね→月にわかる丶」（連珠合璧集）。当該句を含めて恋が五句続いたが、この句は恋離れをはかっている。

「夢にもうき」は、夢の中でもつらいというほどの意味。現実に男がやってこないことを受け、夢の中でも逢えないつらさを詠む。有名な小野小町の歌に「転寝《うたたね》に恋しき人を見てしより夢てふものは頼みそめてき」（古今集・恋二・五五三）と詠われるとおり、相思えば夢の中で恋しい人に逢えるというのが王朝和歌の通念である。そして、相手の気持ちが薄れると、「夢にだに逢《あ》ふこと難《かた》くなりゆくは我やいを寝ぬ人や忘るる」（古今集・恋五・七六七・読人不知）、夢にその人を見ることもなくなるとされた。「嘆きわび一人寝《ぬ》る夜の慰《なぐさ》めに夢てふものはある世なりけり」（続後拾遺集・恋二・七三九・実伊）のように、独寝《ひとりね》の女にとっては、夢は慰めとなるはずのものである。すなわち、夢ですら男に逢えないのは、男の愛情が自分から去ったということであり、それは下七の「秋の」という表現からも理解できる。

男の愛情がなくなることを「人のあき」「心のあき」と言い、「秋」と「飽き」を掛詞《かけことば》に用いることが多い。「我が袖《そで》にまだき時雨《しぐれ》の降りぬるは君が心にあきや来ぬらむ」（古今集・恋五・七六三・読人不知）は、女の袖には涙の時雨《しぐれ》が、男の心には「あき」が来たと詠む。伏見宮連歌会の例では、「こひしさになを夜こそ長けれ／ひとりねに人の秋とや恨《うらむ》らん」（応永三十一年九月二十七日賦何船連歌・四一・冷泉正永）とあった。

さらに、「独寝《ひとりね》の侘《わ》びしきままに起きゐつつ月を哀れと忌《い》みぞかねつる」（後撰集・恋二・六八四・読人不知）のように、独寝のつらさは月によって紛《まぎ》れるものであった。この付合ではその月も沈んでしまい、女の苦しさは増すばかりである。『看聞日記』紙背に見える同様の趣向に、「うすきちぎりはたのむともなし／独《ひとり》ねのなぐさむ月や深《ふけ》ぬらん」（巻二紙背連歌懐紙断簡「狩くらす」・二七・庭田重有）。

なお当該句一句で見るときには、恋の風情は非常に薄い。「一人寝《ぬ》る床《とこ》は草葉にあらねども秋来る宵《よひ》は露けかりけり」（古今集・秋上・一八八・読人不知）、「千里《ちさと》まで思《おもひ》こそやれ月の友／ひとりねは猶《なほ》夜こそながけれ」（応永三十一年二月二十五日賦何人連歌・一二・冷泉正永）など、物憂い秋の夜に独寝をする人物は古典的題材であった。恋から離れようとする意志が明瞭にあらわれた句づくりである。

【訳】

（月とも別れ、心に飽きの来たあの人はもう今夜は訪れない。）夢の中でも（逢えずに）つらい、秋の長夜の独寝《ひとりね》であるよ。

（夢にもうきや秋のひとりね）

三オ三　53　霜重寒砧渋　霜重《しもおも》くして　寒砧《かんちん》渋《しぶ》る　蔭〻

【式目】秋（砧）降物（霜）

【注】

前句を旅中の独寝《ひとりね》のつらさと取りなして、折節耳にした「寒砧」の音を付ける。「秋の末の心↓きぬた《衣打》」（連珠合璧集）、また「夢」から「砧」が連想される。「衣打《ころもうつ》↓伏見の夢」（同上）。

霜は晩秋のしるし。『礼記』月令「季秋」の条に「是月也、霜始降、則百工休（是《こ》の月や、霜始《はじ》めて降《くだ》り、則《すなは》ち百工休《や》む）」。「霜重」は霜の程度がひどいこと。晋・庾闡「閒居賦」に「森條霜重、綠葉雲傾（森条《しんでう》霜重く、緑葉雲傾く）」（藝文類聚・巻六十四）とあるのが早い例。唐詩に至って頻見。杜甫「螢火」詩に「十月清霜重、飄零何處歸（十月清霜《せいさう》重く、飄零《へうれい》として何処《いづこ》にか帰る）」。和漢聯句にも「幽徑露光漙（幽径《いうけい》露光漙《つゆけ》し）／霜重虫機断（霜重くして虫機断ゆ）」（天文十一年十二月九日和漢聯句・三三・江心承董）とある。

「砧」は冬衣を仕立てるために布を打つ道具。また杜甫「秋興八首」其一、「寒衣處處促刀尺、白帝城高急暮砧（寒衣処処に刀尺《たうしやく》を促《うなが》し、白帝城高くして暮砧《ぼちん》急なり）」のように、砧《きぬた》の音をも言う。「寒砧」に「渋」が伴うことから、この句でも砧の音を指す。

「寒砧」は唐詩以後の詩語である。沈佺期「古意呈補闕喬知之（古意　補闕《ほけつ》喬《けう》知《ち》之《し》に呈す）」詩に

「九月寒砧促木葉、十年征戍憶遼陽（九月　寒砧《かんちん》　木葉を促《うなが》し、十年　征戍《せいじゅ》　遼陽《れうやう》を憶《おも》ふ）」とあるように、秋の季節と征戎、孤閨といった人事が結びついて情感を発する。それをもっとも典型的に示すのは、よく知られた李白「子夜呉歌四首」其三であろう。「長安一片月、萬戸擣衣聲。秋風吹不盡、總是玉關情。何日平胡虜、良人罷遠征（長安　一片の月、万戸《ばんこ》　衣を擣《う》つ声。秋風　吹きて尽きず、総《すべ》て是《こ》れ玉関《ぎよくくわん》の情。何《いづ》れの日か胡虜《こりよ》を平らげて、良人　遠征を罷《や》めん）」。辺塞詩の盛行につれて「寒砧」も詩的情感を表出する語として定着したものと考えられる。和漢聯句に「あきの霜《しも》ふる月はありあけ／寒砧妨宿雁（寒砧《かんちん》　宿雁《しゆくがん》を妨《さまた》ぐ）」（天正四年三月三日漢和聯句・七・有和寿筠）。

　漢詩で音について「渋」といえば、明快でない、かすれがちでくぐもった音声をいう。たとえば白居易「早春獨遊曲江（早春　独《ひと》り曲江に遊ぶ）」詩の「影遲新度雁、聲澁欲啼鶯（影《かげ》は遅し　新たに度《わた》る雁、声は渋《しぶ》る　啼《な》かんと欲する鶯《うぐひす》）」では、春浅くしてまだ鳴き慣れない鶯の声を、また温庭筠「雪二首」其二に「蹋緊寒聲澁、飛交細點重（緊《かた》きを蹋《ふ》めば寒声渋《しぶ》り、飛び交《まじ》はりて細点重なる）」では積雪を踏んだ時の音をいう。当該句でも砧を打つ重く沈んだ音をいうと思われる。あるいはまた、和歌では「小《さ》夜《よ》更《ふ》けて砧《きぬた》の音ぞ弛《たゆ》むなる月を見つつや衣《ころも》打つらむ」（千載集・秋下・三三八・覚性法親王）のように、砧の音が間遠になることがしばしば詠まれるゆえ、これにならって「渋」は途絶えがちな音とも解される。いずれにせよ、秋の冷涼と併《あは》せて陰鬱な気分を映す。

　一句は「霜」「砧」という晩秋をあらわす名詞、その季節と結びつく「寒」という形容詞、「霜」「寒砧」について叙述する「重」「渋」という述語、それらすべてが一つの意味系列を作っている。

なお「寒砧」の「寒」は、はじめ「村」と書いた上に「寒」を重ね書きしている。「村砧」の用例は、唐詩では極めて限られる。李商隠「宿晉昌亭聞驚禽（晉昌亭《しんしやう》に宿り驚禽《きやうきん》を聞く）」詩に「胡馬嘶和楡塞笛、楚猿吟雑橘村砧（胡馬嘶《こばいな》きて楡塞《ゆさい》の笛に和し、楚猿《そゑん》吟じて橘村《きつそん》の砧《きぬた》に雑《まじ》る）」、同「夜冷」詩に「樹遶池寛月影多、村砧塢笛隔風蘿（樹は遶《めぐ》り池は寛《ひろ》く月影多し、村砧《そんちん》　塢笛《うてき》　風蘿《ふうら》を隔《へだ》つ）」とあるのが目につく程度。習用される「寒砧」の一字を入れ替え、新鮮さを狙《ねら》った工夫であろうが、「村砧」の場合、村落ないし異土に身を置いて聞くという別の要素が加わる。晩秋の情感だけをあらわすには「寒砧」がよいか。

【訳】

霜が重く降りたこの季節、（秋の独寝《ひとりね》の枕には、冬の）衣を打つ砧《きぬた》の音が重く沈んで聞こえてくる。

（霜重寒砧渋）

三オ四　54　香残煙穂営　　香残《かうそこな》はれて　煙穂営《えんすいまと》ふ　　寿〻

【式目】 雑　聳物（煙穂）

【韻字】 営（韻府群玉・聚分韻略）

【注】

室外から室内へ移る。「香」の燃えるのは明らかに女の居室。ならば、室外から室内への展開は男

―女の対比を含み、出征した兵士と孤閨を守る妻という関係をほのかに重ねることになる。

「香残」は香が燃え尽きんとしている状態。「残」は、ものごとが損《そこ》なわれたさまを言う（『倭玉篇』に「残　ソコナフ」）。時間の経過をあらわすとともに、衰残の情調を含む語である。中唐の羊士諤に「紅衣落盡暗香殘、葉上秋光白露寒（紅衣落ち尽くして暗香残《そこな》はれ、葉上の秋光　白露寒し）」（「郡中即事二首」其二）とあるのが早い例で、ものうい詩情をうたう晩唐の詩に多く見える。

「煙穂」は、香から穂のように細くたなびく煙。柳の枝の比喩として用いられることが多いが、香の煙としては五代・孫光憲「虞美人」詞に「一穂香搖曳（一穂《いつすい》　香揺曳《えうえい》す）」（花間集）とある程度。『和漢朗詠集』にも「人煙一穂秋村僻、猿叫三聲曉峡深（人煙一穂《じんえんいつすい》　秋村僻《さか》れり、猿叫《ゑんけう》三声　暁峡《げうけふ》深し）」（猿・四五八・紀長谷雄）と見えるが、これは炊煙の比喩である。和漢聯句では、「風霜竹幾孫（風霜　竹幾孫《いくそん》）／茶亭煙一穂（茶亭《ちやてい》　煙一穂《いつすい》）」（永正八年二月十日和漢聯句・七・高辻章長）とあり、これは『三体詩』に所載される杜牧「酔後題禪院（酔後　禅院に題す）」詩の「今日鬢絲禪榻畔、茶煙軽颺落花風（今日　鬢糸《びんし》　禅榻《ぜんたふ》の畔《ほとり》、茶煙《ちやえん》軽く颺《あ》がる　落花の風）」を受けて、茶をたてる煙。「促席坐槐夏（席を促《ちかづ》けて槐夏《くわいか》に坐す）／挿爐凝穂煙（爐《ろ》に挿《さ》して穂煙《すいえん》を凝《こ》らす）」（天正八年四月二十二日和漢聯句・九〇・英甫永雄）も同様である。

「営」は音義「縈」に通じ、まといつくの意。『倭玉篇』に「マトウ」と付訓する。梁・元帝「和劉尚書兼明堂齋宮詩（劉尚書の兼明《けんめい》堂斎宮《さいぐう》詩に和す）」詩の「香浮鬱金酒、煙繞鳳凰樽（香は浮く鬱金《うつこん》の酒、煙は繞《まと》ふ鳳凰の樽《たる》）」（藝文類聚・巻三十八）などが近い。華やかな室内に香が充満し、爛熟した雰囲気がただよう表現である。

なお、韻字「営」は、28句「村辺柳遶営」に続き、二度目の使用である。漢詩では一般に、意味が異なっていれば、同じ韻字を二度使用することが許される（28句は「軍営」、ここでは「まとう」の意）。ただし、和漢聯句では韻字は一字一度の使用が原則であったから、この点やや不審である。あるいは当該句については「縈」を誤記した可能性も考えられよう。『聚分韻略』庚耕清第八に「縈、繞也（縈は、繞《まと》ふなり）」とあり、「糸」を「呂」に書き誤ったとすれば、韻字が重複する問題もなく、意味もそのまま通じる。

【訳】

（戸外から砧《きぬた》の音が途絶えがちに聞こえるとき、室内では）香は燃えくずれ、穂のように細く立ち上った煙がまといつく。

（香残煙穂営）

三オ五　55　酔心絃管急　　酔心《すいしん》　絃管《げんくわん》急《せは》し　　健〻

【式目】雑

【注】

孤閨《こけい》の夜が更けてゆく前句の情景を、室内の甘美で爛熟した雰囲気にずらし、そこから宴の酒と楽曲を付ける。

「酔心」は酒に酔った心地。白居易「晩春酒醒尋夢得（晩春 酒醒《さ》めて夢得《ぼうとく》を尋《たづ》ぬ）」詩に「酔心忘老易、醒眼別春難（酔心 老いを忘るること易《やす》く、醒眼《せいがん》 春に別るること難《かた》し）」。

「絃管」は絃楽器と管楽器。一句の平仄を整えるために「管絃」を倒置している。「急」はテンポが速まり盛り上がってゆくさまを言う。早い例では「古詩十九首」其十二に「音響一何悲、絃急知柱促（音響 一に何ぞ悲しき、絃《げん》急にして柱《ことぢ》の促《つま》るを知る）」（文選・巻二十九、古今事文類聚・後集巻四十五・羽虫部・燕）、よく知られた例では白居易「琵琶行」に「感我此言良久立、却坐促絃絃轉急（我が此《こ》の言に感じて良《や》や久しく立ち、却《かへ》つて坐し絃《げん》を促《うなが》せば絃 転《うた》た急なり）」（古文真宝・前集巻九）など、感情が盛り上がってゆく演奏をいう。五山詩の例に「急管繁絃天上樂、陽春白雪郢中歌（急管《きふくわん》 繁絃《はんげん》 天上の楽、陽春《やうしゆん》 白雪 郢中《えいちゆう》の歌）」（岐陽方秀「秋蟬」）。

【訳】

（薫香が漂《ただよ》う部屋で、）酔い心地のなかに、管絃の切迫した音が聞こえてくる。

三オ六　56　（酔心絃管急）

闘富玉金盈　　闘富《とうふ》玉金《ぎよくきん》盈《み》つ　　椎

【式目】雑

【韻字】盈（韻府群玉・聚分韻略）

【注】

宴席の享楽からさらに華美、驕奢のさまへと進める。

「闘富」は、富裕を競い合うこと。『無門関』第十則「清税孤貧」に「活計雖無、敢與闘富（活計無しと雖《いへど》も、敢《あ》へて与《とも》に富を闘《たたか》はしむ）」、『五燈会元』巻十六に「敢與八大龍王闘富（敢《あ》へて八大龍王と富を闘《たたか》はせんや）」など、禅籍に頻見する。明・彭大翼『山堂肆考』中「珊瑚」の条に「石崇與王愷闘富有珊瑚樹（石崇《せきすう》と王愷《わうがい》と富を闘《たたか》はせて珊瑚《さんご》樹有り）」とあるのは、石崇と王愷が大尽ぶりを競った『世説新語』汰侈篇の故事を踏まえる表現。当該句の「闘富」も、そのような贅沢比べを指す。

「玉金」は、宝玉と黄金に代表される高価な貴金属。前句の「弦管」と同じく、これも「金玉」を平仄を合わせるために倒置した語である。『毛詩』小雅「白駒」に「毋金玉爾音、而有遐心（爾《なんぢ》の音を金玉にして、遐《さか》れる心有ること毋《なか》れ）」。

【訳】

（酔って管絃を聞き、）大尽ぶりを競い合って、宝玉や黄金が充ち満ちる。

三オ七　57　（闘富玉金盈）
調物《みつきもの》かずの宝《たから》やはこぶらむ　　重有朝臣

【式目】雑

【注】

前句の「玉金」を公《おおやけ》の租税のこととした。

「調物」は、「Mitçuqimono.（貢物）国王に支払う年貢《ねんぐ》、あるいは、租税」（日葡辞書）のこと。もとは律令法下の「調」（繊維製品）のことであったが、このころは租税一般を指す。当時は「みつきもの」と清音で発音していた。「貢物《みつきもの》運ぶ丁《よほろ》を数ふれば二万《にま》の里人《さとびと》数添《そ》ひにけり」（二度本金葉集・賀・三一八・藤原家経）に見られるように、貢物が滞りなく運ばれることは、祝言の和歌、連歌に繰りかえし詠われる。『看聞日記』紙背連歌では「君いつも民をはごくむ政《まつりごと》／御調《みつき》はこぶぞ国ゆたかなる」（応永二十八年二月二十五日賦何船連歌・九八・善基）、「をくのたからやこがねなるらん／おさまれば国もゆたかに御調物《みつきもの》」（応永三十年十一月二十一日賦何人連歌・六七・行光）などの用例があり、善政や太平を讃美する心と分かちがたく結びついた素材であった。貢物は天皇家による安寧な国家運営の象徴であり、この句の場合、それは特に伏見宮家に及ぶとも考えられる。

「かずの」は、「多くの」の意。和歌、連歌ではほとんど使われることのない語法であるが、室町物語や謡曲のなかには多くの例が見られる。御伽《おとぎ》草子『鉢かづき』に「数のたからを持ち給《たま》ふ。飽《あ》き満ちて、乏《とぼ》しきこともましまさず」、また宮増作と伝える謡曲『烏帽子折』に「われこの程《ほど》数の宝を集め」（名ノリ）。ちなみに、『烏帽子折』は「九郎判官東下向《くらうはうぐわんあづまげかう》」の名で『看聞日記』にもあらわれ、伏見大光明寺で丹波《たんば》猿楽《さるがく》の矢田座が演じたことが知られる（永享四年（一四三二）三月十四日条）。

このように「かずの宝」は雅語とは言い難いが、定型表現の一つではある。当該句と同じ庭田重有《しげあり》の詠である「これをたからといわふ杉《すぎ》の葉《は》／玉《たま》こがねはこぶ御調貢《みつき》のかず〳〵に」（応永二十九年二月二十五日賦何物連歌・九五）は、貢物の「かず」を言う点と、「玉こがね」が前句「玉金」の訓読である点で、当該句に近い。

なお「永久百首」には、「朝妻《あさづま》やはたさす駒《こま》に声立てて瀬田《せた》の長橋《ながはし》引き渡すなり」（四〇〇・藤原顕仲）以下、「貢調」という題で計七首が詠まれているが、「貢調」は冬季に設定されている。ただ、永久百首題以外に「貢調」は見られず、一般化したとは言い難いので、この句では雑とした。

【訳】

年貢《ねんぐ》として、（玉や金のような）多くの宝物を運んでいるのだろうか。

三オ八　58　（調物かずの宝やはこぶらむ）
舟《ふね》こそかよへ伊勢《いせ》の入海《いりうみ》　　行光

【式目】雑　水辺（舟・入海）　名所（伊勢）

【注】
前句の「かずの宝」が運ばれる場所として、伊勢神宮を付けた。また、「貢物《みつきもの》運ぶ千舟《ちふね》も漕《こ》ぎ出《い》でよ甕《もたひ》の泊《と》まり潮も適《かな》ひぬ」（万代集・賀・三八二四・日野資実）、「かしまが済（崎カ）を越《こゆ》る浦波／又《また》はこぶ貢《みつき》の船のかぢとりて」（紫野千句・追加・一五・道明）のように、多くの舟が「調物」を運ぶ情景から、「御調《みつき》→八十舟《やそふね》」（連珠合璧集）の寄合《よりあい》もある。

「伊勢の入海」は、現在の伊勢湾のこと。例えば、伊勢湾に面する大湊（現三重県伊勢市）は、中世には東国との貿易港として大いに栄えた自治都市であった。前句に付くときは、特に伊勢神宮へ多くの産物が献上される様子が念頭にあろう。近い時期には、「伊勢」と「内外《うちと》」（内宮と外宮を指す）の寄合を用いて、「くもりなく伊勢の宮居《みやゐ》のたゞしきに／内外《うちと》のうみの浪ぞおさまる」（応永二十五年十二月二十二日賦何木連歌・六〇・綾小路信俊）と伊勢の海を詠う例がある。この句は伊勢神宮の威光による平和を詠じたものであるが、その発想は当該句についても同様であったと考えられる。

一句では、より単純に漁師の舟が往来するさまと解してよい。「伊勢の海に釣《つ》りする海人《あま》の浮子《うけ》なれや心ひとつを定めかねつる」（古今集・恋一・五〇九・読人不知）、「このうらに海士《あま》の小舟《をぶね》の伴《ともな》ひて

／伊勢の海《うみ》べの月清き空」（顕証院会千句・第九・六二・俊喬）など、伊勢の海人は古典的な題材であった。

なお、「おもき宝ぞ車にはつむ／うら〳〵に御調貢《みつき》の舟のかはりきて／うしほのさすや伊勢の入海《いりうみ》」（応永二十六年九月二十五日賦片何連歌・七四・庭田重有／七五・善基／七六・行光）の流れが、この付合《つけあい》と非常に近い。特に「伊勢の入海」という言葉は、管見の範囲ではこの句と当該句にのみ見られるものである。伊勢湾とそこに入港する意を掛けた表現を、行光が好んだことが知られる。

【訳】

（献上の品として多くの産物を運ぶ）舟は、伊勢湾を行き通《かよ》っているのだなあ。

三オ九	59	（舟こそかよへ伊勢の入海） 蘆《あし》の名《な》を又浜荻《またはまをぎ》といひかへて	長資朝臣

【式目】雑　水辺（蘆）　植物―草（蘆・浜荻）

【注】

舟が入る「伊勢の入海」から浜辺に生えている「蘆」を連想し、また「伊勢」の寄合《よりあい》である「浜荻」を詠む。

古く「神風の伊勢の浜荻《はまをぎ》折り伏せて旅寝《たびね》やすらむ荒き浜辺《はまべ》に」（新古今集・羇旅・九一一・読人不知、万葉集・巻四・五〇〇）と詠まれた「浜荻」は、「伊勢のはまをぎと詠めるは、荻《をぎ》にあらず。蘆《あし》を、かの国には、いひならはせるなり」（俊頼髄脳）と注され、少なくとも院政期には、伊勢における蘆の異名と考えられるようになった。『菟玖波集』に入集する「草の名も所によりてかはるなり／難波《なには》のあしはい勢《せ》の浜荻《はまをぎ》」（雑三・一三三三・救済）は、謡曲『阿漕』に「地物の名も、所によりて変はりけり、所によりて変はりけり、難波《なには》の蘆《あし》の浦風《うらかぜ》も、ここには伊勢の浜荻《はまをぎ》の、音《おと》を変へて聞き給《たま》へ」と、ほぼそのままの形で引用されるなど、特に有名であったらしい。ほかにも本百韻と近い時期に書かれた世阿弥『芦刈』に「ワキさては物の名も所によりて変はるよのう、シテなかなかのこと、この芦《あし》を伊《い》勢人《せびと》は浜荻《はまをぎ》といひ、ワキ難波人《なにはびと》は、シテ芦といふ」と見え、和歌では正広に「難波江《なにはえ》の蘆《あし》といふ名や思ふらむ萌《も》ゆるは同じ伊勢の浜荻《はまをぎ》」（松下集・二二一二）とある。

また、前掲「応永二十六年九月二十五日賦片何連歌」では、「うしほのさすや伊勢の入海《いりうみ》／はまをぎのをれ臥《ふ》すばかりこす浪に」（七七・貞成親王）と付いている。この句は前引『新古今集』歌を本歌とする点が当該句とやや異なるものの、「伊勢→浜荻《はまをぎ》」の寄合が用いられている点は共通する。

【訳】

（舟の行き交う伊勢では）蘆《あし》の名前を、また浜荻《はまおぎ》と言い換えて。

三オ一〇　60　かりねのまくらいもぞ恋《こひ》しき　　慶

（蘆の名を又浜荻といひかへて）

【式目】雑　時分―夜（かりね・まくら）　人倫（いも）　旅（かりね）　恋（恋しき）

（二）恋しき1

【注】

「あたら夜を伊勢の浜荻《はまをぎ》折り敷き《し》て妹《いも》恋しらに見つる月かな」（千載集・羈旅・五〇〇・藤原基俊）を本歌に、「浜荻」の語から旅の恋に展開する。著名な「難波江《なにはえ》の蘆《あし》のかりねの一夜ゆゑみをつくしてや恋ひわたるべき」（千載集・恋三・八〇七・皇嘉門院別当、百人一首）が「仮寝」と「蘆の刈根」を掛詞《かけことば》とするように、前句の「蘆」から当該句の「かりね」が導かれている。「蘆→かり」（連珠合璧集）。

「かりね」は旅寝のこと。旅寝の床で、故郷の恋人を思う男が詠まれている。「世の中は憂きふし繁き篠原《しのはら》や旅にしあれば妹《いも》夢に見ゆ」（新古今集・羈旅・九七六・藤原俊成）、「帰る雁我が言伝《ことづ》てよ草枕《くさまくら》旅は妹《いも》こそ恋しかりけれ」（風雅集・恋四・一二二七・紀貫之）、「とまかけてひとりぬる夜の舟の床《とこ》／いもこひしらの旅のさ莚《むしろ》」（河越千句・第二・四二・心敬）など、同想の例は数多い。

前句【注】に引いた「神風の伊勢の浜荻《はまをぎ》折り伏せて旅寝《たびね》やすらむ荒き浜辺《はまべ》に」が「旅寝」の語を含み、『新古今集』の羈旅部に入集していることからも分かるように、「浜荻」には旅の印象が強い。ここでは、冒頭に引いた基俊歌「あたら夜を伊勢の浜荻《はまをぎ》折り敷《し》きて妹《いも》恋しらに見つる月かな」（「浜荻」の勅撰集初出例でもある）を本歌に、特に下七「いもぞ恋しき」を導いた。折り敷いた「浜荻」を「かりね」の床に用い、恋人を思う様子を詠んだ句である。

基俊歌を本歌取りした作例としては、『看聞日記』紙背連歌に「はま荻《をぎ》はおりしく旅の草枕《くさまくら》／いも恋しきはひとりねの比《ころ》」（応永十八年八月二十一日賦何人連歌・九八・綾小路資興）がある。一方、前句までの【注】でたびたび言及してきた「応永二十六年九月二十五日賦片何連歌」では、「はまをぎのをれ臥《ふす》ばかりこす浪に／たびねやすらん宿はいづくぞ」（七八・庭田重有）と付き、先の『新古今集』歌が本歌取りされている。当該句とは異なった典拠を用いるとはいえ、「浜荻」から旅へと展開するあたり、本百韻の57句から60句までと極めて近い。対応するかたちで、両者を改めて左に示しておこう。

○本百韻（応永二十五年十一月二十五日和漢聯句）

56 闘 富 玉 金 盈　椎野寺主
57 調物《みつきもの》かずの宝やはこぶらむ　庭田重有
58 舟こそかよへ伊勢の入海《いりうみ》　行光
59 蘆《あし》の名を又浜荻《はまをぎ》といひかへて　田向長資
60 かりねのまくらいもぞ恋しき　貞成親王

○応永二十六年九月二十五日賦片何連歌
74 おもき宝ぞ車にはつむ　　庭田重有
75 うら〳〵に御調貢《みつき》の舟のかはりきて　　善基
76 うしほのさすや伊勢の入海《いりうみ》　　行光
77 はまをぎのをれ臥《ふす》ばかりこす浪に　　貞成親王
78 たびねやすらん宿はいづくぞ　　庭田重有

一年足らずのあいだに、五句にわたって同じ趣向を繰り返しているのである。なお、本歌である基俊歌にも「伊勢」の語が含まれていることから、58句から当該句まで連続して「伊勢」の響きが漂《ただよ》う。この点、打越《うちこし》を離れたとは言い難い。

【訳】
（浜荻《はまおぎ》を折り敷く）旅寝の枕で、あの人が恋しく思われるよ。

三オ一一　61　問《と》はぬ夜《よ》は月も涙《なみだ》の袖《そで》なるに　行光
（かりねのまくらいもぞ恋しき）

【式目】秋（月）　光物（月）　時分―夜（夜・月）　衣類（袖）　恋（問はぬ）

【注】
旅にある男から一転して、彼が故郷に残した女へと移る。「枕→袖・夜分」（連珠合璧集）。「問はぬ」とは、男が女のもとを訪れないこと。「慣《な》らはねば人の訪《と》はぬもつらからで悔《くや》しきにこそ袖《そで》は濡れけれ」（新古今集・恋五・一四〇〇・平教盛母）、「うき中やかはるかとまでとだゆらん／しのばずはなどとはぬ月の夜」（応永十八年八月二十一日賦何人連歌・四四・治仁王）。当該句の場合は男が旅にあるのだから、女のもとを「問はぬ」のは当然である。

「袖なる」は、袖にあるの意。和歌よりも連歌でよく用いられる。「尾花《をばな》の上は紅葉なりけり／袖なるは秋くれなゐの涙にて」（菟玖波集・秋下・四六〇・救済）、「秋にならぬは［　　］さみ／あふ時や袖《そで》なる露を払《はらふ》らん」（応永二十七年七月二十五日賦何路連歌・六九・善基）など、「袖なる」の主語は「涙」であることが多い。

当該句の月が「涙の袖なる」とは、月が袖の涙に映っていることをいう。孤閨を慰めてくれる月（52句【注】参照）が、「涙の袖」に宿っているのである。このような情景は、「我が袖《そで》は涙ありとも告げなくにまづ知り顔に宿る月かな」（玉葉集・恋二・一四八二・覚助法親王）、「有増《あらまし》までも夢の世中《よのなか》

／よしぬれよ涙に宿る袖《そで》の月」（応永二十七年十二月十二日賦何木連歌・七三・行光）のように、一般的には月が袖に「宿る」と表現される。それを「袖なる」という例は、「徒《いたづ》らに我が世のあきや吹飯《ふけひ》潟袖《がたそで》なる月も傾きにけり」（建保名所百首・一〇六七・藤原行能）、「みだる丶垣《かき》のねになける虫／いく夜我袖《わがそで》なる月をうれふらん」（天満本行助句集・一一六）など、極めて僅少である。当該句の中五・下七は、少ない語数を有効に活用した連歌らしい表現といえよう。

【訳】

あの人が来ない夜には、ながめる月も涙に濡れる袖に宿っているけれど（、あの人は旅空のもと、私のことを思ってくれているだろうか）。

（問はぬ夜は月も涙の袖なるに）

三オ一二　62　秋至感幽情　秋至《あきいた》りて　幽情《いうじやう》を感《かん》ず　椎

【式目】秋（秋）

【韻字】情（韻府群玉・聚分韻略）

【注】

月を受けて、秋の風趣を詠う。また、恋を離れて、秋に触発される風雅の思いへと転ずる。

「秋至」は、秋がやってくること。杜甫「天河」詩に「常時任顕晦、秋至轉分明（常時　顕晦《けんくわい》に任《まか》せ、秋至れば　転《うた》た分明たり）」、白居易「酬元九對新栽竹有懷見寄（元九の新たに栽《う》うる竹に対し懐《おも》ひ有りて寄せらるるに酬《むく》ゆ）」詩に「始嫌梧桐樹、秋至先改色（始めて嫌《きら》ふ　梧桐《ごとう》の樹の、秋至りて先《ま》づ色を改むるを）」など、習見。同じ椎野寺主の作に、「としのをながくちぎる七夕《たなばた》／秋至望銀漢（秋至りて銀漢《ぎんかん》を望む）」（応永二十九年三月二十五日和漢聯句・一七）がある。

「幽情」は深く清雅な思い。古く班固「西都賦」に「攄懷舊之蓄念、發思古之幽情（旧を懐《おも》ふの蓄念《ちくねん》を攄《の》べ、古《いにしへ》を思ふの幽情《いうじやう》を発《あら》はす）」（文選・巻一）と見え、白居易「晩秋閑居」詩の「地僻門深少送迎、披衣閑坐養幽情（地僻《さか》り門深くして送迎少なく、衣を披《き》　閑坐《かんざ》して幽情《いうじやう》を養ふ）」の例が有名。同「立秋夕有懷夢得（立秋の夕《ゆふべ》　夢得《ぼうとく》を懐《おも》ふ有り）」詩に「是夕涼飆起、閑境入幽情（是《こ》の夕《ゆふべ》　涼飆《りやうへう》起《た》ち、閑境《かんきやう》　幽情《いうじやう》に入る）」など、往々にして秋の景物に触れて生じる。日本の例としては、たとえば二条良基の手になる『菟玖波集』真名序に「爰舒幽情、常綴微詞（爰《ここ》に幽情《いうじやう》を舒《の》べ、常に微詞《びし》を綴《つづ》る）」とあった。

「秋至」を和文脈のなかにおいてみれば、男は来なかったと言う前句を受けて、代わりに「あき（秋・飽き）」が来た、という機知が響くか。付合《つけあい》で考えると、この句の「幽情」は孤閨の女が抱く、小暗く、ひそやかな悲しみという意味で読める。閨怨詩では秋の夜長は女が独寝《ひとりね》を怨む時であり、その場として「幽閨」が頻見する。また女の思いを「幽」と表現することも、梁・徐悱の妻劉令嫺「答外詩二首」其一に「欲知幽怨多、春閨深且暮（幽怨《いうゑん》の多きを知らんと欲せば、春閨《しゆんけい》深く且《か》つ暮る）」（玉台新詠・巻六）などとあった。

【訳】（女は涙ながらに月を眺めて、）秋の訪れに深い味わいを覚える。

（秋至感幽情）
三オ一三　63　美景露初白　三位
美景《びけい》　露初《つゆはじ》めて白《しろ》し

【式目】秋（露）降物（露）

【注】

秋の訪れに誘われた深い味わいを言う前句を受けて、さらに秋の景物の描写を続ける。この句は一面に露の降りた景。

「美景」は、謝霊運「擬魏太子鄴中集詩（魏《ぎ》太子《たいし》の鄴中《げふちゆう》集の詩に擬《ぎ》す）」の序に「天下良辰美景賞心樂事、四者難并（天下の良辰《りやうしん》・美景・賞心《しやうしん》・楽事、四者并《あは》せ難《がた》し）」（文選・巻三十）とある。そこでは風光を享受するための四つの条件の一つ。以後、「美景」の語は謝霊運と結びつき、「良辰」などと並置するかたちで用いられる。「良辰與美景、兩地方虚擲（良辰《りやうしん》と美景と、両地方に虚《むな》しく擲《なげう》つ）」（李白「宣城九日聞崔四侍御與宇文太守遊敬亭余時登響山不同此賞醉後寄崔侍御（宣城九日《せんじやうきうじつ》に崔四侍御《さいしじぎよ》の宇文《うぶん》太守と敬亭に遊ぶを聞く　余　時に響山《きやうざん》に登りて此《こ》の賞を同《とも》にせず　酔後崔侍御に寄す）二首」其二）、また「古天子、毎良辰美景、詔侍臣、預宴莚者、獻和歌（古《いにしへ》の天子、良辰《りやうしん》美景毎《ごと》に、侍臣に詔《みことのり》して、宴莚《えんえん》に預《あづか》る者をして、和歌を献《たてまつ》らしむ）」（古今集・真名序）。

小川環樹「中国の文学における風景の意義」（『小川環樹著作集』第一巻（筑摩書房、一九九七年）所収）の指摘するように、「景」は元来光を指すので、「美景」即《すなわ》ち「風景の美」とはいえない。ただし、唐代半ばあたりから謝霊運を離れ、眼前の美しい光景を意味する用法が広まってゆく。なかでも白居易「酬哥舒大見贈（哥舒大《かじよだい》の贈らるるに酬《むく》ゆ）」詩の「花下忘帰因美景、樽前勧酔是春風（花の下《もと》に帰らむことを忘るるは　美景に因《よ》つてなり、樽《そん》の前に酔《ゑ》ひを勧《すす》むるは　是《こ》れ春の風）」（和漢朗詠集・春・春興・一八）は特に著名な作例である。当該句においても、秋の美しい光景の意味と取ってよいだろう。

「露」は、『礼記』月令の「孟秋」の条に「涼風至、白露降（涼風至り、白露降《くだ》る）」とあり、陰暦七月の自然現象として記される。従って「露」は秋景を構成する要素の一つに違いないが、霜ならばともかく、露が降りたさまを、風景全体のなかで大づかみに捉えた例は、中国の詩では必ずしも多くはない。魏・阮籍「詠懐十七首」其五に「清露被皐蘭、凝霜霑野草（清露　皐蘭《かうらん》を被《おほ》ひ、凝霜《ぎようさう》　野草を霑《うるほ》す）」（文選・巻二十三）などの例は見えるが、それも寓意を含んだ表現で、純粋な叙景とは言い難い。「月明垂葉露、雲逐度溪風（月は葉に垂《た》るる露に明らかに、雲は渓《たに》を度《わた》る風を逐《お》ふ）」（杜甫「秦州雑詩二十首」其二）の句に極まるように、むしろ露はその微細な描写に佳句が集まる。あるいは、「秋の野に置く白露を今朝見れば玉や敷《し》けると驚かれつつ」（後撰集・秋中・三〇九・壬生忠岑）のような、和歌的な詠みぶりによるものか。

「初」は、「…したばかり」の意。「白」は「白くなる」という動詞である。杜甫「月夜憶舎弟（月

夜　舎弟を憶《おも》ふ)」詩に「露従今夜白、月是故郷明（露は今夜従《よ》り白く、月は是《こ》れ故郷の明）」。「露」を「白露」の二字でもっていうのは、『礼記』月令以前にも、『毛詩』秦風「蒹葭」に例が見える。「白露」の「白」はいわゆる「冗長な付加形容詞」であって、露が本来もつ透明性を付加して「露」を二音節化したものだが、ここでは「白」を独立させて、露が降りるの意味で用いている。また、「白」の語を用いることによって、鮮やかに輝いているという視覚的な要素が強調される。

なお、この句の作者綾小路《あやのこうじ》信俊には、ほかにも「夢をさますはきぬたうつおと／微月露初白（微月《びげつ》露初めて白し)」（応永三十一年二月七日和漢聯句・一二）と、「露初白」を用いた作がある。

【訳】

露が白く降《お》りたばかりの美しい光景（に、秋の深い味わいを覚える）。

三オ一四　64　遥林霧正晴　（美景露初白）　健〻

遥林《えうりん》　霧正《きりまさ》に晴《は》る

【式目】 秋（霧）　聳物（霧）　植物―木（遥林）

【韻字】 晴（韻府群玉・聚分韻略）

【注】

露を詠う前句に、霧を付けた。後述のように、一瞬の自然の変化を捉えた視覚的な句作りである。
「遥林」は、遠くの樹林。王昌齢「和振上人秋夜懐士會（振上人《しんしやうにん》の秋夜　士会を懐《おも》ふに和す）」詩に「白露傷草木、山風吹夜寒。遙林夢親友、高興發雲端（白露　草木を傷《そこな》ひ、山風　夜寒《やかん》を吹く。遥林《えうりん》親友を夢み、高興《かうきよう》　雲端《うんたん》に発す）」など、唐詩以来習見の語。
「霧正晴」は、「ちょうど霧が晴れる」の意。「今までなかった露が、はじめてあらわれた」と言う前句に対して、「折しもあたりを覆《おお》っていた霧が晴れ、遠い林が見晴るかせるようになった」と付け、露と現出と霧の消散を対比させる。自然の変化を視覚的に捉えた対句である。「霧―晴」の連なりは、隋・煬帝「季秋観海（季秋　海を観《み》る）」詩に「分空碧霧晴、連洲彩雲密（空を分《わ》かちて碧霧《へきむ》晴れ、洲《す》に連《つら》なりて彩雲《さいうん》密なり）」（古今事文類聚・前集巻十五・地理部・海）、日本では龍湫周沢「和夢逢郷友（夢に郷友に逢《あ》ふに和す）」詩に「眠雲半斷海門曉、宿霧漸晴山木深（眠雲《みんうん》　半《なか》ば断つ　海門の曉《あかつき》、宿霧《しゆくむ》漸《やうや》く晴れて山木深し）」などと見える。

【訳】

（露は白く降りたばかりで、）霧がおりしも晴れると、遠くまで林が続く。

三ウ一　65　夕日影《ゆふひかげ》もみぢの山《やま》に入《いり》やらで　（遥林霧正晴）　慶

【式目】秋（もみぢ）　光物（夕日影）　時分—夕（夕日影）　山類（山）　植物—木（もみぢ）

（三）紅葉1

【注】

前句の「遥林」から「もみぢの山」を導き、霧が晴れて遠望できるようになった、夕方の山の紅葉を詠む。「林→山」「霧→紅葉」（連珠合璧集）。「秋霧《あきぎり》は今朝はな立ちそ佐保山《さほやま》の柞《ははそ》の紅葉よそにても見む」（古今集・秋下・二六六・読人不知）のように、霧は紅葉を立ちかくすものであった。

「夕日影」は夕日の光のこと。夕日が紅葉を照らし出す情景は、「夕日影《ゆふひかげ》さすや高嶺《たかね》のもみぢ葉は空も千入《ちしほ》の色ぞうつろふ」（新拾遺集・秋下・五三二・覚助法親王）等よく詠まれる。同じ紅色であるがゆえに、夕日が紅葉の色を染めるという発想に基づいた歌も、「時雨《しぐれ》つる外山《とやま》の雲は晴れにけり夕日に染むる峰のもみぢ葉」（風雅集・秋下・六八四・藤原良経）など少なくない。さらに、夕日と紅葉の見分けがつかないと詠む場合もある。たとえば、「小倉山《をぐらやま》西こそ秋と訪《たづ》ぬれば夕日に紛《まが》ふ峰のもみぢ葉」（壬二集・五五四、千五百番歌合・一五九七）。また、「影《かげ》うつる夕日と見てや初瀬山《はつせやま》紅葉に早き入相《いりあひ》の鐘」（雅世集・二二一）は、山の紅葉を夕日の光と見誤る例。連歌でも、「日は入《いり》て紅葉に残る夕《ゆふべ》かな」（菟玖波集・発句・二一二六・二条良基）のように、すでに沈んだはずの夕日が残っているように見えるのは、実は紅葉であったと詠む例がある。当該句も、紅に照りはえる紅葉を、「入《いり》やら」ぬ夕日に見立てたものと考えられる。

「入やらで」は、夕日や月が沈みかけながら、なかなか完全には沈まないさまをいう。「入りやらで夜を惜しむ月の休《やす》らひにほのぼの明くる山の端《は》ぞ憂《う》き」（新古今集・雑上・一五四九・藤原保季）は、月が夜を惜しんで沈むことをためらっている、と擬人化したもの。「霧に曇《くも》る秋の夕日の入りやらで木《こ》の間《ま》に弱き影ぞ寂しき」（俊光集・二六一）の場合は、太陽そのものは没しても、霧に遮《さえぎ》られた淡い光がなお残っている様を、「入りやらで」と表現したのであろう。当該句では、紅葉が残照と見紛うばかりの赤さであるため、夕日がなかなか沈まないように見えるというのである。

【訳】

（今、霧が晴れ、遠くの）紅葉の山に、夕日はなかなか沈みきらないで。

三ウ二　66　（夕日影もみぢの山に入やらで）
風《かぜ》のおとなふ立田川浪《たつたかはなみ》　行光

【式目】雑　水辺（川浪）　名所（立田川）

【注】

前句「もみぢの山」を、紅葉の名所として知られる立田川のほとりと具体的に付けた。すでに五句続いた秋の季から離れる必要があるため、紅葉に縁の深い名所を詠んで、雑の句に転じる。

「立田川」（龍田川）は現在の奈良県北西部を流れる川。「立田川《たつたがは》紅葉乱れて流るめり渡らば錦《にしき》中や絶えなむ」（古今集・秋下・二八三・読人不知）をはじめとして、立田川に紅葉の流れる情景を詠んだ歌は枚挙にいとまがない。

「立田」に「風」と「浪」を取り合わせることも、有名な「風吹けば沖《おき》つ白波《しらなみ》立田山夜半《よは》にや君が一人越《こ》ゆらむ」（古今集・雑下・九九四・読人不知、伊勢物語・二十三段）以来、しばしば見られるところ。『看聞日記』紙背連歌の例では、「水上《みなかみ》も散《ちる》かと花のはつせ河／浪もたつたの春風の音」（応永三十二年閏六月二十五日賦山何連歌・三六・行光）などとあった。「立田」と「立つ」の掛詞《かけことば》を利用し、「波によって風が立つ」という発想に拠るものである。

「おとなふ」は、音を立てるという原義から転じて、声をかける、訪れるの意。和歌や連歌で風が「おとなふ」と詠む場合、その対象は人か植物であることが多く、この句のように「川」「浪」とする例は管見に入らない。ただし「住《すみ》の江《え》の松を秋風吹くからに声打ち添《そ》ふる沖《おき》つ白波《しらなみ》」（古今集・賀・三六〇・凡河内躬恒）、「小夜更《さよふ》けて蘆《あし》の末越《こ》す浦風《うらかぜ》にあはれ打ち添《そ》ふ波の音かな」（新古今集・羇旅・九一九・肥後）など、風音と波音をともに詠むことは王朝和歌の常套である。これによって考えれば、当該句に言う「風のおとなふ」とは、風と波の音が響き合い、共鳴するさまをあらわすものであろう。

「立田川浪」は「立田川の川浪」を約《つづ》めたもの。用例は和歌、連歌ともに少ないが、連歌ではその稀少な例（三例）がすべて『看聞日記』紙背連歌に集中しており、しかもいずれも当該句の作者、行光の手になる。そのうち、「槙《まき》檜原《ひばら》わけて紅葉や時雨《しぐる》らん／渡る瀬もなき龍田川浪《たつたかはなみ》」（応永二十五年十二月二十二日・賦何木連歌・七四）は前句の「紅葉」から「立田川」を導く点で、「泊瀬路《はつせぢ》の寺はいづくぞ夕霞《ゆふがすみ》／風も音してたつた川浪《かはなみ》」（応永三十二年十二月十一日賦何路連歌・九二）は「川浪」に風の音を取り合わせる点で、当該句と共通する。

なお、「おとなふ」の「なふ」は、はじめ「そへ」と書いた上に重ね書きされている。原案の「おとそへ」であれば、「風の音を添えて立つ立田川の波」という、「立つ」の掛詞を生かした句作りである。一句の主眼は「川浪」にあり、実際に「風」が吹いているのかは定かではない。他方、現行の「おとなふ」では、「風が訪れる立田川の波」ということになり、「立つ」を掛詞ととる必要はなくなる。「おとなふ」の語は男の訪れを暗示するところから、恋を詠んだ次句をよりなだらかに導くよう、後に推敲を加えたものか。

【訳】

（紅に輝く紅葉の山のあたり、）立田川の波には、風が訪れて響きあっている。

三ウ三　67　忍中夜半《しのぶなかよは》にもとへと待物《まつもの》を　椎

（風のおとなふ立田川浪）

【式目】雑　時分―夜（夜半）　恋（忍中・待）

（二）物を1

【注】

前句に詠まれた風の音を、夜中に男を待つ女が聞いているとして、恋の句に転じた。「おとなふ」に類義の語「とへ」が付く。

「君待つと我が恋ひをれば我が宿の簾《すだれ》動かし秋風ぞ吹く」（新勅撰集・恋四・八八二・額田王、万葉集・巻四・四八八）と詠われるように、男を待つ女にとって、「風」は恋しい人の訪れを期待させるものであった。だからこそ、男の来ないとき、風の音はむなしく響き、女のわびしさをかき立てる。「我が恋は今を限りと夕《ゆふ》まぐれ荻《をぎ》吹く風の訪れてゆく」（新古今集・恋四・一三〇八・俊恵）。この句の場合も、風は波を訪れて音を立てているのに、男は来ないという対比が、女の悲しみを募らせるのである。

付合《つけあい》の典拠となっているのは、『伊勢物語』二十三段である。大和国に幼なじみの男女が夫婦となって暮らしていたが、ある時、男は河内国の別の女のもとに通いはじめた。もとの女はそれを恨みに思う風でもなく男を送り出すので、男は真情をうたがい、ある日、河内へ出かけたふりをして、こっそり様子を窺《うかが》っていたところ、女は「風吹けば沖《おき》つ白波《しらなみ》立田山夜半《よは》にや君が一人越《こ》ゆらむ」（古今集・雑下・九九四・読人不知）と詠んで、真夜中に立田山を越え、河内へゆく男を思いやった。女の真心に感じた男は、河内へ行くのを取りやめたという。

当該句はこの『伊勢物語』の歌を踏まえて、「夜中には訪ねてきてほしい」と女の立場で詠むもの。前句の「風」「立田川浪」から、「夜半」に女を訪ねてゆく男を連想し、その男を待つ女の視点から一句を仕立てている。ただし、「とへと待《まつ》」女を本説の河内の女とする解釈は、この場合、あてはまらない。河内の女との関係は、すでに大和の女の知るところであり、「忍中《しのぶなか》」とは言いがたいからである。当該句は『伊勢物語』の世界に厳密に準拠している句というわけではなく、それを面影にして付けているのだろう。

「忍中《しのぶなか》」は人に知られぬよう隠している男女の仲。『看聞日記』紙背連歌の例に、「むすぶちぎりやいもせなるらん／しのぶ中《なか》よもとはれじと降雪《ふる》に」（応永二十七年五月二十五日賦何路連歌・二二・冷泉正永）とあるように、人目を忍ぶ間柄では、そもそも男の頻繁な訪れは期待できない。そこで、「これさへことし夢のかよひぢ／しのぶ中《なか》くもれと月をみるもうし」（文安雪千句・第六・五七・能阿）、人目につかない闇夜を願うのである。当該句も、「人目につきやすい宵《よい》のうちはともかく、せめて夜中にでも来てほしいと待っているのに、男は訪れない」という句意である。「物を」は「…であるのに」。

なお、当該句の「夜半」は、65句の「夕日影」と時分が打越《うちこし》となっている。

【訳】

(波には風が訪れる一方、)人目を忍ぶ仲なので、せめて夜中にでも訪ねてほしいと待っているのに(あの人は来ない)。

三ウ四　68　(忍中夜半にもとへと待物を)
たのみおほきは人の兼事《かねごと》　重有朝臣

【式目】雑　人倫(人)　恋(たのみ・兼事)

【注】

男を待つ女の心情を続ける。当該句は、前句に描かれるような不実な男であっても、なおその「兼事《かねごと》」を「たのみ」としてしまう女ごころを、後悔交じりに慨嘆するもの。男がなかなか訪れないのを、一方ではあてにしつつ、他方では心変わりでないかと疑うことは、同じ庭田重有《しげあり》に「忍身《しのぶみ》は待《まち》ど□《(ほカ)》なるも憑《たのみ》にて/かはるか如何《いか》□人の兼事《かねごと》」(応永二十六年三月二十九日賦山何連歌・八二)の作がある。

「たのみ」は、あてにすること。また、「兼事」は前もって言うこと、約束の意。「かねごと　兼約《かねてのやく》束《そく》」(連歌至宝抄)。この場合は特に、男が訪問の約束をし、女がそれをあてにして待っている状態を指す。いずれも男女の契りに関してよく用いられる語であるが、「たのみ」を「おほき」と表現することは和歌、連歌に類例がなく、散文でも稀である。

「逢《あ》ひ見しは昔語《むかしがた》りの現《うつつ》にてその兼言《かねごと》を夢になせとや」（新古今集・恋四・一二九九・源通親）が、逢瀬《おうせ》の折に交わした約束がむなしくなったことを恨むように、「兼事」は男の心変わりによって果たされないことが多い。しかし、それでもなお、「引く方の心に負けて頼むかな知らぬ契《ちぎ》りの世々《よよ》の兼《かね》言《ごと》」（新千載集・恋三・一三二六・花園院）と、女はあてにならない「兼事」をつい頼りにしてしまうのである。

前句【注】に挙げた『伊勢物語』二十三段には、男がまた来ようと言って河内の女に喜ばせておきながら、訪れないことが度重なった、という後日談が見える。男の約束をあてにして裏切られるという点が当該句と共通しており、前句から引きつづいて『伊勢物語』二十三段の面影があるか。

なお、67／68句の付合《つけあい》に使われた「忍中《しのぶなか》」「夜半」「たのみ」とほとんど同じ言葉が、50／51句にも見えており（「しのぶならひ」「夜こそふけぬれ」「憑《たのみ》」）、待つ女の心情を詠むという点でも同工である。

【訳】

大いにあてにするのは、あの人の約束。（あの人を夜中にも待っているのに。）

（たのみおほきは人の兼事）

三ウ五　69　相逢青眼少　相逢《あひあ》ふに青眼少《せいがんすく》なし　三位

【式目】雑

【注】

前句の「兼事《かねごと》」を、友人同士の約束と取りなして付けた。「約束はあてにしがちなものであるが、実際にその相手を訪ねてみると、歓迎されることはほとんどない」というのである。

「青眼」は、相手を親愛の情で見ること。気に入った人は「青眼」で迎え、嫌な相手は「白眼」で追い返したという晋・阮籍《げんせき》の有名な逸話に基づく。「白眼視」の語源としても知られるこの故事は、『世説新語』簡傲篇の一節に引く梁・劉孝標の注に、「嵇喜字公穆、歴揚州刺史。康兄也。阮籍遭喪、往弔之。籍能爲青白眼、見凡俗之士、以白眼對之。及喜往、籍不哭、見其白眼。喜不懌而退。康聞之、乃齎酒挟琴而造之、遂相與善（嵇喜《けいき》　字《あざな》は公穆《こうぼく》、揚州刺史《やうしうしし》を歴《ふ》。康の兄なり。阮籍《げんせき》　喪《さう》に遭《あ》ひ、往《ゆ》きて之《これ》を弔《とむら》ふ。籍は能《よ》く青白眼を為《な》し、凡俗の士に見《あ》へば、白眼を以つて之に対す。喜の往《ゆ》くに及びて、籍は哭《こく》せず、其《そ》の白眼を見《あらは》す。喜　懌《よろこ》びずして退く。康　之を聞き、乃《すなは》ち酒を齎《もたら》し琴を挟《さしはさ》んで之に造《いた》り、遂《つひ》に相与《あひとも》に善《よ》し）」とあるのをはじめ、『蒙求』「阮籍青眼」、『古今事文類聚』後集巻十九・肖貌部・眉目、『韻府群玉』上声十五・濟韻「青眼」にも所載されている。

詩の用例を見ると、蘇軾「靈上訪道人不遇（霊上に道人を訪ねて遇《あ》はず）」詩は「不逢青眼人、長歌白石澗（青眼の人に逢《あ》はず、白石の澗《かん》に長歌す）」と、青眼の人に逢うことがないと詠い、義堂周信「三酬克中首座（三たび克中《こくちゆう》の首座に酬《むく》ゆ）」詩は「擧世知心青眼乏、唯君顧我白頭中（世を挙《あ》げて心を知る青眼乏《とぼ》しく、唯だ君のみ我を白頭の中に顧《かへり》みる）」、青眼の人が乏しいと嘆く。和漢聯句でも、「誰氏白衣客（誰《た》が氏か　白衣の客）／何人青眼儔（何人ぞ　青眼の儔《とも》）」（至徳三年秋和漢聯句・八二・絶海中津）の例が見られる。

【訳】

（友の事を大いにあてにしているのに、）相手を訪ねていっても青眼で迎えてくれることなどほとんどない。

（相逢青眼少）

三ウ六　70　誰共素懐傾　　誰《たれ》と共《とも》にか素懐《そくわい》を傾《かたむ》けん　　健ゞ

【式目】雑　人倫（誰）　述懐（素懐）

【韻字】傾（韻府群玉・聚分韻略）

【注】

前句の「青」に「素」（白）、「眼」に「懐」（胸の内）を配して対句とした。

「素懐」は『日葡辞書』に「Soquai.（素懐）本望に同じ。自分自身の本当の願望」とある。常日ごろ感じている思いや、偽りのない心の意。『顔氏家訓』終制篇に「先有風氣之疾、常疑奄然、聊書素懐、以爲汝誡（先に風気の疾《しつ》有り、常に奄然《えんぜん》たるを疑ひ、聊《いささ》か素懐《そくわい》を書して、以つて汝《なんぢ》が誡《いまし》めと為《な》さん）」、蘇軾「李白謫仙」詩に「欲乘明月光、訪君開素懷（明月の光に乗じて、君を訪ねて素懐《そくわい》を開かんと欲す）」。『日葡辞書』に載録することからも分かるように、中世日本ではほぼ日常語として用いられており、用例ははなはだ多い。

「素懐傾」とする例は見られないが、「傾懐」であれば、宋・蘇轍に「高人兩無事、相見輙傾懷（高人両《ふた》つながら事無く、相見《あひまみ》えて輙《すなは》ち懐《おも》ひを傾く）」（「次韻景仁招宋温之職方小飲（景仁《けいじん》の宋温《そうをん》の職方に招きて小飲するに次韻す）」）や義堂周信に「何言識面新、傾懷終莫逆（何ぞ言はん面《おもて》を識《し》ること新たなりと、懐《おも》ひを傾けて終《つひ》に逆《さか》ふ莫《な》し）」（「與曇獨芳書（曇独芳《どんどくはう》に与ふる書）」）などの例が見られ、心情を吐露する意味で用いられる。前句で自分を快く迎えてくれないと詠ったのを受けて、それゆえ自分の思いを伝えられる友人など誰もいない、と言うのである。

なお、68句にも「人」とあって、当該句「誰」と人倫が打越《うちこし》になっている。

【訳】

（快く私を迎えてくれる人などおらず、）いったい誰とともに胸の内を打ち明けることができよう。

三ウ七

71　（誰共素懐傾）
林暮鶴投宿　　林《はやし》暮《く》れて鶴《つる》　宿《やど》に投《とう》ず　　周郷

【式目】雑　時分―夕（暮）　動物―鳥（鶴）　植物―木（林）
（二）宿2

【注】
「自分と共に語らってくれる友人はいない」とする前句に、「しかし、鶴だけは私の相手になってくれる」と付けた。また、詞の縁で「素」（白）から「鶴」が導かれる。

鶴は高潔の士や隠逸者の住まいにふさわしい存在として、詩によく詠まれる。『和漢朗詠集』に「花間覓友鶯交語、洞裏移家鶴卜隣（花間に友を覓《もと》むれば鶯《うぐひす》　語を交《まじ》へ、洞裏《どうり》に家を移せば鶴　隣を卜《ぼく》す）」（山家・五六〇・紀長谷雄）と見え、また和漢聯句でも「嶮路驢猶渋（嶮路《けんろ》　驢《ろ》は猶《な》ほ渋《しぶ》る）／幽棲鶴日随（幽棲《いうせい》　鶴は日〻随《したが》ふ）」（文明十四年三月二十六日漢和聯句・六・姉小路基知）など。そこで、「素懐」を傾けるべき相手を持たない幽棲《ゆうせい》の人は、林に宿る「鶴」を友とするであろう、と詠んだのである。

ただし、この付合《つけあい》については、別の解釈も考えられる。仏語「鶴林」を意識した展開と見る解釈である。「鶴林」は、釈尊入滅のとき、沙羅双樹《さらそうじゅ》が鶴のように白く枯れた（大般涅槃経）ことから、釈尊入滅の場所、転じて僧寺やその樹林を意味する。前句の「素懐」を出家の素志と取りなして、「私は出家の願いを遂げられないが、鶴は鶴林へ帰って仏法を得るであろう」と付けた、と考えるのである。

二つの説は、今にわかにいずれとも定めがたいが、もし「鶴林」を典拠と考えるならば、一句は「鶴が鶴林に宿る」の意となり、やや不自然な句作りにも見える。また「鶴林」の「鶴」はあくまで白色の比喩であって、実際の鶴を詠む当該句とはいささか距離がある。そこで、ここではひとまず、隠逸の友として「鶴」を付けたと解した。

「林暮」はあまり用例の見られない語。ただし李端「酬晉侍御見寄（晋侍御《しんじぎよ》の寄せらるに酬《むく》ゆ）」詩に「細雨雙林暮、重陽九日寒（細雨　双林《さうりん》暮れ、重陽《ちようやう》　九日寒し）」とあるように、「…林暮」という形ならいくつか例が見られる。日本の漢詩では、『凌雲集』に「林暮歸禽入簷嘇、園曛遊蝶抱花眠（林暮れて帰禽《ききん》　簷《のき》に入りて嘇《さわ》ぎ、園曛《ひく》れて遊蝶《いうてふ》　花を抱《いだ》きて眠る）」（小野岑守「奉和聖製春女怨（聖製《せいせい》の春女怨に奉和す）」）、『和漢兼作集』に「漢晴星有蒼龍見、林暮風諳黄雀歸（漢《そら》晴れ星有りて蒼龍《さうりよう》見《あら》はれ、林暮れ風諳《くら》くして黄雀《くわうじやく》帰る）」（夏・四五七・藤原光範）の例があった。

「投宿」は宿に身を投じること。張籍「重平驛作」詩に「日暮未知投宿處、逢人更問向前程（日暮れて未だ投宿の処を知らず、人に逢《あ》ひて更《さら》に向前《かうぜん》の程を問ふ）」と、日が暮れても「投宿」すべきところが見つからないと詠う。和漢聯句には「如酔含霞烏（酔ふが如し　霞《かすみ》を含む烏）／有慈投宿烏（慈《いつく》しみ有り　宿に投ずる烏《からす》）」（享禄三年二月十七日和漢聯句・五四・五条為学）と、烏《からす》の「投宿」を詠む句が見えた。

なお、右に引いた和漢聯句の例が示すように、ねぐらに帰る鳥といえば烏が普通であり、「鶴投宿」

とする例はほとんど見られない。この句の三字目は、一度下に文字を書いてから、上に重ね書きして「鶴」に改めたものであるが、初案の字形は判読できない。『図書寮叢刊　看聞日記紙背文書・別記』（養徳社、一九六五年）では「鳥」と翻字しており、あるいは「烏」の可能性も考えられる。ただし、当該句単独で読むなら「鳥」あるいは「烏」の方が自然であるが、前句との繫がりは弱くなってしまう。「鶴」に改めたのは、付合のなだらかさを優先してのことであろう。

【訳】

林は暮れ、鶴はねぐらに身を投じる。（鶴だけが私の思いを分かってくれる。）

（林暮鶴投宿）

三ウ八　72　漏移鶏告更　漏《ろう》移《うつ》りて鶏《にはとり》　更《かう》を告《つ》ぐ　蔭〻

【式目】 雑　時分—夜（更）　動物—鳥（鶏）

（三）鶏1

【韻字】 更（韻府群玉・聚分韻略）

【注】

前句の「鶴」に「鶏」を付けて対とした。白居易に「馬嘶返舊櫪、鶴舞還故池。鶏犬何忻忻、隣里亦依依（馬断《いなな》きて旧櫪《きうれき》に返り、鶴舞ひて故池に還《かへ》る。鶏犬《けいけん》何ぞ忻忻《きんきん》たる、隣里《りんり》も亦《ま》た依依《いい》たり）」（「詠興五首　解印出公府（詠興五首　印を解《と》きて公府を出づ）」）などと詠われているように、「鶏」もまた、「鶴」と同じく隠逸の住まいにふさわしい鳥であった。前句が夕方の景を詠うのに対し、この句は暁天の景に転じている。

「漏」は水時計。階段状に置いた四つの器（漏壺《ろうこ》）を管でつなぎ、上の漏壺から下の漏壺へと水を流して、そこに浮かべた矢（漏箭《ろうせん》）の目盛りによって時刻を知る。「移漏」とは、水時計の目盛りが移動するところから、時が過ぎるの意。「不移漏刻、纔命口占（漏刻《ろうこく》を移さず、纔《わづ》かに口占《こうせん》を命ず）」（陳・徐陵「丹陽上庸路碑」、藝文類聚・巻六十四）は、時が過ぎないうちに詩を作るという例である。和漢聯句では、「一夜《ひとよ》だにしたひもとめぬ秋の月／旻天漏易移（旻天《びんてん》　漏移《ろうう》り易《やす》し）」（文明十四年三月二十六日漢和聯句・二四・月江元修）など、秋の夜長は月を惜しむ気持ちから、かえって時が過ぎやすく感じると詠った例がある。当該句は秋の句ではなく、単に夜の時間が水時計の滴《したた》りと共に過ぎてゆくさまをいう。

「更」は夜を五等分した時刻の単位。「久判野鶴如霜鬢、遮莫隣鶏下五更（久しく判《す》つ　野鶴《やかく》の霜鬢《さうくわん》の如きを、遮莫《さもあらばあれ》　隣鶏《りんけい》の五更に下《くだ》るを）」（杜甫「書堂飲既夜復邀李尚書下馬月下賦絶句（書堂に飲す　既に夜にして復《ま》た李尚書を邀《むか》へ下馬して月下に賦す絶句）」）とあるように、鶏が鳴くのは五更の時、つまり夜明け前の時間である。和漢聯句では、「志逐千里驥（志は千里の驥《き》を逐《お》ふ）／夢到五更鶏（夢は五更の鶏《にはとり》に到る）」（享禄三年三月十六日和漢聯句・五八・三条西公条）などの例が見られる。

「鶏」が「告」げるとする例は漢詩文にほとんど見られず、かろうじて『本朝無題詩』に「西羽隨春藏細柳、暁鶏告夏聴蒼蝿（西羽《せいう》　春に随《したが》ひて細柳を蔵し、暁鶏《げうけい》　夏を告げて蒼蝿《さうよう》を聴く）」（藤原明衡「閏三月盡日慈恩寺即時」）と、四月一日の朝を告げる鶏を詠う詩がある程度。ただし、和歌には「暁《あかつき》を近しと告ぐる鳥の音《ね》よ更《ふ》けぬになしてなほも待つ夜を」（菊葉集・恋三・一三三七・崇光院三条）のような表現が定型としてあり、これを漢文にあらためた「鶏告暁天」「鶏告暁」「鶏鳴告暁」等の歌題も室町期には見られた（いずれも正徹『草根集』）。あるいは、当該句の「鶏告」もこのような例に学んだものか。なお、漏（水時計）と鶏はよく共に詠われる素材であり、和漢聯句にも「鳥睡驚檐鐸（鳥　睡りて檐鐸《えんたく》に驚く）／鶏鳴報漏籌（鶏《にはとり》　鳴きて漏籌《ろうちう》を報ず）」（永正十八年四月十一日和漢聯句・六二・中山康親）などと見える。

【訳】

（鶴がねぐらを求めた夕暮れの後、）水時計の目盛りが減ってゆき、鶏が暁天の時を告げる。

三ウ九　73　（漏移鶏告更）

夜《よ》もすでにしらむとみえてふる雪《ゆき》に　　基〻

【式目】 冬（雪）　時分―夜（夜）　降物（雪）

（四）雪2

【注】

未明の情景を続け、前句の聴覚から視覚へと転じる。付合《つけあい》の背景には、「音羽山《おとはやま》さやかに見する白雪を明けぬと告ぐる鳥の声かな」（新古今集・冬・六六八・高倉院）があろう。京都の東方にある音羽山の白雪を、夜明けと見誤って鶏が鳴いたという歌である。これを踏まえて、前句で「鶏」が時を告げたのは、降る雪の白さのため、夜が明けたように錯覚したからだと取りなした。また『連珠合璧集』には、「鶏既鳴兮忠臣待旦」（鶏《にはとり》既《すで》に鳴いて忠臣旦《あした》を待つ）」（和漢朗詠集・春・鶯・六三・作者不詳）を典拠とする「鶏→すでに」の寄合《よりあい》も見える。

「しらむ」は白くなること、特に夜がしらじらと明けること。うつろいゆく薄明の美を表すこの語は、京極派の歌人に好まれたとされる（伊原昭『色彩と文学』（桜楓社出版、一九五九年）参照）。『看聞日記』紙背連歌にも用例は少なくなく、たとえば、「松をそれかとみほの明《あけ》ぼの／□雲の花ある方《かた》やしらむらん」（応永三十年五月二十七日賦何人連歌・九七・庭田重有）は、桜の花を夜明けの光と見紛うの意。

雪によって「しらむ」と詠む例も、「空はなほまだ夜深くて降り積もる雪の光に白《しら》む山の端《は》」（玉葉集・冬・九九八・二条為世）、「［　一句欠　］／夜ははやくしらむと見えてふる雪に」（応永三十二年十二月六日賦山何連歌・九三・貞成親王）などと見える。

【訳】

夜もはや明けたかと見えるほど、白く降る雪に（鶏は錯覚して朝を告げる）。

三ウ一〇　74　（夜もすでにしらむとみえてふる雪に）
うすきこほりかあり明《あけ》の月　　椎

【式目】冬（こほり）光物（月）時分―朝（あり明の月）
（四）氷2（四）晨明3（三）冬月2

【注】

続けて冬の明け方を描く。「雪→月」（連珠合璧集）。

有名な「朝ぼらけ有明《ありあけ》の月と見るまでに吉野の里に降《ふ》れる白雪」（古今集・冬・三三二・坂上是則、百人一首）は、「夜がほのかに明るくなったころ、白雪が有明の光のように、しらじらと降っている」と詠うものだが、ここでは、「雪」を曙光と見立てた前句に、白く淡い光という点で情趣の通う「あり明《あけ》の月」を付けた。「雪降《ふ》れば山の端《は》しらむ明け方に雲間《くもま》に残る月のさやけさ」（玉葉集・冬・九六〇・近衛家平）も、曙光と見紛うばかりの雪明かりに、「残る月」つまり有明の月を取りあわせている。なお、前句における「ふる雪」は、今まさに降っている雪、または、すでに降り積んだ雪、どちらでも解釈可能だが、当該句が付いた場合は、月が出ている以上、降り積んだ雪と取るべきであろう。

さえざえとした冬の月を氷に喩《たと》えることは、「天《あま》の原《はら》空さへ冴《さ》えやわたるらん氷と見ゆる冬の夜の月」（拾遺集・冬・二四二・恵慶）など古くから見られ、特に「うすき」氷と詠う例も「月影《つきかげ》や波を結ばぬ薄氷敷津《うすごほりしきつ》の浦《うら》に寄する舟人《ふなびと》」（秋篠月清集・一一二五）等がある。『看聞日記』紙背連歌の例では

「あさ日の影《かげ》も冬ぞさむけき／残月《のこる》うすき氷と又《また》みえて」（応永二十六年十月二十五日賦山何連歌・一三・貞成親王）が、当該句と同じく有明の月を詠んだもの。有明の淡い光なればこそ、ことさら薄い氷に喩えられたのであろう。また、『菊葉集』に収める「夜もすがら降りつむ雪の雲晴れて有明《ありあけ》の月の影《かげ》ぞ氷《こほ》れる」（冬・九二六・今出川公直）には、「曙《あけぼの》に雪のいと積もりたる上に、有明《ありあけ》の影《かげ》の氷《こほ》りたる景色、類《たぐ》ひなく面白く見えければ、思ひ続けける」という詞書きがある。降り積もった雪と「氷りたる」月影の組み合わせは、当該句とよく似た情景といえる。

なお、71句から時分が四句連続している。『連歌新式』には、時分が何句まで続いてよいか（句数）という規定は見あたらない。しかし、『漢和法式』では「夜分」（時分の一種）が三句まで許されているので、『連歌新式』でも二句、あるいは三句と考えてよかろう。したがって、当該句の時分（「有明《あけ》の月」）は、問題のある可能性が高い。

【訳】

（夜が明けたかのように輝く雪に、）薄い氷であるのか、有明の月は。

三ウ一一　75　（うすきこほりかあり明の月）
風《かぜ》はなをあしたのそらに吹《ふき》さえて　長資朝臣

【式目】冬（さえて）　時分―朝（あした）

【注】

寒々とした冬の朝の情景を続ける。

「吹《ふき》さえて」は院政期ごろから用例の見られる語で、冷たい風が吹くこと。『玉葉集』に収められた「今宵《こよひ》また風吹き冴《さ》えて消えやらぬ昨日の雪に降りぞ重なる」（冬・九九九・平松資高）が勅撰集初出である。「風」が「なを（ほ）…さえて」と詠まれる場合、「春なれどなほ風冴《さ》ゆる山陰《やまかげ》に氷《こほ》りて残る去年《こぞ》の白雪」（続拾遺集・春上・一二・一条実経）のように、春になってもまだ冷たい風をいうことが多いが、ここでは、朝になっても夜と変わらず、寒風が吹きしきることを指す。夜から続く冷たい風が雲を吹きはらい、晴れ渡った空に氷のような有明の月が白く輝くのである。

「月」と「風」を取りあわせる場合、和歌では秋の季になることが大半であるが、『新古今集』のころから、勅撰集の冬部にも「月」「風」を詠む例が散見するようになる。たとえば、「篠《ささ》の葉《は》のさやぐ霜夜《しもよ》の山風に空さへ氷《こほ》る有明《ありあけ》の月」（続拾遺集・冬・四一四・藤原基綱）は、「山風が雲を吹きはらい、霜夜の寒さのために冴えわたる有明の月が、空を氷りつかせたように見える」という情景。また、「冬枯《ふゆが》れの梢《こずゑ》の嵐吹き冴《さ》えて有明氷《ありあけこほ》る暁《あかつき》の山」（俊光集・三八七）は、嵐が「吹《ふき》さえ」た暁の、氷ったような有明の月を詠む点で、当該句と似る。

この句の作者田向長資《たむかいながすけ》は、後に「しぐれの跡《あと》に雲ぞのこれる／夜あらしの氷《こほ》れと月を吹《ふき》なして」(応永三十二年七月二十五日賦片何連歌・五三)、夜嵐が月に吹きつけて氷らせようする、という句を詠んでいる。ただし、当該句の付合《つけあい》では、月が氷に見えることと「風」との間に、そこまでの因果関係を認める必要はないだろう。朝の風の冷たさは、ただでさえ氷を連想させる月の光を、いっそう寒々と感じさせる、というのである。

「暁の空」「曙の空」あるいは「夕《ゆふべ》の空」という言い方がごく一般的であるのに対して、「あしたのそら」の用例は和歌、連歌ともに稀である。「冴《さ》ゆる夜の袖《そで》の涙の色ながら春の朝《あした》の空や眺めむ」(壬二集・三〇三九)、「あしたの空に夜はのこりけり／出《いづ》る日のはるかににほふわたのはら」(新撰菟玖波集・雑二・二七三九・肖柏)。ただし古く『拾遺集』には「秋霧《あきぎり》の晴れぬ朝《あした》の大空《おほぞら》を見るがごとくも見えぬ君かな」(恋二・七四八・読人不知)の「朝の大空」という表現が見られた。

なお、当該句にも時分が詠まれ、この句で都合五句目である。前句【注】参照。

【訳】

(寒々とした光を放つ有明の月は薄い氷のようで、)風は依然として朝方の空に冷たく吹いている。

三ウ一二　76　夢《ゆめ》もうつゝもうしや世《よ》の中《なか》
（風はなをあしたのそらに吹さえて）
行光

【式目】雑　述懐（うし）
（五）世3

【注】

前句とは特に寄合《よりあい》になる語もなく、付き方がわかりにくい。厳寒の冬の朝を詠った前句から、この世の厳しさに思いを馳せ、述懐の句に転じたか。また、伏見宮の連歌では、前句に「夢もうつ、も」とあれば、次句に「花」を付けることが類型化しているので、三折にいまだ花が詠まれていないことから、花の句を誘う意図もあるのだろう（次句【注】参照）。

「夢」と「うつつ」を対置するのは常套表現だが、この句では「世の中は夢か現《うつつ》か現とも夢とも知らずありてなければ」（古今集・雑下・九四二・読人不知）のように、この世が夢であるか現実であるか、その区別に意味はないという考え方が根底にある。同様の例に、「いにしえを思ひわすれず年たけて／夢もうつゝもおなじかりの世」（応永二十六年二月六日賦山何連歌・八八・貞成親王）。これをはじめとして、『看聞日記』紙背連歌には「夢もうつ、も」が五例見られ、貞成《さだふさ》親王周辺で好まれた表現であることがわかる。

「うしや世の中」は先行する用例がほとんどなく、後代の例も、たとえば宗祇「あつき日をくるしむ道のやすらひに／ちからぐるまのうしや世中《よのなか》」（宗梅本下草・五九〇）のように、「牛」（「車」の縁語）に「憂《う》し」を掛けるものが多い。ここではそうした技巧とは関係ないが、あるいは「よしや世の中」という定型表現からの類推か。「よしや」は「ままよ、仕方がない」の意で、「流れては妹背《いもせ》の山の中に落つる吉野の川のよしや世の中」（古今集・恋五・八二八・読人不知）は特によく知られる。『看聞日記』紙背連歌にも、「散《ちる》かとよ山吹《やまぶき》うかぶよしの川／春夢《はるゆめ》ならばよしや世の中」（応永三十二年七月二十五日賦片何連歌・四八・貞成親王）などとあった。

なお、本百韻中「夢」「うつゝ」を対比して詠むことは、38句につづいて二度目である。

【訳】

（冷たい風が吹く冬の朝の空、）夢であれ現実であれ、この世の中はつらいものであることだ。

三ウ一三　77　ちればさく花に別《わかれ》のよもあらじ　三位

（夢もうつゝもうしや世の中）

【式目】春（花）植物―木（花）

（三）花3

【注】

前句の「夢もうつゝも」から「花」を導いた。『連珠合璧集』に「夢→花」。このような寄合《よりあい》の背景には「桜花夢か現《うつつ》か白雲の絶えて常なき峰の春風」（新古今集・春下・一三九・藤原家隆、自讃歌・一一二）のように、すぐに散ってしまう桜のはかなさを「夢か現か」と詠む和歌の伝統がある。

前句【注】で述べたように、『看聞日記』紙背連歌には「夢もうつつも」の用例が多いのだが、その場合、付句《つけく》に「花」を詠むのがほぼお決まりになっている。ただし「夢もうつゝもわかぬかげろふ／さくとみし花一時《ひととき》に散《ちり》かへて」（応永二十六年三月二十九日賦山何連歌・一九・貞成親王）、「夢もうつゝもたのみなの身や／人の老《おい》たとへし花はまづ散《ちり》て」（応永二十七年七月二十五日賦何路連歌・一九・貞成親王）などの例では、花は無常の象徴という扱いであるが、当該句では逆に「ちればさく花」を不変のものとして描いている。

「ちればさく」は、ここでは、ひとたび散った花が翌年また咲くこと。和歌では「咲けば散る花の憂《う》き世と思ふにもなほ疎《うと》まれぬ山桜かな」（続後撰集・春下・一二二・藤原俊成女）のように、「咲けば散る」という表現の方が多いが、その発想と語順を反転させたのである。後代の連歌の用例に、「ちればさく花をみし世の名残哉《なごりかな》」（自然斎発句・三三五）、「のこりみえつぐ松かぜの夢／ちればさく花やはそれもありはてむ」（伊勢千句・第一・一三・宗碩）などの例がある。

死による永遠の別れを避けられない人間に対し、花は季節が巡ればふたたび咲く。このような対比は、有名な「年年歳歳花相似、歳歳年年人不同（年年歳歳《ねんねんさいさい》 花相似《あひに》たり、歳歳年年 人同じからず）」（和漢朗詠集・無常・七九〇・宋之問）の句にも見られるところであるが、当該句が直接基づくのは、「去年《こぞ》の春散りにし花も咲きにけり哀れ別れのかからましかば」（詞花集・雑下・四〇二・赤染衛門）、

「春来れば散りにし花も咲きにけり哀れ別れのかからましかば」（千載集・哀傷・五四五・具平親王）などの哀傷歌であろう。

【訳】

（つらい世の中でも、）散るとまた咲く花には、別れというものは決してない。

（ちればさく花に別のよもあらじ）

三ウ一四　78　照 渓 梅 影 横　　渓《たに》に照《て》りて梅影横《ばいえいよこ》たはる　　蔭ゞ

【式目】春（梅影）　山類（渓）　水辺（渓）　植物―木（梅影）

（五）梅1

【韻字】横（韻府群玉・聚分韻略）

【注】

前句の「花」を梅に取りなして詠む。『連珠合璧集』に「花↓梅」。76句が述懐、77句もそれに類する句であったので、当該句はそうした内容から離れて、純粋な叙景に転じた。

句の発想は、宋・林逋《りんぽ》（諡《おくりな》、和靖）の「疎影横斜水清浅、暗香浮動月黄昏（疎影《そえい》横斜《わうしや》して　水清浅、暗香　浮動して　月　黄昏《くわうこん》）」（「山園小梅二首」其一）を踏まえたもの。林逋は梅を詠んだ詩で名高いが、とりわけこの二句は欧陽脩に「評詩者謂、前世詠梅者多矣、未有此句也（詩を評する者謂《い》はく、前世に梅を詠ずる者多きも、未だ此《こ》の句有らざるなりと）」（帰田録・巻二）と激賞され、「梅妻鶴子」の故事（林逋が隠棲《いんせい》したとき、妻を娶《めと》る代わりに梅を植え、鶴を飼って子に代えたという逸話）とともに、ひろく人口に膾炙《かいしや》している（詩人玉屑・巻十七、韻府群玉・上声二十三・梗韻「疎影」など）。後世、梅を詠む詩に絶大な影響を与え、「梅影横斜人不見、鴛鴦相對浴紅衣（梅影　横斜《わうしや》して人見えず、鴛鴦《ゑんあう》　相対《あひたい》して紅衣を浴《あ》ぶ）」（黄庭堅「題惠崇畫扇（恵崇《けいすう》の扇に画《ゑが》くに題す）」）や「忽因燈死得奇觀、明月満窗梅影横（忽《たちま》ち灯《ともしび》の死するに因《よ》りて奇観を得たり、明月　窓に満《み》ちて梅影《ばいえい》横たはる）」（陸游「夜坐燈滅戯作（夜に坐して灯《ともしび》滅し戯《たはむ》れに作る）」）などの例が見られる。

また、五山詩に「不知疎影暗香外、添得梅花詩幾聯（知らず　疎影《そえい》暗香の外《ほか》、梅花　詩　幾聯《いくれん》をか添《そ》へ得ん）」（義堂周信「題扇面四十二首」其十九）とあり、『中華若木詩抄』に「誤《あやまり》テ西湖ノ処士林和靖ト云《いふ》モノニ識《し》ラレテヨリ、世上ノ詩人ガ今世《こんぜ》マデモ梅ト云《い》ヘバ、詩ニ作《つ》クルゾ」という抄が備わるように、林逋の句は中世の日本でもひろく知られたものであった。「和靖見梅圖」「和靖雪後看梅圖」などの画題としても流布し（いずれも『翰林五鳳集』巻六に画賛詩を収める）、陶淵明の愛菊、周敦頤《しゆうとんい》の愛蓮、黄庭堅の愛蘭とあわせて『四愛図』としても享受された。なお、五山における林逋詩の流布については、中本大「一休宗純の林和靖賛について」（「詞林」五号、一九八九年四月）等にくわしい。

「照渓」は、梅が谷川の水面《みなも》にうつっていることをいう。同様の光景を詠んだ詩に、杜牧「梅」の「輕盈照溪水、掩斂下瑤臺（軽盈《けいえい》として渓水《けいすい》に照り、掩斂《えんれん》として瑶台《えうだい》に下《くだ》る）」、宋・蘇轍「次韻子瞻相送使胡（子瞻《しせん》の胡《こ》に使ひするを相《あひ》送るに次韻す）」の「欺酒壺冰將送臘、照溪梅萼定先春（酒を欺《あざむ》く壺氷《こひよう》は将《まさ》に臘《らふ》を送らんとし、渓《たに》に照る梅萼《ばいがく》は定めて春に先んずらん）」などがある。和漢聯句には、「風もやなごりさくらちるかげ／照渓何浣女（渓《たに》に照るは何《いづ》れの浣女《くわんぢよ》ぞ）」（大永二年六月三日和漢聯句・四三・三条西公条）という例が見られた。

【訳】

谷間に（毎年変わらずに咲く）梅花は、その姿を水面《みなも》に横たえている。

（照渓梅影横）

名オ一　79　孤山春可訪　孤山《こざん》春《はる》訪《たづ》ぬべし　健ゝ

【式目】春（春）山類（孤山）名所（孤山）

【注】

前句に詠まれるような春景色は「孤山」のそれだ、と付けた。「孤山」は林逋が隠棲した地として知られ、「梅影横」の典拠を意識した付合《つけあい》である。

「孤山」は杭州西湖（現浙江省杭州市）の中にある小高い山。白居易「憶杭州梅花因叙舊遊寄蕭協律（杭州《かうしう》の梅花を憶《おも》ひ因《よ》つて旧遊を叙し蕭協律《せうけふりつ》に寄す）」詩に「三年閑悶在餘杭、曾爲梅花醉幾場。伍相廟邊繁似雪、孤山園裏麗如粧（三年閑悶《かんもん》たりて余杭《よかう》に在《あ》り、曾《かつ》て梅花の為《ため》に酔ふこと幾場《いくぢやう》ぞ。伍相廟辺《ごしやうべうへん》繁《しげ》きこと雪の似《ごと》く、孤山園裏　麗《うるは》しきこと粧《よそほ》ふが如し）」と詠われるように、古くから梅の名所として知られるが、後世ことにその名を高からしめたのは、林逋がここに庵を結んだことによる。

すなわち「疎影横斜水清淺、暗香浮動月黄昏（疎影《そえい》　横斜《わうしや》して　水　清浅、暗香　浮動して　月　黄《くわう》昏《こん》）」（前句【注】参照）の句を激賞した欧陽脩『帰田録』巻二の記事に、「處士林逋居於杭州西湖之孤山（処士林逋《りんぽ》　杭州《かうしう》西湖の孤山に居《を》り）」と見え、また宋・祝穆の「南溪樟隱記」には、林逋の隠棲を踏まえて「擬孤山之詠梅者、謂之梅隱（孤山の梅を詠ずるに擬《ぎ》する者、之《これ》を梅隠と謂《い》ふ）」（古今事文類聚・続集巻六・居処部・第宅）と記す。このほか、『瀛奎律髓』巻二十・梅花類には、林逋「梅花」詩を掲げて「和靖梅花七言律、凡八首。前輩以爲孤山八梅（和靖の梅花七言律、凡《すべ》て八首。前輩《ぜんはい》以つて孤山八梅と為《な》す）」と注するが、「孤山八梅」の称が孤山の閑居に由来することは言うまでもない。

日本でも、古く虎関師錬『済北集』巻十一の詩話に「林和靖臥孤山、有梅花八詠（林和靖《りんわせい》　孤山に臥《ふ》して、梅花八詠有り）」と、前掲『瀛奎律髓』を踏まえた記述が見えるほか、絶海中津「和靖舊宅」詩に「雪霽孤山鶴未回、荒涼舊宅數枝梅（雪霽《は》れ　孤山　鶴《つる》未だ回《かへ》らず、荒涼《くわうりやう》たる旧宅　数枝の梅）」とも。このように、林逋と孤山の梅は分かちがたく結びつけられた存在であり、当該句はそれを踏まえて「梅の花が咲きほこる孤山、それは春こそ訪れるにふさわしい」と詠んだのである。

なお五字目「訪」は、はじめ「尋」を書きさした上から重ね書きしている。「尋」は平声、「訪」は去声であるから、平仄の面から「訪」に改めたもの。

【訳】

（梅の花が咲き誇る）孤山は、まさに春こそ訪れるにふさわしい。

名オ二　80　潁水昔留名　（孤山春可訪）　　椎

潁水《えいすい》 昔《むかし》 名《な》を留《とど》む

【式目】雑　水辺（潁水）　名所（潁水）

（一）昔2

【韻字】名（韻府群玉・聚分韻略）

【注】

林逋の「孤山」に対して、同じく隠逸の場である「潁水」を付けた。後述する巣父《そうほ》の故事を典拠とする。山から川へと転じた。

「潁水」は洛陽（現河南省洛陽市）の東南に位置する川。古《いにしえ》の賢人・許由《きよゆう》は、堯が帝位を譲ろうとしたのを断って、潁水のかたわらに隠棲した。晋・皇甫謐の『高士伝』によれば、堯がさらに九州の長の職を授けようとしたところ、許由は汚らわしいことを聞いたと、潁水の流れに耳を洗った。そこに牛に水を飲ませようとやってきた巣父は、これを見て、「汚吾犢口（吾《わ》が犢《こうし》の口を汚《けが》したり）」と怒り、上流へ牛を引いていったという（以上は『史記正義』伯夷列伝の注に所引）。

この故事は『韻府群玉』下平声十一・尤韻に「飲犢上流」、上声四・紙韻に「許由洗耳」、入声一・屋韻に「上流飲犢」と掲出されるほか、『蒙求』「許由一瓢」に見え、日本でも『和漢朗詠集』に「商山月落秋鬚白、潁水波揚左耳清（商山《しやうざん》に月落ちて　秋の鬚《ひげ》白く、潁水《えいすい》に波揚《あが》つて　左の耳清し）」（仙家・

五五〇・大江朝綱）の句が収められるなど、周知に属していた。五山僧・西胤俊承「巣父許由圖」詩に「洗耳牽牛歸計深、長將黄屋換雲林（耳を洗ひ牛を牽《ひ》きて帰計深く、長《とこしな》へに黄屋を将《も》つて雲林に換《か》ふ）」。

当該句はこうした許由、巣父の故事を踏まえて、「名高い隠者が住んだ地として、潁水の名は後世までよく知られている」と詠むのである。「名」は、その名のほまれ。漢詩文で「留名」と言えば、一般的に人の名を言うことが多いが、ここは潁水のそれを指す。

なお、当該句の「潁水」は水辺であり、78句の「渓」と打越《うちこし》である。

【訳】

（林逋《りんぽ》が孤山に隠れ住んだように、）潁水《えいすい》も隠棲の地として昔からその名を留めている。

名オ三　81　（潁水昔留名）

里《さと》とをし牛引《うしひき》かへす野《の》はくれて　慶

【式目】 雑　時分—夕（くれて）　動物—獣（牛）　居所（里）

【注】

前句の「潁水」に、牛を連れ引きかえす巣父《そうほ》の姿（前句【注】参照）を付けた。

「牛引《ひき》かへす」は、巣父が牛に水を飲ませず、潁水から引きかえしたことを言う。『高士伝』では巣父が牛をつれて上流に遡《さかのぼ》り、汚れた水を避けたとするが、一方で、水を飲ませることをあきらめ、そのまま帰ってしまったという話型も、たとえば『水経注』などに見える。日本では古く源光行『蒙求和歌』に歌題の「許由一瓢」を解して「時に巣父《そうほ》、牛を引きて潁川《えいせん》の流れを渡りて、水飼《か》はむとするが、許由《きよいう》が耳を洗ふを見て、水汚《けが》れぬと言ひて、牛を引きて帰りにけり」（平仮名本蒙求和歌・九四番歌）とあり、また、『太平記』巻三十二、『曾我物語』巻五にも同様の記述があった。当時の人々の理解としては、そのまま引きかえしたとするのが一般的であったようである。

巣父の故事を典拠とした和歌は、許由に比べるとごく少ないが、『夫木抄』には「耳洗ふ人もなければ山川に水かふ牛を引きもかへさず」（一二九六一・公朝）という歌がある。下句は明らかに巣父の故事による表現で、当該句の貴重な先行例となろう。そのほか、時代は下るが、後柏原院に「賢《かし》こな水の濁《にご》りの世をうしと引きかへす名は人に残りて」（柏玉集・一六三四）の例も見える。他方、連歌でも「耳→あらふ」（連珠合璧集）の寄合《よりあい》や「春は猶朧《なほおぼろ》の清水《しみづ》結びあげ／かすまじ心耳あらふ人」（熊野千句・第六・七四・元次）など、許由の故事を詠じた句はいくつか見出せるが、巣父を詠む作例は管見に入らない。

なお、前句に付けば、「牛引かへす」人物は巣父であるが、一句で読むときは牛飼いの牧人である。牛の歩みが遅いために、途中の野で日が暮れてしまい、しかし道のりはまだまだ遠いと途方に暮れるのである。和歌において、牛は決して一般的な題材ではないが、連歌では「かすみがくれのさとのひとむら／春草に牛ひきかへる野は暮《くれ》て」（新撰菟玖波集・雑三・二九三一・宗長）、「夕《ゆふべ》に早くとまる庭《には》鳥《とり》／牛引《ひき》て帰る里こそはるかなれ」（竹林抄・雑上・一一六八・杉原賢盛）、「牛かふ野中《のなか》日は暮《くれ》にけり／とをざかる笛はそれとも主《ぬし》しらで」（三島千句・第三・六三）など、日暮れに家路をたどる牧人の句が散見される。そこには、田園風景のなかの牛を描いた『牧牛図』など、当時の絵画作品からの影響もあるのだろう。『翰林五鳳集』巻三十八には「童子牽牛圖」「題孤村歸牛圖」等の画賛詩が収められ、また、『君台観左右帳記』にも唐土の画人を解説して、牛の絵をよくするという記述が数人に見えるところから、その流布状況がうかがわれる。

【訳】

里はまだ遠い。（巣父《そうほ》の故事で名を留める潁水《えいすい》から、）牛を引いて帰る野原で日は暮れて。

名オ四 82 （里とをし牛引かへす野はくれて）
あとをたづぬる雪《ゆき》の通路《かよひぢ》 三位

【式目】冬（雪）降物（雪）
（四）雪3

【注】

「牛」を引いてたどる家路は、雪の上の足跡をたどりつつゆく、と付けた。前句の「牛」からの連想で、禅籍『十牛図』に典拠のある「あとをたづぬる」の語を持ち出している。室町期の連歌用語を集成した『藻塩草』では、「牛」の項に「十の牛〈十牛也、禅也〉」と見える。

『十牛図』は、牧人が飼っていた牛を見失ってから、ふたたび得るまでの過程を十枚の絵にし、序と頌《しよう》を添えたもの。牛は自己のうちにある仏性の暗喩で、見性成仏《けんしようじようぶつ》（みずからの仏性を見出して、悟りに至ること）の道筋を説いた書物である。その第二図は「見跡」、すなわち牛の足跡を見出すことであり、経典や古人の公案を手がかりとして修行に入ることを意味する。牛の足跡を尋ねる牧人を描いた挿図を、五山版『十牛図』（早稲田大学図書館蔵）によって左に掲げる。

五山版『四部録』所収『十牛図』より
「見跡」図（早稲田大学図書館）

連歌では「さとりの奥をもとめてぞゆく／野に放《はな》つ牛のひづめの跡《あと》を見て」（行助句集・一三〇）が「見跡」を詠んだものであろう。また、後代になると『十牛図』は、頌、和歌を増補したかたちで流布するが、そのうち寛永八年（一六三一）刊『四部録』に収められた『十牛図』の「見跡」には、伝正徹「こゝろざしふかきみ山のかひありてしほり（枝折）のあとをみるぞうれしき」「おぼつかな心づくしにたづぬれば行《ゆく》ゑもしらぬうしのあとかな」の二首を掲げる。

当該句はこれらを踏まえて「あとをたづぬる」とした。ただし、それはあくまで言葉の上での連想であって、句意としては家路をたどる牧人を詠ったものである。「あとをたづぬる」は、先にこの道を通った人の跡をたどって、の意。『千載集』に「深山路《みやまぢ》はかつ降る雪に埋《うづ》もれていかでか駒《こま》の跡《あと》を訪《たづ》ねむ」（冬・四五一・藤原教長）と見えるのが近い例であろう。雪のなか「あと」を「たづ」ねると言えば、『大和物語』七十五段にもある「君が行く越《こし》の白山《しらやま》知らねども雪のまにまに跡《あと》は訪《たづ》ねむ」（古今集・離別・三九一・藤原兼輔）が著名ではあるが、雪の上の足跡をたどって家路につく当該句とは、性格が異なる。

「雪の通路」は順徳院「吉野山入りにし人の訪れも絶えて久しき雪の通路《かよひぢ》」（紫禁集・七六六、夫木抄・七二四七）のように、訪ねる人も稀《まれ》な雪深い山道。冬でなければ人の通《かよ》うことがあった道も、「柴《しば》の戸さびし冬のくれがた／たまさかの雪のかよひぢあと絶《たえ》て」（三島千句・第四・一九）、降り積もる雪に埋《う》もれてしまっているのである。

当該句は「雪の通路」と付けることによって、前句「野はくれて」の理由を、「牛飼いが難渋しているのは、牛の歩みが遅いことに加えて、雪が降り、道が埋もれているからだ」と改めて示した。いつも通い慣れた道ではあるが、一面雪に覆《おお》われてどこが道なのか、しかとはわからない。わずかに人の通った跡が残っているのを頼りに、やっとのことで雪の中を歩んで行くのである。

なお、三句前の79句に「訪」の字があり、当該句の「たづぬる」とは少々近い。

【訳】

前に通った人の足跡をたどる、雪の中の通路《かよいじ》。（牛を引いて帰る途中で、日が暮れてしまった。）

名オ五
83

（あとをたづぬる雪の通路）

臨風詩思爽　風《かぜ》に臨《のぞ》めば　詩思爽《ししさう》たり　蔭〻

【式目】雑

【注】

前句「雪」によって、詩ごころ（「詩思」）がかき立てられると付けた。

一句の典拠は、唐の詩人鄭綮《ていけい》の「詩思在灞橋風雪中驢背上（詩思は灞橋《はけう》・風雪中・驢背上《ろはい》に在《あ》り）」（北夢瑣言・巻七）という言葉。ある人が鄭綮に近作を尋ねたところ、「詩思」は灞橋《はきよう》（長安の東にある橋、旅立つ人をここまで送った）や風雪のなか、あるいは驢馬《ろば》の背中にゆられているときに沸《わ》き起こるもので、どうしてこの辺にそのようなものがあろうか、と答えたと言う。この逸話は『詩人玉屑』巻十、『韻府群玉』去声四・寘韻「詩思」、『古今事文類聚』前集巻六・天時部・雪などに採録されており、日本でも謡曲『恋松原』に「ツレ灞橋《はけう》の雪に駒とめしは。シテ鄭綮《ていけい》といへる詩人とかや」と引かれるなど、よく知られた本説《ほんぜつ》であった。当該句は鄭綮の発言のなかでも、特に「風雪中」の句を踏まえて、「詩思」がかき立てられるのは、前句「雪」やこの句の「風」ゆえだとしたのである。

「詩思」は詩に表れた、あるいは詩に表そうとする情感。中国では、包佶「對酒贈故人（酒に対して故人に贈る）」詩の「感時將有寄、詩思澁難裁（時に感じて将《まさ》に寄することと有らんとするも、詩思渋《しぶ》りて裁《た》ち難《がた》し）」がもっとも早い用例であろう。五山詩を見ると、先の鄭綮の語を典拠とする「灞橋詩思剡溪興、輸與漁翁把釣竿（灞橋《はけう》の詩思　剡渓《せんけい》の興、輸与《しゆよ》す　漁翁の釣竿《てうかん》を把《と》るに）」（義堂周信「題扇面四十二首」其三十八）をはじめとして、用例は多い。

「臨風」と「詩」の結びつきとしては、『楚辞』の「九歌」に「望美人兮未來、臨風怳兮浩歌（美人を望《のぞ》めども未だ来たらず、風に臨《のぞ》めば怳《くわう》として浩歌《かうか》す）」（少司命）とあるのが有名。風に向かって詠うことは、漢詩文の常套的な表現であった。我が国の例では、竺仙梵僊の「送小師裔澤藏主之九州（小師裔沢蔵主《えいたくぞうす》の九州に之《ゆ》くを送る）」詩に「何妨天地間、臨風恣高諷（何ぞ妨《さまた》げん　天地の間、風に臨みて高諷《かうふう》を恣《ほしいまま》にするを）」と見える。

「爽」は、『説文解字』に「爽、明也（爽は、明なり）」と解されるように、明晰なるもののイメージがその基調にある。そのため、杜甫「崔氏東山草堂」詩に「愛汝玉山草堂靜、高秋爽氣相鮮新（汝《なんぢ》が玉山草堂の静かなるを愛《め》づれば、高秋爽気《さうき》　相鮮新《あひせんしん》たり）」とあるように、清新な秋の気候と結びつく例が少なくない。なお、一条兼良「和漢篇」では、「爽」を秋の季語とするが、当該句の場合は「詩思」の鮮明さをあらわすものと取って、雑の句とする。

「詩思」を「爽」と表現するのに近い例としては、唐の李建勲「春雪」詩に「閒聽不寐詩魂爽、淨喫無厭酒肺乾（閒聴《かんちやう》して寐《い》ねざるは詩魂爽《さう》たればなり、浄喫《じやうきつ》して厭《あ》くこと無きは酒肺乾《しゆはいかわ》けばなり）」と見え、雪が降るのを静かに聞けば、詩歌創作の意欲がはっきり（「爽」）と沸いてきて眠れなくなると詠う。明代まで降ると、范嵩「竹澗」詩に「吟餘詩思爽、不獨可棲鸞（吟余　詩思爽《さう》として、独《ひと》り鸞《らん》をのみ棲《す》ましむべからず）」という例が見られるが、これは詩を吟じ終わった後のすがすがしい余韻を言うもの。

【訳】
（雪の中をたどりつつ）風に向かうと、そこに詩的情感がはっきりと沸《わ》き起こってくる。

名オ六　84　わすれはてぬるいまのおとづれ　行光
（臨風詩思爽）

【式目】雑　恋（わすれ・おとづれ）

【注】
前句の「風」に「おとづれ」を付け、恋句に転じた。「風」に恋人の来訪を期待することは、「君待つと我が恋ひをれば我が宿の簾《すだれ》動かし秋風ぞ吹く」（新勅撰集・恋四・八八二・額田王、万葉集・巻四・四八八）以来、和歌ではしばしば見られる表現であった（67句【注】参照）。「おとづれ」には、男の来訪の意と、「夕されば門田《かどた》の稲葉《いなば》音《おと》づれて蘆《あし》の丸屋《まろや》に秋風ぞ吹く」（二度本金葉集・秋・一七三・源経信、百人一首）の歌にあるように、風が立てる葉擦《はず》れなどの音の意がある。この句の場合、「おとづれ」を掛詞《かけことば》として用い、「男の「おとづれ」かと思ったら、風の「おとづれ」であった」の意となる。「寄風恋」の題による「聞くやいかに上《うは》の空《そら》なる風だにもまつに音する習ひありとは」（新古今集・恋三・一一九九・宮内卿、自讃歌・九〇）をはじめとして、「風は訪れるのに、

男はやってこない」と詠むのは恋歌の常套であった。連歌の例に「柴《しば》の戸に人のわくれば草ぞふす／風なりけりな今の音信《おとづれ》」（熊野千句・第二・三〇・安富盛長）、「とへかしな秋のよすがの物思ひ／うき音信《おとづれ》の風ぞ身に入《しむ》」（文安月千句・第六・九二・正信）などとあった。

なお、一句で読む場合には、「いまのおとづれ」という詞つづきを重視して、「ちょうど今、男が訪ねてきた」と解釈するのが自然であろう。すなわち、付合《つけあい》と、一句とでは、男の訪れの有無がまったく逆になるところが、当該句の妙処である。前句の付けどころをはずさない、巧みな句作りと言える。

「わすれはて」については、その主体を、男とも、女とも取ることができる。男と取るならば、「今来むと言ひしばかりに長月《ながつき》の有明《ありあけ》の月を待ち出《い》でつるかな」（古今集・恋四・六九一・素性、百人一首）の歌が示すとおり、「不実な男が、もうすぐ行くと女に約束しながら、その約束をすっかり忘れはててしまった」という句意になる。ただし、この場合、「わすれはてぬる」のが男であるのに対して、「いまのおとづれ」を聞くのは女ということになり、一句のなかで主体が変わってしまうところに難がある。

一方、主体を女と取れば、前掲「柴の戸に人のわくれば草ぞふす／風なりけりな今の音信《おとづれ》」のように、「不実な男を忘れようと努力して、やっと忘れられた今、ふと聞こえた風音を男の来訪と勘違いして、淡い期待を抱いてしまう。風はやってくるのに、男は訪れないのだ」の意となる。一般に恋歌では、女は相手をいつまでも思い続けるものとして描かれるので、女が「わすれはて」たとすることは、いささか不自然ではある。しかし、男をようやく忘れられた「いま」ということに重きを置けば、「忘れきったと思っていても、なお風の音を聞けば、男を慕う気持ちは抑えきれない」と、女の悲しみや切なさをつよく表現した句として、さほど違和感なく読める。ここでは、ひとまず主体を女として解釈しておく。

【訳】

ようやく忘れることのできた今になって、（風が吹き、葉擦《はず》れの）音が聞こえる。（思わずあの人の訪れかと思ってしまう。）

名オ七
85
（わすれはてぬるいまのおとづれ）
同世《おなじよ》に偽《いつはり》なくてとはればや　　基〻

【式目】雑　恋（同世・偽・とはればや）
（五）世4

【注】

前句の「おとづれ」は、打越《うちこし》の「風」からは離れるので、ここは葉擦れではなく、実際の男の来訪の意となる。さらに「わすれはてぬる」主体を男と読み替えて、「男は来訪の約束をすっかり忘れ果ててやってこなかった」と取りなし、それでも待ち続ける女ごころを詠む。

「同世《おなじよ》」とは「思う相手が自分とともに生きるこの世」の意。同じこの世に生きていながら、実ることのない恋ごころの切なさを詠うことは、「恋ひすれば憂《う》き身さへこそ惜しまるれ同じ世にだに住まむと思へば」（詞花集・恋上・二二四・心覚）、「恋死なむ命はなほも惜しきかな同じ世にある甲斐《かひ》はなけれど」（新古今集・恋三・一二二九・藤原頼輔）など、和歌にしばしば見られる。同様に、連歌でも「露よりもげには命のきえぬほど／契《ちぎり》たのむはおなじよのうち」（文和千句・第一・三二・九条家尹）など、逢えない辛さに耐えられず死んでしまうその前にと、男の来訪を願う句が散見する。

「偽」は、この場合は男がいたずらに交わした逢瀬《おうせ》の約束。しかじかの日には、かならずあなたのもとへ行くと誓いながら、結局男はやって来ない。男の約束が「偽」であるというのは、和歌におけるひとつの類型で、だからこそ、「偽《いつは》りのなき世なりせばいかばかり人の言《こと》の葉《は》嬉しからまし」（古今集・恋四・七一二・読人不知）と女は嘆くのである。

「とはればや」は、訪れてほしいという願望。和歌の用例は管見に入らず、連歌でも「そでのなみだを人よ哀《あはれ》め／あはでのみ果《はて》ん跡《あと》をも問《と》はればや」（顕証院会千句・第十・八一・満綱）など数例を認めうるのみである。ただし、『看聞日記』紙背連歌では好んで用いられた表現らしく、「またぬししらでたつる錦木《にしきぎ》／千《ち》ゞ《ぢ》になほ物をおもはでとはればや」（応永三十二年十月十五日賦何路連歌・一五・綾小路信俊）、また当該句と同じ善基の作に「これもかたみにのこるたき物／わすれずはおもひ返してとはればや」（応永三十二年六月二十五日賦何人連歌・九三）がある。

なお、この句については、前句「わすれはてぬる」の主体を読み替えず、「ようやく忘れることができた今頃になって男がやってきた」と解釈して付けた、と考える立場もあろう。その場合、「偽」は「うわべだけの、誠実でない来訪」の意となり、うわべだけの逢瀬ではなく真心のこもった来訪を期待する女の姿と読み取れる。しかし、「同世」という言葉の重みを勘案すれば、男の来訪は期待できず、それでも来訪を切実に望む女の姿と解釈する方が自然であろう。
また、「思ひもあへず今のをとづれ／雨風の夕《ゆふべ》に忍ぶ文を見て」（竹林抄・恋下・八八一・心敬）のように、「おとづれ」を実際の来訪ではなく「手紙」の意に取りなして、前句を「ようやく忘れられた今頃になって男からの手紙がやってきた」と解釈することもできる。既に逢瀬も絶えて久しい頃に男からの手紙を受け取り、今度こそ嘘いつわりなしに、私のもとを訪れてほしいと女は願う。しかし前句からの展開を図るためにも、ここでは「わすれはて」ていた主体は男と読み替えて解釈しておく。

【訳】
（今日この時の会う約束をあの人はすっかり忘れてしまって私のもとにやってこない）同じこの世に生きている間に、嘘いつわりなく、約束通りに私のもとへ訪れてほしいものだ。

名オ八
86　（同世に偽なくてとはればや）
身《み》をしればげに人もうらみず　長資朝臣

【式目】雑　人倫（身・人）　恋（うらみず）
（二）うらみ2

【注】

男の訪れを願う前句に、「しかし、我が身のほどを知れば、訪れが絶えたからと言って、あの人を恨むこともできない」と付けた。

「身」は「数ならぬ身は浮草《うきくさ》となりななむつれなき人に寄《よ》る辺《べ》知られじ」（後撰集・恋五・九七七・読人不知）などのように、数ならぬ我が身のほど。思う相手が自分を顧《かえり》みないのも、我が身のほどを考えてみれば仕方がない、というのである。

一般に和歌、連歌では、「身を知らで人を恨《うら》むる心こそ散る花よりもはかなかりけれ」（詞花集・雑上・二七九・藤原頼宗）、「身を知れば人の咎《とが》とは思はぬに恨《うら》み顔《がほ》にも濡《ぬ》るる袖《そで》かな」（新古今集・恋三・一二三一・西行）、「尋《たづね》て来るは情《なさけ》ある人／身をしればうらみつるこそくやしけれ」（永原千句・第十・六七・氏安）のように、身のほどを知って、相手を恨む気持を押し止めようとするが、そうはできない心が詠まれる。当該句も「恨まない」と言うものの、これらと同じく、みずからの心に言い聞かせるような句である。和漢聯句の用例に、「わがかたおもふなみだいくたび／数ならぬ身をしるほどの恨《うらみ》にて」（天正十九年素然永雄両吟和漢千句・第九・五一・中院通勝）とある。

「げに」は「Gueni. l, guenigueni.（げに、または、げにげに）副詞。まことに、あるいは、ほんとうに」（日葡辞書）。応永期の連歌書『連通抄』に「当世こと葉《ば》」の一つとして挙げられる。和歌でも「常ならぬ世は憂《う》きものと言ひ言ひてげに悲しきを今や知るらむ」（続後撰集・雑下・一二七四・殷富門院大輔）や「身の程は思ひ知れどもげに人の憂《う》きには耐《た》へず恨《うら》みわびつつ」（新葉集・恋五・九七四・京極贈左大臣）のように、特に中世和歌によく用いられた。連歌では「うきふしを残すは人の別《わかれ》にて／げに数ならぬみの、しげいと」（紫野千句・第九・七四・周阿）などがある。

【訳】

（あの人に早く訪れてほしいと思うけれど、）自分の身の程を知ると、なるほど、あの人のことを恨みに思うこともできない。

（身をしればげに人もうらみず）

名オ九　87　月ならば待《まつ》べき雨《あめ》にひとりねて　　慶

【式目】秋（月）光物（月）時分―夜（月・ねて）降物（雨）人倫（ひとり）恋（待べき・ひとりね）（二）雨2

【注】

「月夜ならば思う人が訪れるのを待ちもしようが、今夜は雨。私のような者のところに、あの人が来るはずもない」と付けた。前句の「身をしれば」から『伊勢物語』百七段に見える「身を知る雨」の語を連想した。明るい月夜ならば、思い人の来訪を待つこともできるのだが、今日は雨であるから相手の訪れも望むことはできず、独り寝ていると詠む。

藤原敏行が女に「あなたのところへ行きたいが、雨が降りそうだから、どうすべきか迷っている」

という手紙を送ったところ、家の主《あるじ》が女に代わって「数々に思ひ思はず訪《と》ひ難《がた》み身を知る雨は降りぞ増される」（古今集・恋四・七〇五・在原業平）と返歌した。「雨のためにお出でいただけないというお言葉で、わが身のほどを知りました。雨のように涙が溢《あふ》れてまいります」というのである。すると、敏行は大慌てで「蓑笠《みのかさ》も取りあへで、しとどにぬれて」女のもとへとやってきたのだった。「身を知る雨」は、雨の中、男の来訪があるかないかで自分の身の程、思われようを知ることができる物差しとなる。これ以降、「身を知る雨」は歌語として定着しており、連歌では「雨→身をしる」という寄合《よりあい》もあった（連珠合璧集）。

和歌の世界では、「月夜よし夜よしと人に告げやらば来《こ》てふに似たり待たずしもあらず」（古今集・恋四・六九二・読人不知）の歌が示すように、男は晴れた夜、月の光をたよりに女を訪れる。それゆえ、「月夜には来ぬ人待たるかき曇《くも》り雨も降らなむ侘《わ》びつつも寝《ね》む」（古今集・恋五・七七五・読人不知）、月夜ならば男を待ちもするが、雨が降る夜は独寝《ひとりね》をするのである。

連歌の例では、「やまぬ思ひぞ涙《なみだ》先立つ／深《ふけ》てこそ待《まち》も弱《よわ》らめ宵《よひ》の雨」（竹林抄・恋上・七三五・能阿）、「雲のはたてもたゞならぬくれ／さりともとたのむ心にまちて見む」（東山千句・第二・三七・宗歓）。夜の雨になってしまっては男は来ないだろうが、それでも待ちたい女の姿が詠まれている。

なお、『連歌新式』に「ひとりね過《すぎ》ては〈ひとりねてとも、ひとりねんともすべからず〉」とある。一度「ひとりね」を詠んだ句が出た後は、同じ百韻の中で「ひとりねて」「ひとりねん」という表現を用いてはいけないという規定である。しかし、本百韻では既に52句「夢にもうきや秋のひとりね」に「ひとりね」が詠まれており、当該句「ひとりねて」は右の規定に反する。

【訳】

月が照るならば、あの人を待つはずの夜であるのに、（身の程を知らせる）雨が降るため、私は一人で寝ていて。

名オ一〇　88

（月ならば待べき雨にひとりねて）
なみだあらそふ袖《そで》のうは露《つゆ》　　重有朝臣

【式目】

秋（うは露）　降物（うは露）　衣類（袖）　恋（なみだ）

【注】

「ひとりね」を詠む前句に、秋の夜露とともに、女の「涙」が「袖」を濡らしていると付けた。「雨↓涙」「涙↓露」（連珠合璧集）。

「露」は「涙」の比喩としてよく使われるが、ここでは実景。「さらぬだに片敷《かたし》く袖《そで》は露《つゆ》けきを涙添《そ》へそ小牡鹿《さをしか》の声」（明日香井集・一四四八）などのように、涙と夜露がしとどに袖を濡らしている、と詠むのである。また「涙」と「露」が「あらそふ」とすることも「露落つる楢《なら》の葉《は》荒く吹く風に涙あらそふ秋の夕暮れ」（拾遺愚草・一八〇四）などの例が見られる。とめどなくあふれ出る涙の表現である。

当該句のような趣向は、連歌でもしばしば用いられ、「風をとづる、槇《まき》の戸の秋／憂《うき》をしる涙に露のあらそひて」（紫野千句・第二・一五・円恵）、「秋になり涙ももろき老《おい》が身《み》に／あはれあらそふ萩《はぎ》のうへの露」（住吉千句・第三・二四・宗碩）など、枚挙にいとまがない。

なお、本百韻で秋の月と閨怨の情をからめて詠むのは、50／51句、60／61句につづき、三度目である。貞成《さだふさ》親王はそのすべてに句を出しており、あるいは親王の好んだ展開であったか。

【訳】

（月もない雨の夜に独寝《ひとりね》をして、）流れる涙が（私の袖を濡らすことを）争うかのようだ、袖の上に置いた露と。

（なみだあらそふ袖のうは露）

名オ一一　89　暮天秋一雁　暮天《ぼてん》　秋《あき》　一雁《いちがん》　三位

【式目】秋（秋・一雁）時分―夕（暮天）動物―鳥（一雁）

（二）雁3

【注】

前句「露」を、「雁」の涙と取りなして、暮れ方の空をゆく姿を付けた。『連珠合璧集』に「涙→

雁」。『古今集』に「鳴き渡る雁《かり》の涙や落ちつらむ物思ふ宿の萩《はぎ》の上の露」（秋上・二二一・読人不知）、「秋の夜の露をば露と置きながら雁《かり》の涙や野辺を染むらむ」（秋下・二五八・壬生忠岑）と見えるように、露を雁の涙に見立てる趣向は和歌の常套である。

一句の素地にあるのは、許渾「松江懐古」詩の「晩色千帆落、秋聲一雁飛。此時兼送客、凭檻欲沾衣（晩色《ばんしょく》　千帆《せんはん》落ち、秋声　一雁飛ぶ。此《こ》の時兼《か》ねて客を送るに、檻《おばしま》に凭《よ》りて衣を沾《うるほ》さんと欲す）」（古今事文類聚・前集巻十六・地理部・江、万首唐人絶句）であろうか。「秋聲一雁飛」という措辞と、それに続けて涙が描かれる点、当該句の付合《つけあい》に近い雰囲気を持つ。

「暮天」は夕暮れの空。杜荀鶴の「新雁」詩に「暮天新雁起汀洲、紅蓼花疎水國秋。想得故園今夜月、幾人相憶在江樓（暮天《ぼてん》　新雁　汀洲《ていしう》に起《た》ち、紅蓼《こうれう》　花疎《まば》らなり　水国の秋。想《おも》ひ得たり故園《こゑん》今夜の月、幾人《いくにん》か相憶《あひおも》ひて江楼《かうろう》に在《あ》らん）」（万首唐人絶句）とあるように、見る者の寂寥感をかき立てるのに、もっともふさわしい詩語。

「一雁」は北周・庾信の「哀江南賦（江南を哀しむの賦）」に「李陵之雙鳧永去、蘇武之一雁空飛（李陵《りりよう》の双鳧《さうふ》は永《とこしな》へに去り、蘇武の一雁は空《むな》しく飛ぶ）」とあるように、群から離れている雁なら、より悲しみを誘うのである。

なお、当該句の「暮天」は、87句の「月」「ねて」と時分が打越《うちこし》になっている。

【訳】

秋の夕空を一羽の雁が渡っていくことよ。（雁の涙は私の涙と争って袖に置く。）

名オ一二　90　（暮天秋一雁）
鴫《しぎ》たつこゑのちかき小山田《をやまだ》　慶

【式目】秋（鴫）山類（小山田）動物―鳥（鴫）

【注】
遠景の「雁」に近景の「鴫」を配して、対句的に展開した。大空をゆく雁を視覚的にとらえた前句に、鴫《しぎ》の声を聞く聴覚的な句を付けている。『連珠合璧集』に「雁↓田」。一句は「小山田の近く、飛び立つ鴫の声が聞こえる」の意。

「鴫たつ」の「たつ」は、「たたずむ」と「飛び立つ」の両方の意味が考えられる。鴫を詠んだ和歌、連歌のなかから用例を探してみると、たとえば「今朝見れば門田《かどた》の面《おも》に立つ鴫《しぎ》の跡《あと》こそ霜の絶間《たえま》なりけれ」（壬二集・一〇八二）は、「立つ鴫の跡」だけ霜が置いていないというのであるから、たたずむの意。一方「我が門《かど》の晩稲《おくて》の引板《ひた》に驚きて室《むろ》の刈田《かりた》に鴫《しぎ》ぞ立つなる」（千載集・秋・三二七・源兼昌）は、鳴子《なるこ》に驚いた鴫を詠むものであるから、飛び立つの意と取れる。「かりはこぶ門田《かどた》のながれ暮初《くれそめ》て／友したふとや鴫《しぎ》のたつ声」（永禄花千句・第二・六八・十白）もまた、「友」を追うて飛び立つ鴫を描いた句であろう。

さて、当該句の場合、「たつ」をたたずむと取るならば、「鴫」は小山田で鳴いていることになり、空ゆく雁と地上の鴫という対比によって付合《つけあい》をとらえることができる。しかしながら、「鴫たつ」が

「こゑ」に掛かることを考えると、「鴫のたたずむ声」というのはやや不自然である。「秋の田に群《む》れゐる雁《かり》の立つ声に違《ちが》ひて落つる群雀《むらすずめ》かな」（拾玉集・四七四九）、「さすしほにゆふべの浪や荒《あれ》ぬらん／秋のみなとを雁《かり》のたつこゑ」（因幡千句・第七・八・専順）のように、鳥について「たつこゑ」と言うとき、その多くは飛び立つ際の鳴声を指す。鴫についても「明けぬとて沢立つ鴫《しぎ》の一声は羽掻《はねか》くよりも哀れなりけり」（壬二集・三三三四）、夜明けとともに飛び立つ「一声」を詠んだ例が見られた。当該句の「たつ」については、「飛び立つ」と解するのが適当と思われる。

「小山田」は、山間の田。「小」は親称の接頭語で、小さいの意ではない（発句【注】参照）。勅撰集初出は『後拾遺集』の「穂《ほ》に出《い》でて秋と見し間《ま》に小山田《をやまだ》をまた打ち返す春も来にけり」（春上・六七・小弁）。『日葡辞書』に「Yamadamori, u.（山田守り、る）山田の番をする、あるいは、守る」とあることからも分かるように、鳥獣の害から稲を守るために、庵を構えて「小山田」の番をすることがあった。この句は、そのような小山田の庵に一夜を明かす人物の立場で詠まれたものである。

山深いあたりでは、鳥や獣の声も耳近く聞こえるため、はっと驚かされる。そのような情景を詠んだ例に「小山田《をやまだ》の庵《いほ》近く鳴く鹿の音《ね》に驚かされて驚かすかな」（新古今集・秋・四四八・西行）、「伏見《ふしみ》山《やま》門田《かどた》の霧は夜をこめて枕に近き鴫《しぎ》の羽掻《はねが》き」（新後拾遺集・雑秋・七五八・光厳院）がある。

【訳】

（秋の夕空を飛んで行く一羽の雁。一方、）鴫《しぎ》が飛び立つ声が近くに聞こえる小山田だ。

名オ一三
（鴫たつこゑのちかき小山田）
91　草《くさ》がれのころは野沢《のさは》のうす氷《ごほり》　行光

【式目】冬（草がれ・うす氷）　水辺（野沢・うす氷）　植物―草（草がれ）
（四）　氷3

【注】
前句で鴫《しぎ》が鳴いていたのを寒さのためと取って、「小山田」の風景を初冬へと転じた。著名な「心なき身にも哀れは知られけり鴫《しぎ》立つ沢の秋の夕暮れ」（新古今集・秋上・三六二・西行）によって、「鴫→沢」は寄合《よりあい》となる（連珠合璧集、なお同項には右の西行歌を引く）。「鴫」と「野沢」をともに詠んだ例としては、二度本『金葉集』に「鴫《しぎ》のゐる野沢の小田を打ち返し種蒔《ま》きてけり標延《しめは》へて見ゆ」（春・七四・津守国基）とある。

野沢の草が枯れると、そこを流れる水も表面が薄く氷りはじめる時期を迎える。「草がれ」は露霜によって草が枯れること。「結び置きし雲雀《ひばり》の床《とこ》も草枯《くさが》れてあらはれわたる武蔵野《むさしの》の原」（正治初度百首・九六・後鳥羽院）や「さとつゞきなる入相《いりあひ》の鐘／草枯《くさがれ》の野寺《のでら》の霜に道みせて」（紫野千句・第五・二三・救済）のように、生《お》い茂っていた草が枯れ、これまで見えなかったものがあらわになることを言う例が多い。当該句の場合も、草に覆《おお》われて見えなかった野沢の水が、冬になってあらわれたことを詠う。

「野沢」は、人里離れた野にある沢。前掲『金葉集』歌のほか、「草深き野沢の芹《せり》をつみ分《わけ》て／里の遠田《とほた》は作りそへつゝ」（文安月千句・第二・七八・盛家）など、「野沢」に「田」を付けた例が見える。

「うす氷」は「若《わか》な摘《つむ》日はまたぞ寒《さえ》ぬる／解《とけ》やらぬ沢のふる江《え》の薄氷《うすごほり》」（顕証院会千句・第七・九九・俊喬）のように、溶けかけて薄くなった春先の氷を指すこともあるが、ここでは冬のはじめ、沢辺に結んだ薄い氷を指す。そのような「うす氷」の例に「見るままに冬は来にけり鴨《かも》のゐる入江の水際《みぎは》薄氷《うすごほ》りつつ」（新古今集・冬・六三八・式子内親王）、「うき鳥のみやたちかへるらん／よるなみの汀《みぎは》にとまる薄《うす》ごほり」（菟玖波集・冬・五〇二・信照）があった。

なお本百韻では74句にも「うすきこほりかあり明《あけ》の月」とあって、一座二句物の「氷」をともに薄氷で詠んでいる。

【訳】

（その小山田のあたりも、）草枯れの頃になると、（鴫が鳴き立つ）野沢の水に張る薄氷（が見える）。

（草がれのころは野沢のうす氷）

名オ一三　92　灌玉布地霙　玉《たま》を灌《そそ》ぐ　地《ち》に布《し》く霙《あられ》　蔭〻

【式目】 冬（霙）降物（霙）

【韻字】霙（韻府群玉・聚分韻略）

【注】

前句「うす氷」から、同じ冬の景物である「霙」（あられ）を導く。地に敷きつめた「霙」があたかも珠玉のようだ、という句意である。

「灌玉」は、勢いよく珠玉が注ぎこまれること。「灌　ソソグ」（倭玉篇）。「布地霙」を比喩的に表現したものと思われるが、類例を見ない。ただし、同じく「ソソグ」の訓を持つ「濺」字であれば、白居易「三遊洞序」に「水石相薄、磷磷鑿鑿、跳珠濺玉、驚動耳目（水石相薄《あひせま》り、磷磷鑿鑿《りんりんさくさく》として、珠を跳《をど》らせ玉を濺《そそ》ぎ、耳目《じもく》を驚動《きようどう》せしむ）」と、水しぶきの描写として用いられる。また日本の詩ではあるが、「雲籠暝色苦寒侵、洒玉飄瓊水面沈（雲は暝色《めいしよく》を籠《こ》めて苦寒侵《をか》し、玉を洒《そそ》ぎ瓊《けい》を飄《ひるがへ》して水面沈む）」（清拙正澄「江天暮雪」）の「洒玉」という表現もある。当該句の「灌玉」はこれら「濺」「洒」を同訓の「灌」に置きかえたものか。

「玉」と「霙」を結びつけた例としては、蘇軾「雪夜獨宿柏仙庵（雪夜独《ひと》り柏仙庵《はくせんあん》に宿る）」詩に「晩雨纖纖變玉霙、小菴高臥有餘清（晩雨纖纖《せんせん》として玉霙《ぎよくえい》に変じ、小菴高臥《かうぐわ》して余清有り）」とあるのがよく知られる。『韻府群玉』下平声八・庚韻「霙」はこの詩を引いて、「霙」を「霰也。又雨雪雜也（霰《あられ》なり。又《また》雨雪雑《まじ》るなり）」、あられ、みぞれ両様に注するが、当該句については、「灌玉」という表現から見て、あられでよいだろう。『倭玉篇』に「霙　アラレ」。

「布地」は、あたり一面敷きつめること。蘇轍「次韻范郎中仰之詠雪（范郎中仰之《はんらうちゆうぎやうし》の雪を詠むに次韻す）」詩に「倉廩未應空、長天霰雪濛。瓊瑤布地淨、組練出師雄（倉廩《さうりん》未だ応《まさ》に空《むな》しかるべからず、長

天　霰雪《さんせつ》　濛《もう》たり。瓊瑤《けいえう》　地に布《し》きて浄《きよ》く、組練《それん》　師《し》を出《いだ》して雄たり）」とあって、「空一面に霰《あられ》と雪が満ちている。霰はまるで玉が地面に敷きつめられているようで清らかで、雪は兵士たちが出撃するかのように雄壮だ」と詠うあたり、当該句に近い。また、和歌の世界では「かきくらし霰《あられ》降り敷《し》け白玉を敷ける庭とも人の見るべく」（後撰集・冬・四六四・読人不知）をはじめ、地に降り敷いたあられを珠玉に喩《たと》えることは、常套表現であった。

なお、この句の上二字ははじめ「散珠」としていたのを、上から「灌玉」と重ね書きして改めている。「玉」は入声、「珠」は平声であるから、初案「散珠」のほうが規則に適《かな》っている。また、「散珠」であれば、上官儀「詠雪應詔（雪を詠ず　応詔）」詩に「花明棲鳳閣、珠散影娥池（花は明らかなり　棲鳳閣《せいほうかく》、珠は散《さん》ず　影娥《えいが》池）」とあるように、雪の描写として例のある語である。それを「玉」と改めたのは、前掲蘇軾「雪夜獨宿柏仙庵」詩の「玉霙」という詩語を意識するものであろうが、敢えて「玉」「霙」に析《わ》けて用いたところに措辞の妙を覚える。

【訳】

（氷が張るようになると、）玉がそそがれたように霰《あられ》が降り、あたり一面敷き詰められている。

名ウ一　93　（灌玉布地霙）
緬思梁苑興　　緬《はる》かに思《おも》ふ　梁苑《りやうゑん》の興《きよう》　　健

【式目】雑　名所（梁苑）　述懐（緬思）

【注】
謝恵連「雪賦」に「微霰零、密雪下（微霰《びさん》零《ふ》り、密雪下《くだ》る）」（文選・巻十二）とあり、前句の「霙」（あられ）から雪を連想して、「梁苑」を付けた。

「梁苑」は、漢代、梁の孝王が築いた大庭園のこと。「梁園」あるいは「兎園」ともいう。「雪賦」はこの庭園を舞台に、孝王と文人たちの交遊に仮託して、雪の美を詠う作品。孝王が鄒陽《すうよう》、枚乗《ばいじよう》、司《し》馬相如《ばしようじよ》の三人に命じ、雪の詩を作らせたという設定で、『韻府群玉』上声十三・阮韻に「梁苑」、同・入声九・屑韻に「梁園賦雪」と立項されるように、雪にまつわる典故としてよく知られる。本百韻の脇句《わきく》においても、すでに「雪賦」を踏まえて「雪」から「御園」を導く付合《つけあい》が見えており、作者も同じ用健周乾である（2句【注】参照）。

中国における「梁苑」の用例は、李白「梁園吟」をはじめ、杜甫「寄李白（李白に寄す）」詩に「酔舞梁園夜、行歌泗水春（酔舞す　梁園《りやうゑん》の夜、行歌す　泗水《しすい》の春）」（古文真宝・前集巻三）、白居易「雪中寄令狐相公兼呈夢得（雪中　令狐相公《れいこしやうこう》に寄せ兼《か》ねて夢得《ぼうとく》に呈す）」詩に「兎園春雪梁王會、想對金罍詠玉塵（兎園《とゑん》の春雪　梁王《りやうわう》の会、想ふ　金罍《きんらい》に対して玉塵《ぎよくぢん》を詠ずるを）」（千載佳句・上・天象部・春雪）とあるなど、枚挙にたえない。また『和漢朗詠集』には謝観「白賦」から「暁入梁王之苑、雪満群山（暁《あかつき》梁王《りやうわう》の苑《その》に入れば、雪　群山に満《み》てり）」（冬・雪・三七四）の句が採録されており、日本でも周知に属していた。

「緬思」は、はるか遠くに思いを馳せるの意。杜甫「北征」詩に「緬思桃源内、益歎身世拙（緬《はる》かに思ふ　桃源の内、益ゝ身世《しんせい》の拙《つたな》きを歎《なげ》く）」、同「畫鶻行」に「緬思雲沙際、自有煙霧質（緬《はる》かに思ふ　雲沙《うんさ》の際、自《おのづか》ら煙霧《えんむ》の質有るを）」（古今事文類聚・前集巻四十・技藝部・画者）などと頻見する。「緬」は、『韻府群玉』上声十六・銑韻、『聚分韻略』上声十六・銑獮韻ともに「遠也（遠なり）」の訓を施し、時間と空間いずれにも用いられるが、この場合は時間的な隔たりを言う。

【訳】

（霰《あられ》が一面に降りそそぐと、）はるか昔、梁の孝王の庭園でおこなわれた風雅が偲《しの》ばれる。

名ウ二　94　幾慕傅巌耕　（緬思梁苑興）　蔭ゝ

幾《いく》たびか慕《した》ふ　傅巌《ふがん》の耕《かう》

【式目】雑　名所（傅巌）

【韻字】耕（韻府群玉・聚分韻略）

【注】

前句では「梁苑」に集った文人たちの風雅に思いを馳せるのに対し、この句では傅巌《ふがん》に隠棲していた傅説《ふえつ》が、高宗に見出された故事を慕うと言う。二句ともに後代の人々が理想とする君臣の関係を詠みながら、それぞれ文学と政治の典故を用いて対をなす。

「傅巌」は賢相傅説が隠棲していた場所。「傅野」ともいう。殷の高宗（武丁《ぶてい》）が賢人を夢に見て、その似姿をたよりにあまねく探し求めさせたところ、傅巌の地で道の修築工事をする傅説を見つけたという故事に拠る。『尚書』説命篇に「高宗夢得説。使百工營求諸野、得諸傅巖（高宗　夢に説《えつ》を得《う》。百工をして諸《これ》を野に営求《えいきう》せしめ、諸《これ》を傅巌《ふがん》に得たり）」、また「乃審厥象、俾以形旁求于天下。説築傅巖之野、惟肖。爰立作相、王置諸其左右（乃《すなは》ち厥《そ》の象《かたち》を審《つまび》らかにし、形を以って旁《あまね》く天下に求めしむ。説《えつ》傅巌《ふがん》の野に築《きづ》く、惟《こ》れ肖《に》たり。爰《ここ》に立てて相《しやう》と作《な》し、王　諸《これ》を其《そ》の左右に置く）」と見える。『史記』殷本紀に同じ逸話が記されるほか、『古今事文類聚』後集巻二十一・肖貌部・夢、『韻府群玉』下平声十五・咸韻「傳巖」にも引く。

本邦の文芸においてもまた、傅説の故事はよく知られたものであった。『和漢朗詠集』に「華山有馬蹄猶露、傅野無人路漸滋（華山に馬有《あ》つて蹄《ひづめ》猶《な》ほ露《あらは》なり、傅野《ふや》に人無くして路《みち》漸《やうや》くに滋《しげ》し）」（草・四三九・慶滋保胤）など、傅説を詠んだ詩が計三例あり、本百韻に近い時期の例としては、「傅説《ふえつ》は、畑をうち、道を作るばかりの山賤《やまがつ》なりしかど、殷の夢に入ると也」（ささめごと）、「筆遺傅野耕（筆は傅野《ふや》の耕を遺《のこ》す）／うつゝにもまされる夢はみるものを」（新撰菟玖波集・聯句・三四五二・飛鳥井雅親）などが挙げられる。

一方、岩石のもとで耕し隠棲することをいう「巌耕」の語も宋・顔延之「車駕幸京口侍游蒜山作（車駕《しやが》　京口に幸《みゆき》して蒜山《さんざん》に侍游《じいう》するの作）」詩に「空食疲廊肆、反税事巖耕（空食《くうしよく》して廊肆《らうし》に疲《つか》る、反税《はんぜい》して巌耕《がんかう》を事とせん）」（文選・巻二十二）、また宋之問「陸渾山荘」詩に「歸來物外情、負杖閲巖耕（帰り来たる　物外の情、杖《つゑ》を負《お》ひて巌耕《げんかう》を閲《す》ぶ）」（三体詩、古今事文類聚・前集巻三十六・民業部・農家）などと見え、詩語として定着している。ここでは傅巌の故事と組み合わせて、高宗に登用される前の隠棲生活を「傅巌耕」と表現している。

【訳】

（梁苑《りようえん》の風雅のみならず、）傅巌《ふがん》の野を耕していた傅説《ふえつ》が見出されたことを何度も慕う。

名ウ三　95　（幾慕傅巌耕）
から人のかしこきすがた絵《ゑ》に書《かき》て　椎

【式目】雑　人倫（から人）

【注】

前句の傅説《ふえつ》の話題そのままに、賢人の似姿が絵に描かれると展開した。前引の『尚書』本文では「俾以形旁求于天下」というのみで必ずしも絵に描いたとは限らないが、応永十二年（一四〇五）以前の成立である『胡曾詩鈔』では、「傅岩《(巌)》」詩のくだりに「昔殷武丁思良佐《(昔 殷の武丁 良佐を思ひ)》、夢ニ一ノ賢人見ル覚テ、図其皃《(其の皃を図きて)》天下ニ求《もとめ》シムルニ」とあり、似姿を「絵に書《かき》て」傅説を探したとする理解が、この当時流布していたと見てよい。同様の連歌の例に、「かしこきこゝろふたりとはみず／ゐにかくもたゞその夢のかたちにて」（新撰菟玖波集・雑三・二九五一・湯川政春）。

加えて、当時、傅説の故事は画題としてひろく流布していたものらしい。たとえば、『翰林五鳳集』巻五十八には「高宗夢傅説圖」「高宗夢弼圖」「傅説像」などの画賛詩が、計八首収められている。また『中華若木詩抄』には希世霊彦「高宗夢弼圖」詩があり、「コノ傅説《ふえつ》ヲ夢ニ見テ、其《その》形ヲ画図《ぐわと》ニ写シテ天下ニ求メタレバ、傅岩《ふがん》ノ野ニ普請《ふしん》ヲシテイタ也。傅説ト云《いふ》者ガ其《そ》ノ天子ノ画図ニヨク似《に》タル間《あひだ》、スナワチ喚出《よびいだ》シテイタ也」との抄が加えられていた。これらの画幅がどのようなものであったか、今となっては明らかではないが、たとえば後代よく知られたもののひとつに、明・万暦元年（一五七三）の序を持つ張居正『帝鑑図説』の「夢賚良弼」の図がある。試みに次頁に古活字版（国立国会図書館蔵）の挿絵を示したが、このような画図が連衆《れんじゅ》の身辺にもあったとも想像されよう。

すなわち、この句は以上の故事を踏まえて、「高宗が傅説の似姿を描かせた」と詠うもの。93／94句は「梁苑」と「傅巌」の故事を後世の人々が思い起こすという対句であった。対して94／95句の付合《つけあい》は、傅説の説話に沿って展開することで、後世の視点（93／94句）を高宗の視点（94／95句）へ転じ、打越《うちこし》から離れたのである。もっともそれはあくまで94／95句の付合の解釈であり、一句では、誰と限定することなく、唐土の賢人の絵を描く意となろう。もとより、それを描かせる人も高宗ではない。

古活字版『帝鑑図記』より「夢賚良弼」図
（国立国会図書館、ホームページより転載）

「から人」は、唐土の人。和歌における用例としては、『新古今集』の「唐人《からひと》のふねを浮かべて遊ぶてふ今日ぞ我が背《せ》子《こ》花縵《はなかづら》せよ」（春下・一五一・大伴家持、万葉集・巻十九・四一五三）が名高く、一類本『沙玉集』にも、この歌を本歌取りして「唐人《からひと》の心も今日ぞしら波に浮かびて匂《にほ》ふ花の盃《さかづき》」（四四）と見えた。

「かしこき」を賢者のさまとして用いることは、連歌では「かしこきは時を得てこそつかへけれ／わたくしなきを人やしるらん」（菟玖波集・賀・一八四五前句・後宇多院）のように、早くから一般的であった。もとより和漢聯句でも、古くはたとえば「緑竹檻前脩（緑竹　檻前《かんぜん》に脩《なが》し）／今ことにかしこき人は世に出《い》て」（至徳三年秋和漢聯句・七・足利義満）、後のものでは「聖清無若竹（聖の清なるは竹に若《し》くは無し）

／かしこき人の栖《すみか》しるしも」（天正十九年十二月九日和漢聯句・八四・里村玄仍）といった付合は珍しいものではない。

【訳】

（傳説《ふえつ》という）唐土の賢人の姿を絵に描いて（高宗は慕い求めたのだ）。

（から人のかしこきすがた絵に書て）

名ウ四　96　簪筆誰記誠　筆《ふで》を簪《かざ》して誰《たれ》か誠《まこと》を記《しる》さん　蔭ゝ

【式目】雑　人倫（誰）

【韻字】誠（韻府群玉・聚分韻略）

【注】

前句の「絵」を承《う》けて、「筆」と付けた。

「簪筆」は、君主の近くに侍《はべ》る官人が、筆を冠に挿《さ》し、いつでも記録や書写ができるように備えること。『漢書』趙充国伝に、漢の武帝に対する張安世の忠勤ぶりを評して「安世本持橐簪筆、事孝武帝數十年（安世　本《もと》より橐《ふくろ》を持し筆を簪《かざ》して、孝武帝に事《つか》ふること数十年）」（古今事文類聚・別集巻十四・文房四友部・筆、韻府群玉・入声四・質韻「簪筆」）とある。詩の用例としては、黄庭堅の「殿上給扶鳴漢履、螭頭簪筆見秦冠（殿上に扶《たす》けを給ひて漢履《かんり》を鳴らし、螭頭《ちとう》に筆を簪《かざ》して秦冠《しんくわん》を見る）」（「子瞻去歳春侍立邇英子由秋冬閒相繼入侍作詩各述所懷予亦次韻（子瞻《しせん》 去歳の春 邇英《じえい》に侍立《じりつ》し 子由《しゆう》 秋冬の間 相《あひ》継ぎて入りて侍す 詩を作りて各〻懐《おも》ふ所を述ぶ 予も亦《ま》た次韻す）四首」其二）がよく知られ、一韓智翃『山谷抄』巻七には「起居郎《ききよらう》ノ官ガ筆ヲ簪《かんざし》ニサイテ、事ヲシルスゾ」という抄が備わる。なお、「簪」は易林本『節用集』に「カザス」と附訓される。

「記誠」という語は他に例を見ないが、「事ヲシルス」のではなく、賢人の内面的な誠を記録することと解した。前句で唐土の賢人の外見を絵に描いたというのに対して、真心を筆によって記録することは不可能であると述べる。

二字目の「筆」は、はじめ「毫」と書いたものを擦消《すりけ》しした上から、「筆」と重ね書きしている。「筆」は入声、「毫」は平声であるから、平仄からいえば「毫」が好ましく、「筆」では規則に合わない。おそらく「簪毫」という語がなじまないため、より熟した表現である「簪筆」に改めたのであろう。意味上は「筆」も「毫」も同じである。

【訳】

（賢人の外見は絵に描けても、）筆を冠に挿《さ》して、誰が（賢人の）真心を記録できるだろうか。誰もできはしない。

名ウ五　97　徳侔堯与舜　　徳《とく》は堯《げう》と舜《しゆん》とに侔《ひと》し　　椎
（簪筆誰記誠）

【式目】雑

【注】

前句の「誠」を堯舜のそれと取りなし、同じく内面的な道徳性を表す「徳」を導いた。

「徳侔」は、漢・司馬相如「封禪文」に「徳侔往初、功無與二（徳は往初《わうしよ》に侔《ひと》しく、功は与《とも》に二する無し）」（文選・巻四十八）、漢・王充『論衡』験符篇に「皇帝寛恵、徳侔黄帝（皇帝寛恵《くわんけい》にして、徳は黄帝に侔《ひと》し）」など、徳の高さが上古の帝王に匹敵すると讃える例は数多い。

「堯」と「舜」は中国古代の聖天子。「堯舜」と併称され、ともに五帝に数えられる。漢・董仲舒『春秋繁露』巻二十五に「故封泰山之上、禪梁甫之下、易姓而王、徳如堯舜者七十二人（故に泰山の上に封《ほう》じ、梁甫《りやうほ》の下に禅《ぜん》し、姓を易《か》へて王たり、徳の堯舜《げうしゆん》の如き者　七十二人）」と言うのは、当該句に類似する。

堯舜を詠んだ和漢聯句の例に、「楓宸拝冕旒（楓宸《ふうしん》　冕旒《べんりう》を拝す）／雖堯唯苦此（堯《げう》と雖《いへど》も　唯《た》だ此《こ》れを苦しむ）」（至徳三年秋和漢聯句・七三・義堂周信）、「ゆたかにみゆる民のつくり田《だ》／世歌堯与舜（世は歌ふ　堯《げう》と舜《しゆん》と）」（文明十四年四月二十二日和漢聯句・四五・後土御門院）などがある。

なお、『漢和法式』には帝王・祖師の名・仙人を「非人倫」と規定しており、ここの「堯」「舜」も人倫とは見なさない。

【訳】（筆に留めることなどできないほどの）徳は、いにしえの堯や舜に並ぶほどである。

名ウ六　98　（徳侔堯与舜）
のどかなる代《よ》は風《かぜ》ぞおさまる　　行光

【式目】春（のどか）
（五）世5

【注】次句に花を詠み込むことを前提にして、春の句に転じた。
付合《つけあい》としては、もとより、前句の「徳」「堯」「舜」に祝言の句意を付けている。また、たとえば『論語』顔淵篇に「君子之徳風（君子の徳は風なり）」とあるように、徳が遠くまで及ぶさまを風に喩《たと》えるのは漢詩文の常套であるから、ここも「徳」から「風」が導かれたものと考えられる。一般的に、祝言は過去の聖代を引き合いに出して当代を称揚するものである。当該句の付け心としては、「当代は堯舜の代のごとくにめでたき代だ」の意。

この前後は、百韻を巻きおさめるにあたって、祝言の句をつづけている。「のどかなる代」に穏やかな「風」を結びつけることは、当今の治世を讃える文句としてごく一般的なものであり、たとえば能の詞章でも枚挙に暇がない。世阿弥『高砂』に「ワキ松も色添《そ》ひ、シテ春ものどかに、地四海《しかい》波静かにて、国も治まる時《とき》つ風《かぜ》、枝を鳴らさぬみ代《よ》なれや」。

それゆえ、この句は耳慣れた祝言の言葉遣いをアレンジしただけの遣句《やりく》とも言える。ただ、前句の「徳侔」は『論衡』に見える語であり、右の「高砂」の典拠も「風不鳴條（風　条《えだ》を鳴らさず）」という『論衡』是応篇の語であるから、付合に際して、あるいはそのような点が意識にあったかもしれない。

なお、しいて「のどか」「代」「風」が揃っている和歌を求めれば、「春風の枝も鳴らさぬ御代《みよ》なれば長閑《のどか》に花の色も見えけり」（正治初度百首・一〇一七・藤原経家）がある。また、和漢聯句にも「いにしへの聖《ひじり》の道は長閑《のどか》にて／かはらぬかげの御代《みよ》のはるけさ」（長享元年十二月七日和漢聯句・五〇・柳原資綱）と、よく似た付合の例があった。

【訳】

（堯や舜の時代のように）のどかな当代は、風がおさまり世も治まっている。

名ウ七　99
（のどかなる代は風ぞおさまる）
さくよりも雲《くも》なをふかし花盛《はなざかり》　　重有朝臣

【式目】春（花盛）　聳物（雲）　植物―木（花盛）
（三）花4

【注】

付合《つけあい》は、本歌というのではないが、前句【注】で引いた「正治初度百首」の「春風の枝も鳴らさぬ御代《みよ》なれば長閑《のどか》に花の色も見えけり」の例がまさにそうであったように、祝言に「花」を添えたのである。「風」と「雲」は自然な縁語であるし、「風ぞおさまる」ことで「雲なを《(ほ)》ふかし」のような天候となるという連想も働いていよう。

「さくより」は「咲いて以来」、「も」は強調と取る。「桜の花が咲いて以来というもの、雲がいっそう深くなってゆくように見える、この花盛りのころ」といった句意。初花のころから満開の時期にかけて、花の「雲」が日を追って濃密になるというのであろう。ただ、どうも表現がぎこちない。

「さくより」の語句を含み、桜を「雲」に結びつけている歌例としては「山桜咲くより空にあくがるる人の心や峰のしら雲」（続千載集・春上・八一・藤原俊成）がある。また、群がり咲く花を「雲」と見立てることならば、早く『古今集』の仮名序に「春の朝《あした》、吉野《よしの》の山の桜は、人麿《ひとまろ》が心には雲かとのみなむ覚《おぼ》えける」とあるし、「白雲と見ゆるにしるしみ吉野《よしの》の吉野の山の花盛《はなざか》りかも」（詞花集・

春・二二一・大江匡房）の著名歌もあった。匡房歌は鴨長明『無名抄』において「是《これ》こそはよき歌の本《もと》とは覚《おぼ》え侍《はべ》れ」云々と絶賛された歌である。さらには、「面影《おもかげ》に花の姿を先立てて幾重《いくへ》越《こ》えきぬ峰の白雲」（新勅撰集・春上・五七）は藤原俊成が崇徳院の歌会で詠んだ名誉の歌として知られており、当該句は、先に引いた『続千載集』所収のそれと合わせて、二首の俊成歌を意識しているのかもしれない。

連歌でも、『連珠合璧集』に「花↓雲」とあるように、両者の譬喩《ひゆ》関係は自然なものだった。連歌では、「花ざかりおもへば似たる雲もなし」（新撰菟玖波集・発句・三六四〇・専順、竹林抄・発句・一六一五）や、「しら雲のたてるやいづこ花ざかり」（新撰菟玖波集・発句・三六四一・宗祇）のように、そのような発想にひねりを加えた作も詠まれている。和漢聯句の類例としては、「政道可思周（政道周を思ふべし）／風枝をならさで久し花盛《はなざかり》」（文明十五年八月七日和漢聯句・七七・西園寺実遠）がある。97～99句の展開を、二句に圧縮したような例である。

なお、一座三句物であるはずの「花」が、ここで四句目となっている（解説参照）。

【訳】

（のどかな当代は、風がおさまって、）花が咲いて以来、雲もいっそう深くなってゆく、この花の盛りだ。

名ウ八　100　（さくよりも雲なをふかし花盛）

駆景入春城　　景《けい》を駆《か》りて春城《しゆんじやう》に入《い》れん　　慶

【式目】春（春城）

【韻字】城（韻府群玉・聚分韻略）

【注】

『連珠合璧集』に「都→花」。前句の「花盛《はなざかり》」を承《う》けて、都全体を春色で満たすことを願う。「駆景」は風光、景色を駆りたてること。中国古典詩の用例は乏しいけれども、一句の発想、措辞は、五代から宋初にかけての禅僧、永明延寿「山居詩六十九首」其四十三の「禪罷吟來無一事、遠山驅景入茅軒（禅罷《をは》り吟じ来たりて一事無く、遠山　景を駆《か》りて茅軒《ばうけん》に入れん）」、宋・恵洪「贈許邦基（許邦基《きよはうき》に贈る）」詩の「欲驅清景入秀句、萬象奔趨不敢後（清景を駆《か》りて秀句に入れんと欲し、万象奔《ばんしやうはん》趨《すう》して敢《あ》へて後《おく》れず）」（錦繡万花谷・巻二十三）といった詩句に基づいた可能性が高い。あるいは蘇軾「次韻秦少游王仲至元日立春（秦少游《せういう》・王仲至《ちゆうし》の元日立春に次韻す）三首」其三にいう「好遣秦郎供帖子、盡驅春色入毫端（好《よ》し秦郎をして帖子《でふし》を供《きよう》せしめ、尽《ことごと》く春色を駆《か》りて毫端《がうたん》に入れん）」も意識するか。笑雲清三『四河入海』巻六ノ一は、この句を「少游《せういう》ヲヤトイテ、帖子《でふし》ヲツクラセテ、君ニ献ジテ、春色ヲ少游ガ毫端《がうたん》ニ尽《ことごと》ク駆入《かりいら》シメタイト云《いふ》ゾ」、すなわち「春の景色を駆り立て、詩人として知られる秦観（字《あざな》、少游）の筆先に入らしめる（詩に表現する）」の意と説明する。

そもそも、中国古典詩においては、過ぎゆく時を嘆いて、季節の「景《ひかり》」が移ろいゆくのは留めがたいと詠うのが通例であった。たとえば、李白「日出入行」に「誰揮鞭策驅四運、萬物興歇皆自然（誰《たれ》か鞭策《べんさく》を揮《ふる》ひて四運を駆《か》る、万物の興歇《きょうかつ》は皆《み》な自然なり）」、四季は馬を駆るごとく推移するのであるから、「魯陽何徳、駐景揮戈（魯陽《ろやう》　何の徳ありてか、景を駐《とど》め戈《ほこ》を揮《ふる》はんや）」、たとえ入日を招き返したという古《いにしえ》の魯陽であっても、「景」を留めることはできないと詠う。当該句の妙処は、そのような通念を反転し、むしろ能動的に「景」を「駆」って都を爛漫《らんまん》の「花盛《はなざかり》」にしたいと願うところにあろう。

ただし、和漢聯句における「駆景」の用例には、「狂絮柳辺賢（狂絮《きやうじょ》　柳辺《りうへん》の賢）／駆景酔余杖（景を駆《か》る　酔余の杖《つゑ》）」（文明十三年三月十一日和漢百韻・二三・五辻泰仲）、「隣家有蝶連（隣家　蝶の連《つら》なる有り）／駆景忘帰路（景を駆《か》りて帰路を忘る）」（永禄元年九年二十三日和漢聯句・六五・玄隆）など、本来の用法から変化し、「好景を追い求めて散策する」といった意味で用いられるものがある。とすれば、当該句についても「景を駆りて春城に入る」と訓読し、「よき景物を追い求めて春の都に入る」と解釈することが可能かもしれない。別解として附記しておく。

「春城」は、春の町。ここでは都を指す。韓翃「寒食」詩に、長安の春を詠んで「春城無處不飛花、寒食東風御柳斜（春城　処《ところ》として飛花ならざるは無し、寒食《かんしょく》　東風　御柳《ぎょりう》斜《なな》めなり）」（三体詩）と見える。

なお、この句はもと「春光隔帝城（春光《しゅんくわう》　帝城《ていじやう》を隔《へだ》つ）」と書いていたものを推敲し、掲出の形に改めている。「春の光が都の内外を隔てる」とする初案は、沈淪《ちんりん》する伏見宮の当主として、貞成親王が謙退の意を示したものと考えられる。それが現行の形に改められた背景には、宮家の皇統復帰を願う連衆の慫慂《しょうよう》があったのだろう（解説参照）。本百韻で貞成《さだふさ》親王が詠んだ句のうち、当該句が唯一の漢句である。

【訳】

（雲を深くするほどの花盛りの）春景色を駆りたてて、都のなかに入れたいものだ。

連歌新式式目一覧

一．句数　連続制限　◎最小限　○最大限　（網掛け）は『連歌新式』に明記のないもの（推定）

句数	素材	制限
五句	春	◎◎◎○○
	秋	◎◎◎○○
	恋	◎◎○○○
三句	夏	◎○○
	冬	◎○○
	述懐	◎○○
	山類	◎○○
	水辺	◎○○
	居所	◎○○
	神祇	◎○○
	釈教	◎○○
	旅	◎○○
二句	光物	◎○
	時分	◎○
	人倫	◎○
	聳物	◎○
	降物	◎○
	名所	◎○
	動物	◎○
	植物	◎○
	衣類	◎○

二．句去　間隔制限　（網掛け）は『連歌新式』に明記のないもの（推定）　＊は別に考えるべきもの

Ⅰ下位区分のない素材

降	聳	光	
		3	光
	3		聳
3			降

人	
2	人

冬	秋	夏	春	
			7	春
		7		夏
	7			秋
7				冬

釈	神	述	恋	旅	衣	居	水	山	
								5	山
							5		水
						5			居
					5				衣
				5					旅
			5						恋
		5							述
	5								神
5									釈

Ⅱ下位区分のある素材

時分

夕	朝	夜	
3	3	5	夜
2	5	3	朝
5	2	3	夕

名所

居	水	山	
3	3	5	山
3	5	3	水
＊	3	3	居

動物

虫	鳥	獣	
3	3	5	獣
3	5	3	鳥
5	3	3	虫

植物

竹	草	木	
2	3	5	木
2	5	3	草
＊	2	2	竹

看聞日記紙背和漢聯句

応永二十五年十一月二十五日（一四一八年）

和漢聯句　於 伏見御所

句番	花	月	春	夏	秋	冬	光	時	聳	降	山	水	動	植	人	居	衣	旅	名	恋	述	神	釈	句	作者
初折表																									
一						冬				降														豊年のかずまでつもれ小田の雪	椎野
二						冬				降														御園霜自明	健首座
三		月				冬	光	夜				水												こほりふく月の夜風に鐘冴て	慶
四												水						旅						いづくとまりぞ出る浦舟	重有朝臣
五															人			旅						客跡類萍泛	蔭蔵主
六															人			旅						行もかへるもいそぐたび人	綾小路
七					秋								獣			居								鹿の音も野さとはちかく通きて	長資朝臣
八					※																			さびしさもげに［　　］	基蔵主
初折裏																									
九					秋					降				木										楓紅林外雨	周郷
一〇					秋				聳					木										木ずゑむらだつ松のうすぎり	慶
一一		月			秋		光	夕				水												夕船は月と友にや出ぬらん	綾小路
一二												水												浪さしのぼる奥の高塩	沙弥行光
一三												水	鳥											喚群沙鳥乱	健首座
一四											山		獣											催恨嶺猿鳴	蔭蔵主
一五											山				人						述			山ずみは人のとはぬも咎ならで	椎
一六																					述			捨し浮世のとをき隠家	行光
一七	花		春											木										見しさかり花も老木の一むかし	慶
一八			春						聳		山			木					名					霞蒸金谷桜	寿蔵主
一九		月	春				光	朝																在明やおぼろのそらにのこるらん	重有朝臣
二〇			春										鳥											帰ならひかいそぐ雁がね	基蔵主
二一																居		旅						伝書郷思切	椎
二二																		旅						聴笛旅魂驚	健ゝ

花月	春	夏	秋	冬	光時	聳降	山水	動植	人	居衣	旅名	恋述	神釈			
															二折表	
							水		人					二三	もしほ火のあまのたきさしゆへありて	三位
			秋			降								二四	帰やおもき露のぬれ柴	行光
				冬			山水		人					二五	須磨人のさむきうしろの山おろし	慶
									人					二六	過し三とせのおそき思ひ子	三位
								草						二七	竹下苔封径	寿蔵主
	春							木						二八	村辺柳遶営	蔭ゝ
	春							鳥						二九	啣泥双燕閙	三位
								鳥						三〇	求宿閃鶊諍	椎
月			秋		光夜									三一	あり明の月や夜半にもまたるらむ	基ゝ
			秋		夜	降						恋		三二	又ねつれなき手枕の露	三位
			秋						人			恋		三三	逢は夢人の秋のみうつゝにて	慶
												恋		三四	別し後にのこる面かげ	重有朝臣
												恋		三五	かたみとてみるもおもひの真十鏡	基ゝ
			秋				水	鳥						三六	雁[天江水清]	椎
															二折裏	
						聳	水							三七	雲籠漁唱遠	[健]ゝ
	春					聳				衣				三八	霞遂羽衣軽	蔭ゝ
花	春				光夜			木						三九	月にみる花の錦は夜ならで	椎
	春							草						四〇	藤やま冬はおなじ一比	長資朝臣
	春													四一	吟歩催春興	重有朝臣
					夕								釈	四二	寺はいづくぞちかき入あひ	椎
					夕		山			居	名		釈	四三	里とをく高野の山かぜ吹くれて	行光
													釈	四四	とぢしその世をしたふ室の戸	椎
									人				釈	四五	すつる身に心のおくのやみはなし	長資朝臣
		夏			夜			草		居				四六	草のまがきを照す蛍火	重有朝臣
														四七	読書多鑑古	蔭ゝ
										衣		恋		四八	織錦尚存貞	寿ゝ
												恋		四九	おもひをばいかゞつゝまむ恋衣	三位
					夜							恋		五〇	しのぶならひか[夜]こそ[ふけ]ぬれ	長資朝臣

三折表

番	句	作者	花月	春夏	秋冬	光時	聳降	山水	動植	人	居衣	旅名	恋述	神釈
五一	もしこばの憑もよはる月入て	慶	月		秋	光 夜							恋	
五二	夢にもうきや秋のひとりね	行光			秋	夜				人			恋	
五三	霜重寒砧渋	蔭ゝ			秋		降							
五四	香残煙穂営	寿ゝ					聳							
五五	酔心絃管急	健ゝ												
五六	闘富玉金盈	椎												
五七	調物かずの宝やはこぶらむ	重有朝臣												
五八	舟こそかよへ伊勢の入海	行光						水				名		
五九	蘆の名を又浜荻といひかへて	長資朝臣						水	草					
六〇	かりねのまくらいもぞ恋しき	慶				夜				人		旅	恋	
六一	問はぬ夜は月も涙の袖なるに	行光	月		秋	光 夜					衣		恋	
六二	秋至感幽情	椎			秋									
六三	美景露初白	三位			秋		降							
六四	遥林霧正晴	健ゝ			秋		聳		木					

三折裏

番	句	作者	花月	春夏	秋冬	光時	聳降	山水	動植	人	居衣	旅名	恋述	神釈
六五	夕日影もみぢの山に入やらで	慶			秋	光 夕		山	木					
六六	風のおとなふ立田川浪	行光						水				名		
六七	忍中夜半にもとへと待物を	椎				夜							恋	
六八	たのみおほきは人の兼事	重有朝臣								人			恋	
六九	相逢青眼少	三位												
七〇	誰共素懐傾	健ゝ								人			述	
七一	林暮鶴投宿	周郷				夕			鳥 木					
七二	漏移鶏告更	蔭ゝ				夜			鳥					
七三	夜もすでにしらむとみえてふる雪に	基ゝ			冬	夜	降							
七四	うすきこほりかあり明の月	椎	月		冬	光 朝								
七五	風はなをあしたのそらに吹さえて	長資朝臣			冬	朝								
七六	夢もうつゝもうしや世の中	行光											述	
七七	ちればさく花に別のよもあらじ	三位	花	春					木					
七八	照渓梅影横	蔭ゝ		春				山 水	木					

名残表

			花月	春夏秋冬	光時	聳降	山水	動植	人	居衣	旅名	恋述	神釈
七九	孤山春可訪	健ゝ		春			山				名		
八〇	穎水昔留名	椎					水				名		
八一	里とをし牛引かへす野はくれて	慶			夕			獣		居			
八二	あとをたづぬる雪の通路	三位		冬		降							
八三	臨風詩思爽	蔭ゝ											
八四	わすれはてぬるいまのおとづれ	行光										恋	
八五	同世に偽なくてとはればや	基ゝ										恋	
八六	身をしればげに人もうらみず	長資朝臣							人			恋	
八七	月ならば待べき雨にひとりねて	慶	月	秋	光 夜	降			人			恋	
八八	なみだあらそふ袖のうは露	重有朝臣		秋		降				衣		恋	
八九	暮天秋一雁	三位		秋	夕			鳥					
九〇	鳴たつこゑのちかき小山田	慶		秋			山	鳥					
九一	草がれのころは野沢のうす氷	行光		冬			水	草					
九二	灌玉布地霙	蔭ゝ		冬		降							

名残裏

			花月	春夏秋冬	光時	聳降	山水	動植	人	居衣	旅名	恋述	神釈
九三	緬思梁苑興	健									名	述	
九四	幾慕傅巌耕	蔭ゝ									名		
九五	から人のかしこきすがた絵に書て	椎							人				
九六	簪筆誰記誠	蔭ゝ							人				
九七	徳侔堯与舜	椎											
九八	のどかなる代は風ぞおさまる	行光		春									
九九	さくよりも雲なをふかし花盛	重有朝臣	花	春		聳		木					
一〇〇	駆景入春城	慶		春									

＊『連歌新式』に照らして、去嫌の式目違反箇所には、網かけを施した。

解説　伏見宮と和漢聯句

中村健史

本書において注釈を試みたのは、中世の日記史料として名高い『看聞日記』の紙背に収められた和漢聯句である。この作品は応永二十五年（一四一八）十一月二十五日、伏見御所において張行《ちようぎよう》された。

南北朝から室町時代にかけて、和漢聯句は盛んに行われた。しかし、現存する作品はかならずしも多くない。後世「和漢之濫觴《らんしやう》」と称された貞和二年（一三四六）三月四日の和漢聯句から、本百韻の成立までほぼ七十年。この間、百韻を完備するものとしては、わずかに至徳三年（一三八六）秋、（一）応永元年（一三九四）十二月十二日張行の二作品が残るに過ぎない。

したがって、本百韻は何よりもまず、初期和漢聯句の面影を伝える資料として貴重である。加えて応永期は連歌の作例そのものが乏しいので、連歌史の上からも高い価値を認めることができよう。内々の月次《つきなみ》会で詠まれた作品のため、運びや表現がやや平板に流れる嫌いがないでもないが、そのことがかえって当時の平均的な作風をうかがわせ、室町文化のひろがりが感じられる。また『看聞日記』紙背には同じ連衆《れんじゆ》によって張行された連歌懐紙が数多く残されており、相互の比較によって表現や付合《つけあい》の特色を探ることができるのも、ほかにはない大きな魅力のひとつである。

『看聞日記』紙背連歌については、すでに位藤邦生『伏見宮貞成の文学』（清文堂出版、一九九一年）にすぐれた先行研究が備わるが、氏の指摘されている点も含め、あらためて本百韻の周辺を探ってみたい。

1　背　景

伏見宮連歌会

貞成《さだふさ》親王を中心として、伏見宮ではさかんに月次《つきなみ》連歌が張行されていた。すでに述べたように、本百韻もまたそのような座における作品の一つである。百韻の成立、内容を考える前に、まずは伏見宮の連歌会について概観しておきたい。

貞成親王は兄治仁《はるひと》王の急逝によって、応永二十四年（一四一七）二月に伏見宮を相続したが、『看聞日記』の記事によれば、早くもその三箇月後、五月二十四日には連歌を張行している。

有地蔵講。（中略）事了有連歌。吾代初度也。予出発句。「いやつぎに花の常夏名も久し」。聊祝言有所思。

（地蔵講《じぞうこう》の後で連歌があった。私の代でははじめての連歌会である。私が発句《ほつく》を詠んだ。「いやゝ、つぎに花の常夏《とこなつ》名も久しゝ、」としたのは、いささか祝言の心があってのことである。）

「吾代初度」という表現からは、宮家の当主が連歌会を主宰する立場にあったことがうかがえる。

さらにその翌年（応永二十五年）二月二十五日、この日もやはり北野天神法楽の連歌を張行した親王は、百韻を終えたのち、来月から月次で連歌を行うことを一同に申しわたし、皆で籤《くじ》を取って頭人《とうにん》（世話役）の順番を決めた。実際に翌月二十六日の記事には、はじめて「連歌月次」の文字があらわれ、以後毎月二十五日を例日として定期的に座が持たれるようになる。

月次連歌そのものは、貞成親王以前から伏見宮で行われていたものらしい。『看聞日記』の紙背には「月次結番交名《つきなみけつばんきょうみょう》」なる文書が残る。一月から十二月まで一人ずつ当番の名が記されるのは、おそらく連歌会の頭人を定めたものであろう。日付は応永十八年二月、父栄仁《よしひと》親王の在世中である。連歌会の基本的な仕組みは、当時からさほど大きく変わらないまま、貞成親王の代に引きつがれたごとくである。

連衆

以上からも知られるように、伏見宮の連歌会は、宮家の当主が宰領し、あらかじめ世話役を定めて行われる、なかば公的な行事であった。そのことは連衆の顔ぶれからも明らかである。

本百韻にかぎらず、伏見宮の連歌会に地下《じげ》の連歌師が一座した例は認められない。連衆は貞成親王の兄弟、庭田、田向家など譜代の近習、そして宮家とごく親しい地下の人々に限られており、構成はおおむね固定している。

たとえば『看聞日記』には、医師「茂成」なる者が近習の一人に同道されたが、「外様《とざま》の者であるので、内々の会にははばかりがある」として、連歌の座には加えなかったことが記される（永享五年正月二十五日条）。一方で、応永二十六年に月次会の頭人を決めた際には、人数が足りないので、連歌をたしなまない者も加えて一年分を結番したのであった（四月一日条）。

連衆の資格は、あくまで伏見宮との関係、具体的に言えば、内輪の人間であるか否かにあった。位藤氏が指摘するように、それはまた、親王と近習たちが連歌を通して「運命共同体としての自分たちの存在を確認」（前掲著二八二頁）していたことと表裏の関係にある。彼らにとって連歌張行は君臣の紐帯《ちゅうたい》を確認するための手だてであり、決して純文学的な興味にのみよるものではなかったのである。

和漢聯句

『看聞日記』の記録するところによれば、伏見宮における和漢聯句張行は計二十九回にのぼる。年次の上限は応永二十四年正月二十四日、下限は嘉吉三年十一月六日。うち六作品が日記紙背に現存する。漢和聯句を行った例は見られない。

連衆たちにとって、和漢聯句はどのような位置を占めていたのだろうか。

たとえば、応永二十九年三月十九日の記事を見てみよう。この日、貞成親王は伏見大光明寺の退蔵庵に遊び、和漢聯句一折の後酒宴となって、夜に入るまで歌舞や乱碁《らんご》（碁石を使った遊びの一種）を楽しんだ。日記の末文に「連日花賞翫慰徒然畢」（ここ数日、花を賞翫してつれづれを慰めた）とあるように、和漢聯句もまた遊興の一環にほかならなかったのである。『看聞日記』によれば、親王らは近郊の寺院を訪れた際、しばしば和漢聯句を行うことがあったらしい。月次会で詠まれた和漢聯句が本百韻のみである点からも、座興としての性格がつよかったことが察せられる。

　このほか、伏見宮における和漢聯句の特徴としては、一折《ひとおり》（初折二十二句）や五十韻の多いことが挙げられる。二十九回中、確実に百韻を詠んだと認められるのは五例のみで、紙背に懐紙が残る作品も、本百韻以外はすべて一折であった。そこには、先に見たような和漢聯句の座興性とともに、おそらくは漢句制作のむずかしさが影響しているのだろう。

　一例として、今度は『看聞日記』の永享五年四月二十八日条を参照してみたい。百韻の和漢聯句を詠んだという記事の最後に、「近比和漢無沙汰、不慮之会珍敷人数祇候、佳会珍重々々」（近ごろ和漢聯句を行わなかったが、今日はめずらしく人数が集まったので、連歌会は上出来であった）と見える。この日、伏見宮では貞常《さだつね》親王（貞成親王の第二子）の読書始《ふみはじめ》が行われ、漢詩文に堪能な者が多く集まっていた。すなわち、「人数」とは主に漢句の作者を指し、その多寡が和漢聯句の内容を左右していたのである。

　なお、この点に関しては、用健周乾と松崖洪蔭の存在が特に注意を引く。二人は和漢聯句にたびたび一座しており、本百韻でも漢句の半数以上を担当していた。特に松崖は貞成親王と両吟を試みるほどで（『看聞日記』応永二十九年三月九日条）、有力な漢句作者であったと考えられる。彼らを抜きにしては、和漢聯句の張行そのものが難しかったのだろう。

2　書　誌

看聞日記

管見のかぎり、本百韻は宮内庁書陵部蔵『看聞日記』巻二（特・一〇七）の紙背文書として伝わる一本が存するのみである。以下、主に宮内庁書陵部編『図書寮叢刊　看聞日記紙背文書・別記』解題（養徳社、一九六五年）によりつつ、その書誌を略述する。

書陵部蔵『看聞日記』は全四十三巻、附巻一。そのほか別記十一巻を有する。伏見宮貞成親王の自筆本。もと伏見宮に伝来したが、明治五年（一八七二）太政官文庫に献納、さらに同二十三年宮内省図書寮に移管された。

装幀は巻子本。蠟塗唐櫃《ろうぬりからびつ》桐箱入り。題箋「看聞日記一（～四三）」（金紙小短冊）。表紙は樺地《かばち》菊花模様金襴《きんらん》。見返しは打曇《うちぐも》りに金砂子散らしの鳥の子紙。牙軸頭。なお、以上は明治七年の改装であり、原装幀は巻頭に白紙一葉を置き、端裏《はしうら》に「看聞日記〈―年／自―月至―月〉」などと外題を記したものであった。現在では原表紙は裏返して巻頭に附され、全体を本紙より天地一・五㎝程度長い厚手の楮紙、または極薄様《ごくうすよう》で裏打ちしてある。

全四十三巻のうち、十九巻分の料紙には他文書（連歌、和歌、書状、目録、系図、暦など）が用いられている。紙背文書の墨付《すみつき》総数は九百四十三紙。一巻あたり二十から九十四枚が用いられ、一葉の法量は縦二九㎝前後、横四〇～五〇㎝。かならずしも同類の文書が順を追って配置されているわけではなく、また日記本文の成巻、装幀のため、まま天地左右が切断されている。なお、紙背文書は明治七年の改装補修の際、厚楮紙によつて裏打ちされ翻読不能になったが、前述『図書寮叢刊』刊行の前後、ふたたび改修が行われ、現在では判読可能な状態にある。

なお、本百韻については『図書寮叢刊』のほか、國米秀明「『看聞御記』における和漢聯句」(『中世文芸論稿』一〇号、一九八七年二月)にも翻刻が備わる。

紙背文書

紙背文書のうち書状と並んで多いのが、伏見宮で張行された連歌の懐紙である。巻二、四、五、六に計百八十三枚が収められている。このうち、本百韻を含む巻二の紙背(日記本文は応永二十三年正月より十二月まで)について見ると、六十三紙すべてが連歌懐紙であり、都合二十一巻(断簡二を含む)が集録されている。張行の日付はもっとも古いものが応永二十四年九月十三日、もっとも新しいものが同二十九年三月十五日。巻頭よりほぼ年次順に並べられ、作品ごとに一括して懐紙を継いである。

料紙に連歌懐紙を用いたことについては、巻二の奥書に次のような記述が見える。

月次連歌懐紙散在不可然之間、態与翻懐紙書之、且後日為一覧也。百韻守次第続之。更不可有混乱。

(月次《つきなみ》連歌の懐紙が散佚しないように、ことさらその裏に日記を清書し、後日一覧できるようにしておく。百韻の順序どおり紙を継いだので、順序を乱さないようにすること。）

『看聞日記』のうち応永三十二年までの記事（巻一～十一）は、永享のはじめごろ一旦清書されたことが分かっている。

日記本文のみならず、紙背にも「後日為一覧」という意識がはたらいていたことは、連歌会に対する親王の熱意をあらわすものと言えよう。なお、巻三、四にも同様の奥書が記されている。

本百韻の懐紙

本百韻について見ると、連歌懐紙の書式として特に変わった点は認められない。四枚の懐紙を横二つ折にして上下に句を記し、初折表に端作《はしづくり》、名残折裏に句上《くあげ》を附す。

端作はまず右端に「応永廿五　十一　廿五」と張行の年月日を示し、次の行に下詰めで「月次　椎野御頭」とする。これは本百韻が月次の連歌会での作品であり、頭人が椎野寺主であったことをあらわす。さらに数行置いて大字で「和漢聯句」と賦物《ふしもの》を書く。

句上については、貞成親王の名が三番目に記されていることが注目される（翻刻参照）。『看聞日記』紙背懐紙では、句上は原則として身分の順に従っており、親王は筆頭に掲げられるのが普通であった。それが本百韻にかぎって通例と異なるのは、張行時親王が執筆《しゅひつ》をつとめたことによると思われる。

伏見宮の連歌会では、通常、執筆の名を句上の最末に置く場合が多い。ただし貞成親王については、さすがにはばかるところがあったのだろう。連衆が臣下のみの場合には、親王が執筆であるにもかかわらず、最上位に挙げた例が見える（応永三十二年十二月十一日賦何木連歌）。本百韻は椎野寺主や用健周乾ら宮家の血縁者が一座するので、その末位に名を記したと考えられる。

執筆は、連歌の席で連衆の出す句を懐紙に書きつけてゆく役。出された句の差合《さしあい》などを検討することも職掌に含まれており、故実、式目に通暁した能筆の人が選ばれる。貞成親王が執筆をつとめた懐紙は、『看聞日記』紙背に十六巻が残っている（推定を含む）。

原懐紙か清書懐紙か

『看聞日記』の紙背に収められた連歌懐紙には、句の訂正や抹消が頻繁に見られ、筆跡も一様ではない。「懐紙が散佚しないよう、日記の料紙とした」という奥書とあわせて考えると、その多くは、張行の場で執筆が記した懐紙（原懐紙）であったと推測される。

しかし、紙背に残るすべてが原懐紙にかぎられるわけではないことは、次の例から明らかである。巻三と巻六の料紙の一部には、ともに応永二十九年三月二十二日、伏見指月庵《しげつあん》で張行された和漢聯句（一折）の懐紙が用いられている。このうち、巻六の紙背懐紙では9句が「鹿の音や岡田にちかく《のすそに》通らむ」となっているのに対して、巻三では「鹿の音や岡田のすそに通らむ」と訂正後の本文を採る。おそらくは巻六の懐紙が張行時の原本であり、巻三のそれは改めて清書したものであろう。

そこで本百韻について考えてみると、40句の「やま冬」という表記が注意をひく。これは「款冬《やまぶき》」の「款」のみを仮名に書いて「やまぶき」と読ませるのだろうが、管見のかぎりでは和歌、連歌に類例を見出せず、きわめて特殊な漢字の宛てかたである。ところが、その三句後を見ると「里とをく高野《たかの》の山かぜ吹《ふき》くれて」（43句）と、ふたたび「山」「吹」の文字があらわれる。つまり、40句が「やま冬」とする背景には、「山吹」と「高野の山かぜ吹くれて」の差合いを避ける意識がはたらくのではないか。そして、もし40句が記される際に43句の内容が参酌されたとするならば、この懐紙は張行時の原本ではない。

もとより臆断は避けねばならないが、以上のような事情から、本百韻の懐紙については一度清書されたものである可能性を指摘しておきたい。なお、筆跡から、書写者は貞成親王自身と考えられる。

3　成　立

看聞日記から

すでに述べたとおり、この和漢聯句は応永二十五年（一四一八）十一月二十五日、伏見御所において月次《つきなみ》連歌として詠まれた作品である。『看聞日記』の当日の記事から、張行時の様子を探ってみよう。

廿五日、晴、寒嵐吹。有連歌。椎野御張行也。御僧達被座之間、和漢聯句也。人数、予・椎野・用健・蔭蔵主・三位・重有朝臣・長資朝臣・寿蔵主・周郷・善基・行光等也。亥終百韻了。

（二十五日、晴、寒嵐。連歌を行った。頭人は椎野寺主である。僧侶が一座に加わっていたため、和漢聯句を行った。一座は私（貞成親王）・椎野寺主・用健・松崖・綾小路《あやのこうじ》信俊・庭田重有《しげあり》・田向長《たむかいなが》資《すけ》・仲寿・周郷・善基・行光《ぎょうこう》らである。亥の刻の終りごろ、百韻を巻きおえた。）

まず、通常の連歌ではなく、和漢聯句が試みられた背景には、「御僧達被座之間」という事情があった。僧侶、ことに禅僧には漢詩文をよくする者が多いので、和漢聯句を選んだのである。本百韻には六人の僧侶が一座しているが、善基を除く全員が漢句を担当している。計三十八句にのぼる漢句のうち、僧侶以外が詠んだのは五句に過ぎなかった。

連歌会が行われた十一月二十五日は、太陽暦で十二月二十二日にあたる。当日の天候は晴れ。ただし冷たい風が吹きすさんだ。発句の「雪」は実景でなく、作者による虚構であろう。張行の開始時刻については記載を欠くが、終わったのは「亥終」（午後十一時ごろ）であるから、夕景に入ってからはじめられたものと思われる。

会席と室礼《しつらい》

右の記事は張行の場について触れていないが、伏見宮における連歌会席に関しては、翌応永二十六年六月十五日の『看聞日記』にくわしい描写が見える。

有月次連歌。頭人隆富也。会席聊刷之。西面四間与常御所相合障子撤之為八間。屏風二双立廻、天神名号奉懸《西面》〈妙法院御筆〉、脇絵二幅〈梅〉、懸之。其前立机一脚、花瓶香炉等置之。左脇

〈南〉、絵二幅〈寒山拾得〉、懸之。其前立卓置花瓶。会衆西面ニ候、地下簀子ニ候。
（月次連歌があった。頭人は西大路隆富である。会席をいささか整えた。西面《にしおもて》の四間の部屋（客殿）と常御所のあいだの障子を取りはらって、八間の大広間とした。そこへ屏風を二双立てまわし、客殿には妙法院（堯仁法親王）筆の天神名号《みょうごう》、梅の脇絵二幅を（西側に）掛けた。その前に机を据え、花瓶や香爐などを飾る。その左脇（南側）には寒山拾得《かんざんじっとく》の絵二幅を掛け、やはりその前に卓を据えて花瓶を飾った。連衆は西面（客殿）に、地下《じげ》の者は簀子《すのこ》（南側）に着座した。）

伏見宮では、連歌会に限らず、法会、歌会、七夕、茶会、秘曲伝授などが、西面四間《にしおもて》（客殿）と常御所を打ち抜いた空間で行われた。おそらくは、本百韻の会席も同様の間取りで準備されたものと思われる。西面四間と常御所はいずれも南向きで、庭に面した部屋である。連衆は居ながらにして、脇句（2句）に言う「御園」を目にすることができたのだろうか。

頭　人

参加者についてはすでに**連衆**（一三〜二〇頁）に触れたとおりであるが、注意されるのは「椎野御張行也」という『看聞日記』の一文である。「御張行」とは頭《とう》（頭人）のこと。連歌会の世話人のような役である。このときは、発句《ほっく》（1句）を詠んだ椎野寺主がつとめた。

伏見宮連歌会の頭人については、次のような記事が参考となる（『看聞日記』応永二十六年四月一日条）。

抑月次連歌事、法様定之。無人数之間、連歌不仕人々加人数、一年中令結番。（中略）頭人之役、発句、一献等也。毎月廿五日為式日定之、各取孔子。

（月次連歌の決まりを定めた。頭人になるべき人が不足しているので、連歌をしない者も加えて、一年分の当番を決めた。頭人のつとめは発句を詠むことと、一座のために一献を用意することなどである。毎月二十五日を例日とし、順番についてはそれぞれ籤《くじ》を取って決めた。）

本百韻の翌年に定められた「法様」ではあるが、連歌会に月番の頭人がいること、頭人が発句をつとめていること、例日が二十五日であることなどが一致する。「月次連歌の決まりを定めた」と言っても、以前からのしきたりを確認し、改めて各月の当番とその責任を明らかにしたということなのだろう（すでに述べたように、月番制そのものは栄仁《よしひと》親王の代から認められる）。

すなわち「発句」「一献」という頭人の義務は、遡《さかのぼ》って本百韻にも当てはまると考えてよい。一般に連歌では客発句、亭主脇を原則とするが、椎野寺主の場合は例外で、頭人のつとめとして発句を詠んだのであった。

また「一献」は酒肴を持参して饗応することを言う。連歌の際に「点心」（軽食）がふるまわれたという記事が『看聞日記』に見えるゆえ（永享五年一月二十二日条）、おそらくは麵類、餅、果実などが中心であったと思われる。ともかくも、連衆は酒杯を傾けつつ、なごやかに文雅の会を楽しんだのである。

式目と韻書

式目と韻書について付言しておきたい。張行時、連衆が用いた式目、韻書については、今、にわかにこれを詳《つまび》らかにしがたいが、本書では主に『連歌新式』（応安新式）と『韻府群玉』に拠って注釈を行った。

十五世紀までに成立した和漢聯句の式目としては、藤原行家「聯句連歌式」、一条兼良「和漢篇」、後土御門院『和漢新式追加』、徳大寺実淳『漢和法式』の四種が挙げられる。このうち本百韻の張行に先立つものとしては「聯句連歌式」（鎌倉初期）があるが、残念ながら散佚して伝わらない。そこで本書ではかりに、同時期の連歌に用いられた二条良基『連歌新式』（一三七二年）によって式目を考え、必要に応じて「和漢篇」などを参照することにした。

また韻書については、松崖洪蔭に架蔵の「韻府廿冊」等を貸与したという記事が『看聞日記』に見える（応永三十年六月十三日条）。これに拠って、注釈にあたっては主に『韻府群玉』（五山版及び元版）を用い、また適宜『聚分韻略』をも参照した。

4　表　現

和句と漢句

本百韻の内容と表現上の特徴について考えてみたい。

まず、和漢それぞれの句数について見ると、和句が六十二句であるのに対して、漢句は三十八句にとどまる。これ以前に成立した三つの和漢聯句（本稿冒頭参照）では、いずれも和句と漢句の比率がほぼ四対六であったから、本百韻が全体として和方主導で進められたことがわかる。さらに、漢句の作者が椎野寺主、用健周乾、松崖洪蔭の三人に偏《かたよ》ること（三人で計二十七句）は、「僧侶が一座に加わっていたため、和漢聯句を行った」という『看聞日記』の記述を裏づけるものであろう。

また、名残折裏八句のうち、五句までを漢句が占めることも注目される。百分率で示せば、これ以前は漢句の割合が三五・九％であったのに対し、名残裏では六二・五％に達し、意図的に漢句が多く詠まれている。おそらくその背景には、和句と漢句の数をできるだけ近づけようとする意識がはたらいていたのだろう。後代の『漢和法式』では「百句漢和五十句ヅ、也。乍去《さりながら》和ニテモ漢ニテモ、二三句多キ分不苦《くるしからず》」と、和漢各五十句前後に収まるのが望ましいという規定が見える。本百韻当時、すでにこのような発想の萌《きざ》しつつあったことが想像されるのである。

花の句と月の句

次に花月の句について見ると、花が四句、月が八句詠まれている。

花の句については『連歌新式』に一座三句物とし、「懐紙《かいし》をかふべし、にせ物の花此外《このほか》に一」と注する。折《おり》に一句ずつ、三句を限度とするが、比喩としての「花」であればさらに一句許されるというのである。本百韻では初折、二折、三折、名残折に花の句が詠まれており、懐紙ごとに一句という規定は満たしている。しかし、似物《にせもの》の花は含まれない。三句物であるはずの花を、四句詠んでいるのである。

そこで『連歌新式』を改訂した『新式今案』（一四五二年）を参照すると、「花」を一座三句物としながらも、「近年或為四本之物」、近年は一巻に四句花を詠むこともある、という記述が見える。要するに、本百韻は『新式今案』のいわゆる「近年」のあり方に拠っており、すでに『連歌新式』の規制は守られていないのである。たとえば、応永二十年（一四一三）の奥書を持つ連歌書『連通抄』には「花は折《をり》に一宛也《ひとつづつなり》」と見え、当時すでに花四句を詠むことが一般化しつつあったらしい。

他方、月の句はほぼ一つの面《おもて》に一句を詠んでおり、常識的な範囲に収まっている。三折表のみ二度出ているが（51句と61句）、これは月と月を七句去りとする『連歌新式』の規定を満たしており、問題ない。なお、月の句については、前述『連通抄』の「第三（3句）と初折裏の三句目（11句）には、月の句を詠むべきである」という規定が、『看聞日記』紙背の作品ではかなり厳密に守られている旨、位藤氏に指摘がある（前掲著二五二〜二五四頁）。本百韻もまた3句に「こほりふく月の夜風に鐘冴《さえ》て」、11句に「夕船《ゆふぶね》は月と友《とも》にや出《いで》ぬらん」と月の句が詠まれていた。『連通抄』の規定は式目の定めるところでないにもかかわらず、伏見宮の連歌会においては大きな影響力を持っていたらしい（第三の月については、『千金莫伝抄』にも同様の記述が見られる）。

また、『漢和法式』には「花四本、和漢二句宛也《づつなり》」「月、和漢共ニ三句、五句ツヾキテモ不苦《くるしからず》」とあるが、本百韻では花月ともすべて和句に詠まれている。景物を和漢で振りわけるという意識は、まだなかったようである。

平仄と韻字

平仄については、92句と96句に異式がある。92句「灌玉布地霙（玉を灌《そそ》ぐ　地に布《し》く霙《あられ》）」は、二字目を平声にするのが正しい（「玉」は仄声）。初案では上二字を「散珠」（「珠」は平声）につくるが、これを「灌玉」と改めたために平仄が乱れたのである。同様に96句「簪筆誰記誠（筆を簪《かざ》して誰《たれ》か誠を記さん）」も、二字目は初案「毫」（平声）のほうがよく、「筆」（仄声）は規則に反する。ともに典拠を重んじて「灌玉」「筆」という表現を採ったのだろうが、わざわざ平仄の合わないかたちに改稿したのは不審である。

また、韻字については、28句と54句で「営」が用いられている。漢詩では、同字であっても、語義が異なれば二度押韻に用いることができる。本百韻の場合、28句は「軍営」、54句は「まとわる」の意であるから、一応はこの条件を満たすが、管見のかぎり和漢聯句で韻字を二度用いた例はなく、いささか疑問が残る。【注】で指摘したように、54句「営」については「縈」を誤った可能性も考えられよう。

繰りかえされる表現

表現上の特徴としては、本百韻と発想や措辞を共有する句が、しばしば『看聞日記』紙背連歌のうちにあらわれることを指摘できる。このような傾向は、いったい何によって生じたものだろうか。

すでに述べたように、伏見宮の連歌会は専門の連歌師を交えず、連衆は常に固定した顔ぶれであった。かぎられた人々のあいだで繰りかえし張行されたことで、表現や付合《つけあい》が類型に陥った面は否めないだろう。

だがその一方で、一連の類想句のなかには、積極的な文学意識によって試みられたと思しい例もたしかに存在する。たとえば、本百韻のうち、74句（椎野寺主）

うすきこほりかあり明《あけ》の月

は、前月（十月）二十五日に張行された「賦何船連歌」中に次のような類句を見出しうる（九五・貞成親王）。

在《あり》晨《あけ》は氷るとみるに滝《たき》落ちて

有明の月を薄氷にたとえるこの趣向は、よほど一座の好尚にかなったのであろう。その後数年のうちに繰りかえし月次連歌に試みられ、なかでも

おもしろやあり明《あけ》こほる庭の雪　貞成親王

月のこほりぞふけてきえぬる　田向長資

（応永二十七年閏一月十三日賦何人連歌・九九）

（応永二十八年五月二十九日賦何目連歌・五四）

の二句は残された懐紙に合点《がってん》が掛かっていることから、当時高い評価を得たことがわかる。

このような例からは、すぐれた表現や趣向を共有し、積極的に類句を詠むことで、作品の質を高めようとする意図が感じられる。おそらく連衆のあいだでは、評判の秀句をめぐって日々措辞や付合の工夫が重ねられていたのであろう。「有明の月が氷る」という右の句にしても、新たに「うすきこほり」という繊細な描写や、月の氷が「ふけてきえぬる」という趣向が加わり、表現は年を追うごとに深化してゆく。それはまさに、緊密な人間関係を背景とする伏見宮の連歌会でなくては、不可能ないとなみであった。

和と漢のはざまで

最後に、個人的な興味を覚えた付合をひとつ紹介しておきたい（40／41句）。

藤やま冬《ぶき》はおなじ一比《ころ》　田向長資
吟歩催春興（吟歩　春興を催《もよほ》す）　庭田重有

「春の終わりには、藤と山吹《やまぶき》がそろって咲きほこる」という前句に、「詩を口ずさみながら歩けば、春興が湧きおこる」と付けた。付合の典拠は、『三体詩』に収める張籍の詩

逢賈島
僧房逢著款冬花
出寺吟行日已斜
十二街中春雪遍
馬蹄今去入誰家

賈島《かたう》に逢《あ》ふ
僧房に逢著《ほうちやく》す　款冬花《くわんとうくわ》
寺を出《い》でて吟行すれば　日已《すで》に斜めなり
十二街中　春雪遍《あまね》く
馬蹄《ばてい》　今去つて　誰《た》が家にか入らん

の一、二句である。山吹は「款冬」とも書く。そこで、「僧房のあたり、ふと款冬の花に出会った。寺を出て、詩を口ずさみながらゆく」という張籍の詩を踏まえて、「吟歩」としたのである。

ところが、中国でいう「款冬」は山吹ではない。その名のとおり、冬の氷雪を款《たた》いて生ずるキク科の多年草で、学名を *Tussilago Farfara* と言う（和名フキタンポポ）(二)。早春のころ、蒲公英《たんぽぽ》に似た黄色い花を咲かせ、その姿は古く『楚辞』にも「款冬而生兮、凋彼葉柯（冬を款《たた》いて生じ、彼の葉柯《えふか》を凋《てう》す）」と詠われていた（「九懐」陶壅）。和歌や連歌で「款冬」と言えば山吹を指すのが常識だが、あくまでそれは日本独自の用法なのである。

しかも、このような理解のずれは、古くから日本人の自覚するところであった。もっとも有名な例は、『和漢朗詠集』に収められた「點着雌黄天有意、款冬誤綻暮春風（雌黄《しわう》を点着して天に意《なさけ》有り、款《くわん》冬《とう》誤つて暮春の風に綻《ほころ》ぶ）」（春・款冬・一四〇・作者不詳）の句であろう。中国では冬の花であるはずの款冬が、日本では暮春に咲く。花が黄色いのは、季節の誤りをただそうというのであろうか、と詠うのである（「雌黄」は文字の誤りを訂正するのに用いる顔料）。また、張籍詩の「款冬花」についても、これが山吹でないことは、『三体詩』の抄物《しょうもの》でしばしば取りあげられている。「款冬」の指すところが日本と中国で異なるというのは、中世人にとって周知に属していたのである。

41句は以上のような知識を背景として、前句の「やま冬《ぶき》」を中国風の「款冬花」に取りかえ、『三体詩』の本説に結びつけたのである。作者の手柄は、張籍の詩を言わば「やまとごころ」によって読みなしたたくみさにある。本百韻において、庭田重有が詠んだ漢句はこの一句のみ。よほどの自信作であったのだろう。

「款冬」という言葉を手がかりに、重有の精神は和語と漢語のあいだを自在に往き来する。「吟歩催春興」とは、二つの言葉、二つの文学的世界が交錯する場にあって、はじめて成立する句境であった。一座の人々がそこに詩を感じ、賞賛を贈ったのだとすれば、これは和漢聯句においてのみ可能な詩情であると言ってよいのかもしれない。

5　伏見宮

「雪賦」の世界

位藤邦生氏は『看聞日記』紙背の連歌作品に『源氏物語』須磨巻を典拠とする句が多いことを指摘し、その背後には皇位から遠ざかった伏見宮を、光源氏の流謫《るたく》に見立てる意識があったと述べる。連歌会に集う近習たちにとって、都に帰り栄華をきわめる光源氏の運命は、一つの希望でもあった。「須磨」の句をとおして、会衆は、運命共同体としての自分たちの存在を確認し、結束してあしたの好運を夢みていた」のである（前掲著二八二頁）。

このような例は、しかしながら須磨の句にかぎられるものではない。たとえば本百韻では、二度にわたって謝恵連「雪賦」（『文選』巻十三）を典拠とする句が見える。2句と93句である。

御園霜自明（御園《ぎよゑん》　霜自《おのづか》ら明らかなり）

緬思梁苑興（緬《はる》かに思ふ　梁苑《りやうゑん》の興）

作者はともに用健周乾。句中「御園」「梁苑」は、梁の孝王が築いたと伝える大庭園「兎園《とえん》」のこと。「雪賦」の舞台である。

孝王（劉武、生年未詳～前一四四）は漢の文帝の子、梁王に封ぜられた。兄景帝は彼を愛することはなはだしく、酔余「我が後はそなたに皇位を譲ろう」とさえ漏らしたが、孝王はこれを謝辞したと伝えられる。のち梁の都睢陽《すいよう》（現河南省商丘市）に三百余里四方の庭園（兎園）を築き、天下の名士を賓客として招いた。

謝恵連の「雪賦」は、このような孝王と賓客たちの宴に仮託して、雪の美を描いた作品である。年の暮れも近いある日、孝王は心にわだかまる憂いをはらそうと、兎園に宴席を設け、鄒陽《すうよう》、枚乗《ばいじよう》、司《し》馬相如《ばしようじよ》を招いた。折しも降りはじめた霰《あられ》は、やがて雪へと変わる。命によって三人はおのおの「秘思を抽《ぬ》き」「妍辞《けんじ》を騁《は》せ」て詩賦を詠じ、王の心を大いに慰めたという。

用健が二度まで「雪賦」を典拠とした背景には、何よりもまず、貞成親王を孝王に見立てる意識がはたらいていたであろう。たとえば2句「御園霜自明」は「伏見宮邸の庭には霜があざやかに置いている」と言う。雪を詠んだ発句（「豊年《とよとし》のかずまでつもれ小田の雪」）から「雪賦」を想起し、「御園」という言葉によって、兔園と伏見宮の庭を重ねあわせたのである。孝王が漢の皇族であったように、貞成親王もまた人間《じんかん》の種ではない。二つの庭園は、ともに「御園」と呼ばれるにふさわしい。

しかし、それだけではない。「雪賦」によって孝王の宴が思いおこされるとき、そこには彼のもとに集う三人の賓客、鄒陽、枚乗、司馬相如のイメージがともなう。すぐれた詩によって主《あるじ》の心を慰める文人たちは、とりもなおさずこの百韻に参加する連衆自身の似姿ではなかったか。「緬思梁苑興」（92句）とは、決して孝王一人の「興」を言うものではあるまい。詩歌による君臣和楽の先例として、一座の人々ははるかに「梁苑の興《りやうゑん》」を思うのである。そして「御園霜自明」（2句）と詠うとき、彼らはひそかにみずからを、鄒陽や、枚乗や、司馬相如になぞらえたに違いない。ここは兔園にも劣らぬ名園であり、我々は孝王のごとき主のもとでひととき文雅の宴を楽しむのだ、と。

光源氏とは異なり、孝王は、配流から栄華の絶頂へという運命の変転を味わうことがなかった。位藤氏の指摘するような「あしたの好運」は、そもそも「雪賦」の世界に存在しないのである。したがって、同じように伏見宮を譬えた句でありながら、「御園霜自明」や「緬思梁苑興」は、宮家の行く末を希望を込めて言祝《ことほ》ぐという機能を持つわけではない。

だが「雪賦」には、君臣がひととき文雅の宴を楽しむ様子が生き生きと描かれる。それは『源氏物語』といささか異なった方法で、現実をとらえることを可能にした。「雪賦」を典拠とすることによって、たとえ言葉の上に直接あらわれていなくとも、貞成親王に仕《つか》える人々の存在が、句のうちに浮かびあがってくる。親王一人に焦点をしぼるのではなく、一座の姿が、より総合的、立体的にとらえられるのである。それは、「あしたの好運」を夢みるのとは別なかたちで、「運命共同体としての自分たちの存在を確認し、結束」させるものではなかっただろうか。

あしたの好運

一方で、本百韻には連衆たちが夢みていた「あしたの好運」の姿をも、たしかに見出すことができる。

挙句《あげく》（100句）を読んでみたい。すでに述べたように、執筆《しゆひつ》をつとめた貞成親王の句である。この句ははじめ、

春 光 隔 帝 城（春光　帝城を隔《へだ》つ）

と書かれていたものを、

駆 景 入 帝 城（景を駆《か》りて帝城に入れん）

と改め、さらに平仄の誤り（「景」「帝」はともに仄字）を訂正して、

駆景入春城（景を駆《か》りて春城に入れん）

という最終案に落ちついた。

推敲の過程を順にたどりながら見てゆくと、初案「春光隔帝城」は「春の光が（伏見と）京とのあいだを隔てる」の意。皇位から遠ざかり、伏見に逼塞《ひっそく》する宮家の立場を踏まえて（連衆参照）、「帝城を隔つ」と詠んだのだろう。挙句は一巻の連歌をめでたく詠み終えるのが約束だが、そこに貞成親王ならではの謙退を込めたのである。親王は、四十歳を過ぎてはじめて伏見に移り住んだころにも、

今よりや伏見の花に馴《な》れて見ん都の春も思ひ忘れて　（一類本沙玉集・二六七）

という歌を残している。詞書きには応永十九年（一四一二）の花見で詠んだ旨が記されており、決して暗い気分の歌ではないが、春景色のなかに京と伏見の距離感を詠うあたり、「春光隔帝城」と発想が共通する。胸の内にはやはり沈淪《ちんりん》するわが身への無念さがあったのだろう。謙退のこころは、おそらくそれと源を同じくする。

しかし、親王の謙退を連衆は是としなかった。初案「春光隔帝城」が「駆景入帝城」と改められたのは、沈淪の身をへりくだるのではなく、「あしたの好運」を予祝する句を、一座の人々が求めた結果と考えられる。「殿下、謙遜なさることはございません。宮家はかならずや再び都に戻り、皇位に復する日がやってくるはずです。どうか挙句には、めでたくそのことをお詠みください」。近習らに

よって、おそらくはそのような取りなしがあったのだろう。

二案「駆景入帝城」は「春景色を駆りたてて、都のなかに入れよう」の意。だが、この句はまた「春の景物を追いもとめて、都に入ろう」と読むことも可能である。一種の掛詞的な表現として、両様の解釈をゆるすと考えられる。そして、後者の解に拠る場合、春の散策に興じて都に至る人物が、貞成親王自身を暗示することは言うまでもない。

さらに言えば、原本では「春光隔帝城」の上三字を丁寧に摺消《すりけ》したあと、「駆景入」と二案を記し、さらに四字目「帝」の上に「春」を重ね書きして（摺消しはしない）、最終案「駆景入春城」としている。「帝」を「春」としたのは、前述のとおり平仄の都合によるもの。また「春光」が「駆景」と訂正されたため、季語を入れる必要もあった。いずれにしろ二案から最終案への変更は、規則上の要請によるものであって、句の内容には深くかかわらない。しかし、この段階でなお親王が「帝城」の語を用いていることは、やはり都へのつよい思いを感じさせる。

今はまだ遠く隔たっていても、「帝城に入」る日はかならずやってくる。都に戻り、皇位に即《つ》き、伏見宮家こそ北朝の正嫡であることを明らかにする日が――。「駆景入帝城」とは、そのような連衆の願望を詠う句であった。貞成親王をはじめ、一族、近習がひとしく願い、夢みつづける「あしたの好運」のすがたが、そこにはある。初案から二案への改稿は、伏見宮連歌会における君臣の紐帯《ちゆうたい》が、もっとも端的に示された例と言えるのではないだろうか。

事実、後に貞成親王はわが子が皇位に即いたことで、その住まいを「帝城」のうちに移し、太上天皇の尊号を受けるに至る。親王の好運を切りひらくことになる男児が生まれたのは、本百韻の半年ほ

ど後、応永二十六年（一四一九）六月十七日のことであった。[三]

（一）『良基・絶海・義満等一座和漢聯句譯注』（臨川書店、二〇〇八年）として本研究会より注釈を刊行。なお、張行の年次は推定である。

（二）中国の「款冬」が何を指すかについては、蕗、石蕗《つわぶき》など諸説あり、『和漢朗詠集』『三体詩』の注にもさまざまに解釈されているが、植物学的にはフキタンポポとするのが正しいようである。ただし、この植物は日本に自生せず、フキタンポポという和名も牧野富太郎の創案にかかる。牧野富太郎『随筆　植物一日一題』（東洋書館、一九五三年）参照。

（三）本稿中、『看聞日記』の書誌については後掲田代氏論文を、伏見宮の連歌会席については井戸美里「『看聞日記』における座敷の室礼」（後掲『看聞日記と中世文化』所収）を、『連通抄』『千金莫伝抄』については島津忠夫「今川了俊と梵灯庵」（『島津忠夫著作集』第三巻所収、和泉書院、二〇〇三年）を参考にした。また底本の調査にあたっては宮内庁書陵部杉田まゆ子氏のご高配を賜り、あわせて書誌についてもご示教にあずかった。記して深く学恩を謝す。なお、本稿の一部は、会読の際に参加者から提出された意見や討議に基づくものである。

【主要参考文献】

宮内庁書陵部編『図書寮叢刊　看聞日記』一～五（宮内庁書陵部、二〇〇二～二〇一〇年）
宮内庁書陵部編『図書寮叢刊　看聞日記紙背文書・別記』（養徳社、一九六五年）
位藤　邦生『伏見宮貞成の文学』（清文堂出版、一九九一年）
松岡心平編『看聞日記と中世文化』（森話社、二〇〇九年）
森　正人編『伏見宮文化圏の研究　――学芸の享受と創造の場として――』
（平成10～11年度科学研究費補助金（基礎研究C）研究成果報告書、二〇〇〇年）
横井　清『室町時代の一皇族の生涯　『看聞日記』の世界』（講談社学術文庫、二〇〇二年）
國米　秀明「『看聞御記』における和漢聯句」（「中世文芸論稿」一〇号、一九八七年）
田代　圭一「『看聞日記』に関する書誌学的考察」（「書陵部紀要」六一号、二〇〇九年）

あとがき

川合康三

京都大学国文学研究室と中国文学研究室とが合同して続けて来た和漢聯句の研究会も、九年を経た今年をもって閉じる。その顚末をここに記しておこう。

発端は京都大学文学研究科21世紀COEプログラム（「グローバル化時代の多元的人文学の拠点形成」、代表　紀平英作教授）であった。二〇〇二年に始まったそれは、文学研究科のなかにいくつかの研究班を設け、わたしたち国文研究室と中文研究室は「極東地域における文化交流」（班代表　川合康三）というプロジェクトを立ち上げた。この研究班は二本立てで、「乾の会」では国内外の研究者を招いて適時シンポジウムを開き、もう一つの「坤の会」では国文・中文の若手研究者を主なメンバーとして「和漢聯句」の会読を定期的に行なうこととした。

COEプログラムが二〇〇七年三月に終了すると、引き続いて大谷雅夫教授を代表者とする科学研究費・基盤研究「和漢聯句の研究」（二〇〇七年度〜二〇一〇年度）として、内容は「坤の会」と同じ研究会を継続してきた。このように幸い二つの研究基金を間を置かずにいただくことによって九年に及ぶ共同研究が可能になったわけだが、このことは人文学において二、三年といった短期のプロジェクトでは短すぎることを示している。九年といえどもなお十分の長さとは言い難い。

この共同研究の特色の一つは、国文学研究室と中国文学研究室とが一堂に会して行われたことであり、それは京大文学部においてはおそらく初めての試みと思われる。和句と漢句から成る和漢聯句は、国文・中文が一緒になって読むのに、うってつけの材料であった。読み合わせには京都大学の在籍者のみならず、近隣の専家の方々の参加もしだいに増えていった。基本的に和句は国文の、漢句は中文の研究者が担当したが、時に国文の方が漢句まで担当することはあっても、逆はなかった。文学部地下大会議室に集って月一回、夏休みの前後の数日連続の読み合わせも含めて、延々と続けたのである。担当者が会に先立って配布しておいた訳注稿をもとに全員で討議を応酬し、百句を終えるともう一度初めに戻って定稿を作るための検討を重ねた。検討を繰り返すことで精緻の度を増すことになったのは確かだが、時には当初の読みに戻ったりといった、文字通り右往左往することもまれではなかった。最初に手がけた三条西実隆・公条父子二人による聯句は、二〇〇二年十一月に始めて、二〇〇五年六月に至ってようやく百句を一通り読み終えた。二年半を費やしたのである。以後はややペースは速まったにしても、結局九年間で作り得た訳注は四冊に過ぎない。訳注とは別に国文研究室を中心に和漢聯句を翻字したものが二冊公刊された。刊行年順に記せば、以下のとおりである。

『京都大学蔵 実隆自筆 和漢聯句譯注』（臨川書店、二〇〇六年）
『文明十四年三月二十六日 漢和百韻譯注』（勉誠出版、二〇〇七年）
『室町前期 和漢聯句作品集成』（臨川書店、二〇〇八年）
『良基・絶海・義満等一座 和漢聯句譯注』（臨川書店、二〇〇九年）
『室町後期 和漢聯句作品集成』（臨川書店、二〇一〇年）

『看聞日記紙背和漢聯句譯注―「応永二十五年十一月二十五日和漢聯句」を読む―』（本書）

ＣＯＥプログラムの目的の一つは若手研究者の育成ということであったが、博士取得の前後の年齢であった最初のメンバーは次々と職を得て京都を離れ、参加者には入れ替わりが目立つ。九年間にこの席に臨んだメンバーを数えたら相当の数に上るだろう。

国文と中文とが一つの作品に取り組むことで、相い補うことはもちろんあったにしても、両者のディシプリンや関心の持ち方の違いを露呈することもそれ以上に多かったと思う。そこに覚える違和感は、振り返ってみればそれこそが「共同」研究の意味であったかも知れない。共同研究とは必ずしも一体となって予定調和のもとに進めることではなく、そこに生じる差異がそれぞれの分野のあり方を見直す契機にもなりうる。

和漢聯句という不思議な文学様式、そのほんの一部を嚙《かじ》ってみる機会を得たが、日本の文芸がいかに贅沢なものであるかは存分にわかった。伝達の効率性などとは対極に位置して、和漢の古典を自在にもてあそび、仲間どうしで言葉を操ることを楽しむ、今の時代には到底ありえない世界がそこにはあった。このような文学がかつての日本ではふんだんに行なわれていたことが広く知られ、このささやかな成果が今後の和漢聯句研究を推し進める機縁になればと願うのみである。

「看聞日記紙背和漢聯句」輪読会参加者

大谷　雅夫（京都大学教授・科学研究費代表者）
川合　康三（京都大学教授）
森　真理子（京都大学教授）
宇佐美文理（京都大学教授）
大槻　　信（京都大学准教授）
金光　桂子（京都大学准教授）
緑川　英樹（京都大学准教授）
愛甲　弘志（京都女子大学教授）
浅見　洋二（大阪大学教授）
伊藤　伸江（愛知県立大学教授）
乾　　源俊（大谷大学教授）
大谷　俊太（奈良女子大学教授）
神作　研一（金城学院大学教授）
日下　幸男（龍谷大学教授）
齋藤　　茂（大阪市立大学教授）
深沢　眞二（和光大学教授）
福井　辰彦（立命館大学講師）
伊崎　孝幸（京都大学非常勤講師）
竹島　一希（京都大学非常勤講師）
好川　　聡（京都大学非常勤講師）
稲垣　裕史（立命館大学非常勤講師）
二宮美那子（京都大学教務補佐員）
楊　　昆鵬（日本学術振興会外国人特別研究員）
檜垣　泰代（京都女子大学研修員）
有松　遼一（京都大学博士後期課程）
畑中さやか（奈良女子大学博士後期課程）
本多　潤子（立命館大学博士後期課程）
大山　和哉（京都大学修士課程）
中村　健史（本研究会教務補佐員）

看聞日記紙背和漢聯句譯注

―「応永二十五年十一月二十五日和漢聯句」を読む―

二〇一一年二月二十八日　初版発行

編　者　京都大学国文学研究室
　　　　中国文学研究室

発行者　片　岡　　敦

印刷
製本　亜細亜印刷株式会社

606-8204　京都市左京区田中下柳町八番地

発行所　株式会社　臨　川　書　店

電話（〇七五）七二一―七一一一
郵便振替　〇一〇七〇―二―八〇〇

落丁本・乱丁本はお取替えいたします
定価はカバーに表示してあります

ISBN978-4-653-04077-4 C1092